위험한 사랑

위험한 사랑

1판 1쇄 발행 | 2019년 1월 25일

지은이 | 박하영
발행인 | 이선우
펴낸곳 | 도서출판 선우미디어

　　　　등록 | 1997. 8. 7 제305-2014-000020
　　　　02643 서울시 동대문구 장한로12길 40, 101동 203호
　　　　☎ 2272-3351, 3352 팩스: 2272-5540
　　　　sunwoome@hanmail.net
　　　　Printed in Korea ⓒ 2019. 박하영

값 13,000원

※ 이 도서의 국립중앙도서관 출판예정도서목록(CIP)은 서지정보유통지원시스템
　　홈페이지(http://seoji.nl.go.kr)와 국가자료공동목록시스템(http://www.nl.go.kr/kolisnet)에서 이용하실 수
　　있습니다.(CIP제어번호: CIP2019002326)

ISBN 978-89-5658-601-4 03810

위험한 사랑

Dangerous Love

a collection of short stories by Elena Park

박하영 단편창작집

선우미디어

차례

축하의 글

위험한 사랑

사라진 아내

〈 1 〉

아내… 홍주가 사라졌다. 그것도 4년 넘게 한 이불을 덮고 살던 여자가 하루아침에 이 낯선 땅에 나를 버리고 떠나버렸다. 손안에서 구겨진 쪽지를 다시 펼쳐 들었다. 갑자기 손이 부들부들 떨려 글씨에 초점을 맞추기가 쉽지 않다. 몇 번을 읽어봐도 처음에 읽었던 내용 그대로다.

'나 찾지 마. 이제부턴 좀 편히 살고 싶어'

'이럴 수가…'

남태는 바닥에 풀썩 주저앉아 버렸다. 다리에 힘이 풀리고 가슴에서 방망이질 하는 소리가 두 귀를 뚫고 튀어나올 것만 같다. 전신거울에 비친 남태의 모습은 마치 알코올 중독자와 흡사했다. 한쪽으로 눌린 머리, 반쯤 내려앉은 눈꺼풀, 초점 잃은 눈동자, 반쯤 열린 입에서 뿜어져 나오는 술 냄새, 여기저기 너저분하게 널린 소주병과 쓰레기를 끝으로 허공으로 시선을 돌렸다. 낮은 모텔 방 천장이 금방이라도 무너져 내릴 것만 같다.

'나를 감쪽같이 속이고 이 모든 일을 꾸몄단 말야?'

종이의 재질로 보아 한국에서 미리 준비한 것이 분명했다. 남태에게 단한 번도 반말을 한 적이 없던 홍주가 마지막 남긴 말은 흡사 '찾느라 헛수고 하지 말라'는 강한 경고장처럼 느껴졌다. 홍주가 품안에 비수를 꽂고자신과 함께 미국행에 올랐다는 사실에 온몸이 저려왔다. 이별편지라고단정하기엔 너무 짧다. 그리고 눈물자국을 연상케 하는 물방울 흔적하나없이 깨끗한 종이. 공간의 법칙이 필요치 않을 정도로 친밀한 사이라고여겼던 게 잘못인지. 의문이 부풀어 오를수록 남태의 가슴이 답답하게 조여 온다.

'사람의 인연을 글 한 줄로 끊어버리는 게 말이 돼?'

〈 2 〉

22년 전. 스물네 살의 남태는 지방대학 졸업 후 지도교수님의 추천으로Y대형로펌에 인턴으로 입사했다. 로펌의 대표인 Y변호사의 외동딸 지연의 생일파티에 초대된 인연으로 지연과 사랑에 빠져 결국 임신까지 시켰다. 대학생 2학년인 딸이 임신한 것도 문제였지만 한국변호사협회장이자정계진출을 앞둔 지연의 아버지가 남태를 받아들일 리가 없었다. 낙태시기까지 놓쳐 소원이는 무사히 태어났지만 소원이가 남태에게 건네진 후지연 아버지와의 약속대로 두 사람은 생이별을 해야 했다. 남태가 출세나성공으로 지연을 되찾아 온다는 가능성은 제로였다. 변변히 내세울만한학벌, 집안, 재력은 물론 지연을 얻기 위해 목숨을 걸만한 용기조차도 없었다. 그나마 약간 반반한 얼굴 하나로 지연의 첫사랑이었다는 초라한 기억만 남긴 것이다. 소원에게는 외할아버지가 현직 장관이라는 것과, 엄마가 국제변호사와 결혼했다는 사실을 숨겼다. 소원이 태어나고 얼마 후 엄마가 교통사고로 하늘나라에 간 것으로 알기에 두 부녀는 지연에 대한 대화를 나눈 적조차 없다.

〈 3 〉

소원이가 열여덟 살 되던 해. 두 부녀가 사는 동네에 새 마켓이 들어섰다. 남태가 퇴근길에 자주 들르게 되면서 자연스럽게 마켓 주인의 처제인 홍주를 알게 됐다. 입시학원 강사였던 홍주는 소원의 입시공부를 틈틈이 도와주다가 소원의 끈질긴 간청으로 두 부녀의 집에 가정교사로 입주하게 되었다. 엄마의 사랑을 모르던 소원은 홍주에게 푹 빠져 "선생님 말고 엄마였으면 좋겠다~"라고 남태에게 입버릇처럼 속삭였다. 소원이가 대학에서 합격통보를 받고 나서부터는 남태에게 홍주와의 만남을 부추기기 시작하면서 남태도 마음이 약간 흔들리고 있었다. 그동안 여자를 여러 명 만나기는 했지만 소원이 때문에 결혼할 엄두를 내지 못했다. 아빠만 바라보고 사는 딸이 새엄마를 감당하기엔 너무 어리다고 생각했던 것이다. 해가 거듭할수록 첫사랑 지연을 쏙 빼닮는 사랑스런 딸. 그런 딸이 아빠 장가보내기 프로젝트에 열을 올리고 있다.

남태는 전문등산가여서 홍주에게 그가 회원으로 있는 산악회를 소개했다. 산악회원 중에는 남태와 연애를 했던 여자도 몇 있었지만, 이미 지난 일이라 남태는 별 신경을 쓰지 않았다. 하지만 여자는 다르다. 여자들은 화장실에서 홍주와 마주칠 때면 질문 공세를 퍼붓곤 했다.

"남태씨가 잘해주지?"

"여자한테 워~낙 잘한다고 소문나서 홍주한테도 잘해줄 거야."

"첫사랑을 못 잊어 여태껏 혼자였다지?"

"죽은 사람을 못 잊고 홀아비로 사는 게 어디 쉽나?"

"진짜 죽었는지 누가 봤대?"

"맞아, 매장했는지, 화장했는지 물어도 대답을 안 하더라고."

"그 사람 완전 딸 바보야. 아마 아이는 더 이상 안 낳으려고 할 걸?"

결혼생각이 없는 남태에게 언제까지 청춘을 바칠 수만은 없던 여자들이다. 이젠 모두 유부녀가 됐지만 눈앞에서 보란 듯이 자신들보다 훨씬 어린 홍주와 붙어 다니는 모습을 고운 시선으로만 바라볼 수 없다. 사람들의 눈을 피해 비밀연애를 했었던 만큼 심술이 날 수밖에 없다. 못 먹는 감 찔러나 본다고, 여자들은 앞 다투어 홍주 속을 뒤집어 보려고 했지만 질투의 여신들 앞에서 홍주의 콩깍지는 쉽사리 벗겨지지 않았다. 아니, 수준도 안 맞는 아줌마들을 상대할 가치조차 느끼지 못한 것이다.

산에서 거의 다 내려왔을 즈음에 갑자기 홍주가 발을 헛디뎌 넘어질 뻔했다. 풀린 오른쪽 등산화 끈을 밟은 게다. 남태가 홍주를 등산 가방에 앉힌 후 한쪽 무릎을 꿇고 풀린 끈을 단단히 묶어주었다. 누가 보면 프러포즈를 하는 것처럼 보일 수도 있는 모양새다.

"홍주 씨, 소원이가 두 달 후면 대학근처에 친구 자취방으로 이사하는 거 아시죠? 소원이가 자기 떠나기 전에 선생님이랑 결혼 안 하면 대학 안 간다고 공갈협박을 다하네요."

남태의 수줍은 프러포즈를 눈치 못 챌 홍주가 아니었다. 그녀는 행복에 겨운 미소로 답을 대신했다.

소원이가 이사하기 2주전에 남태와 홍주는 직계가족과 50여 명의 지인만 모시고 M호텔에서 조촐한 결혼식을 올렸다. 혼인신고를 하면서 배우자의 성명란이 비어있는 것에 약간 당황스러웠지만 남태에게 소원엄마에 대한 어떤 것도 묻지 않았다. 홍주는 오히려 호적상 남태의 조강지처로 기록된 것이 내심 기뻤다. 생모의 얼굴도 모르고 자란 소원에게 좋은 엄마가 되어주고픈 마음은 프러포즈를 받기 전에 이미 결심한터였다.

〈 4 〉

소원이는 대학을 졸업하자마자 원하던 S회계법인에 취직이 되었다.

"아빠, 난 이제 성인이고 직장도 생겼으니까 앞으로 내 걱정은 안 해도 돼. 대신 엄마한테 잘해야 돼, 안 그러면 내 얼굴 볼 생각 하지 마시고요, 호호호~."

"아빠한테 말하는 버릇 좀 봐. 주말엔 집에 꼭 와야 해, 알았지?"

두 부녀가 농담처럼 주고받은 말이 씨가 될 줄이야. 며칠 뒤 신문에서 지연과 그녀의 남편이 미국 엘에이에 있는 한국영사관으로 발령받아 떠났다는 기사를 읽은 게 화근이 되었다.

핏덩이를 건네받은 후부터는 오로지 딸내미를 잘 키워야 혹시라도 지연이가 딸을 찾을 때 떳떳할 수 있을 거라는 믿음으로 살아온 남태였다. 혹시 몰라서 남태는 오래전에 준비해둔 자필유서에 소원의 태생의 비밀을 언급해 두긴 했어도 그것은 남태가 사망 후의 일이다. 아직 사십대 중반을 갓 넘어선 지금 그 유서가 무슨 소용이랴. 소원이는 생모가 죽은 줄로 알고 있다. 따라서 소원이는 생모를 찾아 나설 수 없다. 하지만, 지연은 딸이 살아있다는 것을 알고 있지 않은가. 20여 년이 지나도록 딸을 한 번도 찾지 않은 이유가 뭘까. 짐작대로 아버지와의 약속 때문이라 해도 죽기 전에 한번은 찾는 게 엄마 아니던가. 딸의 이름은 물론 얼굴도 모른

채 타국으로 떠났다고 생각하니 마음이 조급해졌다. 앞으로 미국이 아니라 더 먼 나라로 발령을 받지 말라는 법이 없지 않은가. 더 이상 기다리면 안 될 것 같다. 어떻게든 소원의 존재를 지연에게 알려야 한다는 의무감이 남태의 어깨를 짓눌렀다.

〈 5 〉

소원이가 회사근처 오피스텔로 이사한 후부터 달라진 남태의 생활패턴이 걱정되는 홍주. 딸을 자주 못 볼까봐 섭섭해서 그러는 것 치고는 술에 취해 귀가하는 횟수가 너무 잦았다. 잠도 깊게 못 드는 것 같고 악몽에 시달리는지 가끔 잠꼬대도 하는 남태가 오늘도 술에 취해 귀가했다. 방에 들어서자마자 휘청거리며 쓰러진 남태의 자켓을 벗기려던 홍주를 남태가 와락 껴안았다.

"소원엄마. 지연아!! 우릴 잊은 거야? 미국은 왜 간 거냐고~!! 기다려…내가 간… 다…"

갑작스런 말에 놀란 홍주는 남태의 가슴을 밀치다가 맥없이 그 자리에 주저앉았다.

"사…살아 있었어?"

죽은 줄만 알고 있었는데 살아있다니 믿겨지지가 않다. 산악회 여자들의 말이 하나씩 지워진 기억 속에서 복원되고 있다. 아기를 갖고 싶어 하는 홍주와는 달리 남태는 소원이와 나이차가 너무 많이 난다는 이유로 꺼려했다. 품안의 자식은 어차피 떠나면 그만이니 둘이서만 오순도순 살자고 달랬던 게다.

생모가 죽었다고 믿는 소원의 말만 듣고 남태에게 확인을 하지 않았던 게 너무 후회스럽다.

'이제 와서 소원엄마를 왜 찾는 거야? 미국….'

불안하고 너무 혼란스럽다. 호적에 그녀를 위해 남겨두었을지 모르는 조강지처 자리. 그 자리를 탐낸 죄의 대가를 받는 것만 같다. 산악회 여자들이 홍주를 둘러싸고 손가락질을 하며 조롱하는 모습, 남자가 얼굴이 반반하면 여자가 많이 꼬인다며 남태와의 결혼을 신중히 재고해 보라던 언니, 죽은 줄 알았던 생모 품에 안겨 홍주를 거들떠보지 않게 될 소원이까지. 앞으로 일어날 일들이 우후죽순처럼 빠른 속도로 회오리가 되어 홍주의 몸을 조여 왔다. 홍주는 바닥에 쓰러져 잠든, 더 이상 신뢰할 수 없는 이 남자를 원망하며 밤새 흐느껴 울었다.

'뿌리 없는 나무였다니!..'

다음날. 토요일이지만 우기예보로 등산이 취소되었기에 홍주는 남태를 깨우지 않았다. 아니, 등산을 갈 상황이 아니다. 커튼이 닫혀있어서 대낮인데도 캄캄한 방에 잠든 남태를 두고 거실로 나와 쿠션 하나를 껴안고 소파에 비스듬히 앉았다. 약을 먹었지만 두통이 사라지질 않는다. 어젯밤 일. 어떻게 대처를 해야 할지 난감하다. 이제 와서 살아있는 사람을 왜 죽었다고 했냐고 따져봤자 남태한테 직접 들은 얘기가 아니기 때문에 얼마든지 남태에게 유리한 상황이다. 혹시라도 남태가 적반하장 격으로 먼저 이별을 통보하기라도 한다면 홍주는 이성을 잃을지도 모른다. 지금 감정조절에 실패하면 평생 후회를 남길 것 같아 억지로 침착하려 애쓰는 중이다.

오후 1시가 넘어서야 남태가 잠에서 깼다. 바닥에서 잔 탓에 통증이 확 몰려와 허리를 곧게 펼 수가 없다. 침대를 잡고 겨우 일어나 눈이 반쯤 감긴 상태로 화장실로 갔다. 잠이 덜 깬 상태여서 흐린 시야를 기억이 더듬어 몸이 따라간 게다. 화장실 거울에 비친 구부정한 노인의 흉측한 몰골에 귀신을 본 듯 소스라치게 놀라 비명을 지를 뻔 했다. 생기라곤 찾아볼 수 없는 술에 찌든 얼굴이다.

샤워를 끝낸 후에야 벗어둔 옷가지에 시선이 갔다. 어제 출근 할 때 입
었던 셔츠, 넥타이, 양말까지.

'화가 많이 난 걸까. 옷은 그렇다 쳐도 술 취한 사람을 방바닥에 방치해
둔적은 없었는데..'

홍주가 샤워소리를 들었는지 남태가 거실로 나왔을 땐 점심식사가 차
려져 있었다.

평소보다 더 말이 없어진 홍주가 왠지 낯설게 느껴진다. 간밤에 자신이
취중에 했던 말이 얼핏 기억은 났지만 홍주가 들었을 거라고는 생각지 못
했다.

"저, 홍주 씨. 잠깐만."

식사가 끝나고 홍주가 그릇을 챙겨 일어서려고 하자 남태가 입을 열었
다. 홍주가 약간 긴장된 표정을 지으며 다시 자리에 앉았다.

"왜…요?"

남태가 식사시간 내내 말이 없었다는 건 무언가 할 말을 뇌 속으로 정리
를 하고 있었다는 증거다.

그게 뭘까. 궁금했지만 안 듣는 편이 오히려 나을 수도 있다는 생각에
자리를 먼저 뜨려고 했던 게다.

"어제 또 많이 취했죠? 혹시 내가 취중에 말실수라도…?"

"…아뇨."

"어쨌든 미안해요. 그리고, 참….."

홍주는 침을 꿀꺽 삼켰다. 남태가 무슨 얘기를 할 것만 같다. 나쁜 예감
은 거의 틀린 적이 없으니까.

"우리가 결혼식만 올렸지, 아직 변변한 신혼여행도 못 가서 섭섭했죠? 이참에 미국여행 어때요? 외삼촌이 엘에이에서 모텔을 운영하시거든요. 아무 때나 오기만 하면 잠자리는 걱정 말라고….."

"직장은 어떡하고요?"

할 수만 있다면 온 몸으로 막고 싶다.

"작년에도 휴가를 못가서 한 달 정도는 문제없을 거 같아요."

'… 결국, 취중진담이었어.'

홍주는 생각해 보겠다고 했지만 선택의 여지가 없다는 것을 알고 있다. 남태의 부연설명을 들을수록 홍주는 벼랑 끝으로 내몰리는 심정이다. 남태의 진심, 그의 여행목적은 이미 취중에 들었기 때문에 무슨 말을 한들 홍주에겐 아무 의미가 없다. 다만, 확실한 것은 홍주의 대답과는 상관없이 남태는 미국행을 결심했을 거라는 사실. 끝까지 안 간다고 버틸 만한 이유가 홍주에겐 없다. 아니, 말할 수가 없다. 남태가 놓지 못하는 끈의 끝자락을 쥐고 있는 지연이라는 여자가 먼저 그 끈을 놓지 않는 한 홍주는 결코 남태와 한 몸이 될 수 없다. 껍데기만 법적 아내였을 뿐, 지연과 셋이서 동거를 해온 셈이다.

〈 6 〉

남태와 홍주는 엘에이 행에 몸을 실었다. 기내에서 남태는 책을 읽는척 했지만 집중을 하지 못했고, 홍주 역시 헤드폰을 끼고 영화나 음악 감상을 하는척했지만 앞으로 자신에게 닥칠 일에 대한 두려움에 깊은 한숨만 내쉬고 있다.

"홍주씨, 괜찮아요? 자리가 많이 불편하죠? 조금만 참아요. 엘에이에 도착하면 시야가 확 트일 테니까."

홍주는 애써 괜찮다는 의미가 담긴 미소로 답을 대신했다.

한 달 정도면 충분하다고 생각했는데 의외로 6개월짜리 비자를 받게 된 남태는 싱글벙글이다. LAX를 빠져나와 택시를 잡아타고 20여분 만에 모텔에 도착했다. 남태가 대학교를 졸업할 때 잠깐 다녀가신 멋쟁이 미국의 삼촌의 모습이 아니었다. 남태를 반갑게 맞이하는 두 사람은 깊숙이 파인 큰 눈만 그대로 휑하니 남은 백발노인과 무거운 몸이 버거워 다리를 절뚝거리며 걷는 할머니였다.

"외삼촌, 숙모! 오랜만에 뵙네요. 여긴 제 와이프, 홍주예요."

홍주는 새색시 톤의 목소리로 다소곳이 인사를 건넸고, 외삼촌 부부는 홍주의 손을 부여잡으며 반갑다고 한참이나 서서 안부를 주고받았다. 외삼촌 부부는 소원의 존재를 알지 못하기에 남태의 권유로 소원이 얘기는 일절 꺼내지 않았다. 살아있는 사람을 죽은 자로, 있는 사람을 없는 자로. 말 한마디로 진실을 거짓으로 둔갑시키는 남태의 유창한 언변에 혀를 내두르게 된다.

'변호사 사무실 사무장이었는데도 저 정도면, 변호사였다면 수많은 무고한 사람들을 감방에 쳐 넣었겠지!'

〈 7 〉

도착 다음날부터 두 사람은 외숙모가 소개한 여행사를 통해 관광버스 패키지여행을 다녔다. 렌트카로 여행하기엔 만만한 거리가 아니라는 외삼촌의 말씀도 있었지만, 솔직히 남태가 두려운 것은 총이다. 미국은 개인의 총기소유가 합법이고 매일 총기사고로 사망하는 사람이 백여 명에 이른다니 한국에서 군복무를 마친 남태가 총의 무서운 위력을 모를 리 없다.

'땅덩어리가 커서 그런가. 도대체 몇 시간째 달리는 거야?'

옆 사람과 대화하는 것도 한계가 있다. 비밀유지가 생명인 직업 출신의 남태는 사적인 질문 받는 것을 꺼려하는 편이다. 게다가 미국에 온 목적도 여행을 빙자한 지연 찾기였기에 끝날 줄 모르는 여행시간이 지루하고 피곤한 듯 남태는 버스에만 앉으면 무조건 헤드폰을 끼고 잠을 잤다. 음악 감상보다는 일종의 대화차단을 위한 소품이다. 홍주는 멀미가 심해서 애초부터 가이드로부터 맨 앞자리를 제공받아 버스 안에서 남태와는 늘 따로 있을 수밖에 없었다. 할머니들의 매서운 눈초리가 멀쩡한 남태에겐 앞자리를 빼앗기지 않겠다는 굳은 의지로 비쳤기 때문이다.

"앞으로 두어 시간은 더 내리 달려야 합니다. 소등해 드릴 테니까 푹 주무세요."

여행가이드가 잔잔한 클래식음악을 틀자 관광객들은 일제히 창문의 커튼을 내리고 잠을 청했다. 몇몇은 핸드폰을 들여다보거나 버스 안 곳곳에 설치된 TV를 보기도 했지만 결국 그대로 잠이 들었다. 처형날짜를 앞둔 사형수의 마음이 이랬을까. 버림을 받을 날이 가까워지는 홍주에겐 잠을 잔다는 것은 곧 악몽에 시달리는 것이었다. 홍주는 낮잠을 자는 대신 가이드에게 여행 이야기를 해달라고 했다. 미지의 세계에 대해 듣고 있다 보면 늘 달고 다녀야했던 가시방석에 앉아 모래알을 씹어 먹는 고통으로부터 잠시나마 해방될 수 있을 것 같았다. 우울한 표정으로 볼거리 하나 없는 창밖만 바라보는 홍주의 부탁을 거절할 수가 없다. 운전석 옆에 자리를 잡은 가이드는 홍주에게 한참동안 속닥거렸다.

얼마 후, 가이드가 피곤한지 잠시 쉬겠다는 말과 동시에 운전석 바로 뒷자리에 앉자마자 잠들어 버렸고 홍주는 원상태로 돌아 와있다. 아직 목적지에 도착하려면 한 시간이나 남았는데. 다시 우울해진다. 소원이를 친딸처럼 사랑으로 대해 왔건만 아직도 지연을 잊지 못하는 남태가 원망스럽고, 남태로 인해 자신이 오뉴월에도 서리가 내린다는 한을 품게 되었다는 사실이 서글펐다.

미국에 도착한 첫날부터 여행스케줄이 없는 날엔 남태는 틈틈이 사라졌다가 밤늦게 돌아와 모텔 방에서 술판을 벌이곤 했다. 지연을 만나지 못한 게다. 한편으로는 고소하면서도 휴가를 연장하면서까지 두 달 가까이 이어지는 이 지긋지긋한 일상. 내일 모텔로 다시 돌아가면 불 보듯 뻔하다. 더 이상 참을 수가 없다. 인내심의 한계를 넘어선 지 이미 오래다. 버림받기 전에 먼저 버리는 것. 그것만이 자신이 살 길이라고 믿었다.

〈8〉

남태는 쪽지 한 장 달랑 남겨놓고 사라진 홍주 때문에 머릿속이 너무 복잡했다.

'도대체 이유가 뭐지?'

여행스케줄이 없는 날은 이런 저런 핑계를 대가며 홍주를 모텔에 남겨두고, 언젠가 한 번은 나타날지 모른다는 실오라기 희망에 엘에이 영사관 앞에서 지연을 기다리며 서성거려온 일이 불쑥 떠올랐다. 혹시 모를 불심검문을 대비해 여권과 국제운전면허증을 자켓 안주머니에 항상 품고 다녔다.

'눈치… 챈 걸까?'

남태는 곧바로 고개를 살래살래 저었다.

'그럴 리가 없어. 지연이가 엘에이에 온 걸 아는 사람은 나밖엔 없는데.'

지연의 그림자 찾기 놀이를 허탕치고 들어올 때면 남태의 손에는 늘 술

병이 담긴 봉지가 들려있었다. 술친구 좀 해달라는 말을 홍주는 차가운 시선으로 외면하기 일쑤여서 남태는 혼자 주절대다가 그대로 쓰러져 잠드는 것이 일상이 된 지 오래다.

간밤에도 술에 취해 어떻게 잠이 들었는지 기억도 나지 않는다. 게다가 홍주가 간밤에 나갔는지 아니면, 아침 일찍 나갔는지도 확인할 길이 없다. 늘 그랬듯이 술 마신 다음날은 해가 중천에 떠있어야 기상을 하는 습관 때문에 남태가 시간이 궁금해진 건 이미 오후 3시가 지난 뒤였다. 남태는 소원이가 일어날 시간에 맞춰 한국에 전화를 걸었다.

"소원아 잘 잤니?"

"응 아빠. 지금 어디야?"

"여긴 미국이지. 혹시 너 엄마한테 연락 안 왔었니?"

"엄만 아빠랑 미국에 여행 갔으면서 왜 나한테 물어? 혹시, 무슨 일 생겼어?"

"아, 아냐. 그런 게 아니라. 엄마랑 오해가 생겨서 좀 다퉜는데 화가 나서 말도 없이 나가버렸네? 그냥 바람 좀 쐬고 들어오겠지 뭐. 신경 쓰지 말고, 얼른 출근 준비해야지."

소원이가 걱정을 할까봐 길게 통화를 할 수가 없다. 전화를 끊고 그대로 차에 올랐다. 외삼촌이 한국으로 귀국하는 주재원에게 싸게 구입했다고 자랑하며 빌려준 차였다. 혹시라도 홍주가 길을 잃고 헤매고 있을까봐 모텔 주위부터 빙글빙글 돌며 찾았다. 생각보다 까만 머리의 한국 사람들이 많은 엘에이라서 그런지 운전 중에 인파속에서 홍주를 가려내는 일은 결코 쉽지 않다.

'홍주가 무슨 낌새라도 챈 것일까? 혹시… 술 취해서 했던 소원엄마 애

길 들은 거야?'

그제서야 상황판단이 선 남태는 다시 외삼촌의 모텔 쪽으로 차를 돌렸다. 모텔 방으로 뛰어가 문을 열려다 보니 나갈 때는 보지 못했던 'Do Not Disturb' 사인이 문고리에 걸려있다. 홍주가 나가면서 걸어둔 것이리라. 방에 들어서자마자 여행 가방이 놓였던 옷장을 열어 재꼈다. 홍주의 빨간 여행 가방이 없다. 정신을 가다듬고 찬찬히 생각을 했다. 홍주의 옷, 신발, 여권, 그리고 여행경비까지… 아무것도 남아 있는 게 없다. 인과응보! 이럴 때 어울리는 말일까.

〈 9 〉

2주 후면 6개월짜리 비자가 만료됨과 동시에 남태의 불법체류자의 삶이 시작이 된다. 그동안 소원엄마 그림자 찾기 놀이는 고사하고 외삼촌 뵐 낯도 없어 한인타운 중심에 위치한 하숙집으로 거처를 옮긴 지 석 달이 넘었다. 하숙집엔 온통 단기 또는 불법 체류자 신분의 한인들로 늘 북적거렸다. 주인은 하숙비를 걷으러 오는 날 이외엔 거의 볼 수도 없었지만 밥해주는 아줌마, 해숙이 끼니때마다 부엌에 들락거릴 뿐 하숙집은 늘 남자들의 퀴퀴한 냄새로 가득 찼다. 게다가 지난주엔 터마이트 약을 뿌린다고 근처 하숙집에 며칠 묶는 동안 벼룩에 물려 온몸이 가려워 밤잠을 설칠 정도였다. 홍주 없이 한국으로 되돌아가자니 소원에게 뭐라고 할 것이며, 홍주의 언니부부와 대면할 용기도 나지 않았다.

"빌어먹을 여편네 같으니라구! 어디 네가 얼마나 잘 먹고 잘 사나 내가 두고 보겠어!"

"허 선생님, 괜찮으세요?"

뒤뜰에 앉아 소주를 병째 벌컥벌컥 마시는 남태를 보고 쓰레기를 버리러 가던 해숙이 조심스레 물었다.

하숙집에 잠시 머물다 가는 뜨내기들의 공통된 점은 허세가 심하다는 것이다. 그들의 대화를 잠시라도 들어보면 온통 왕년의 금송아지 얘기뿐. 해숙이 귀를 닫은 채 밥 짓기에만 집중하게 된 것도 현실을 직시하지 못하는 허세꾼들 때문이다. 그런데 허 선생님은 다르다. 말수도 없을 뿐더러 전문용어를 많이 사용하며 해숙에게 치근덕거린 적도 없다. 가끔씩 밤하늘을 올려다보며 담배연기를 뿜어내는 그의 모습을 숨죽이며 바라본 적도 있다. 해숙은 남태를 허 선생님이라고 불렀다. 다른 뜨내기들과는 차별을 둔 게다. 그런 그가 만취상태가 되어 고개도 제대로 못가누고 있다.

이미 소주를 네 병이나 마신 상태였기에 남태는 체면이고 뭐고 없다.
"네! 아주머니! 저 버림받았다고요. 첫사랑은 강제로 떼어 놓더니, 마누라는 절 버리고 아예 사라졌다고요. 무슨 이런 놈의 팔자가 다 있냐고요."
"아니. 웬 술을 이렇게 잡쉈어요? 벼룩에 물린 데가 더 벌겋게 부어올랐잖아요. 그만 들어가세요. 이러다 큰일 나건네."
첫사랑, 마누라, 버리고, 사라지고…. 취중에 새고 있는 그의 비밀…

미국엔 일가친척 하나 없는 해숙이 이 하숙집과 인연을 맺은 건 남편과 사별한 6년 전부터였다. 뇌경색으로 쓰러진 남편을 돌보던 9개월 동안 전처소생의 자식들은 교묘하게 재산을 다 **빼돌려** 한 푼도 남기지 않았다. 결국 해숙은 남편소유의 식당에서 죽어라 일만하다가 쫓겨난 꼴이다. 짐가방 하나 챙겨 텍사스를 떠나 엘에이에 온 며칠 후부터 지인의 소개로 지금의 하숙집에서 일하게 됐다. 2층 하숙집엔 방이 6개나 있었지만 해숙은 창고를 개조해서 만든 별채에서 홀로 지내왔다.

〈 10 〉

"에고. 머리야… 여기가 어디야?"

해가 중천에 뜬 후에야 남태가 긴 잠에서 깨어났다.

'내가 아직 잠에서 덜 깼나? 내가 왜 여기에 있지?'

눈을 있는 데로 비비고 다시 보니 핑크색 이불이 덮여있는 작은 침대, 작은 화장대, 뜨개질 거리가 담겨있는 바구니, 그리고 주방까지. 남태가 대학시절 때 살던 옥탑방의 내부구조와 너무 흡사하게 닮은 공간이다.

"이제야 깨셨네요?"

마침 문을 열고 들어서던 해숙이 옆에 놓였던 물 컵을 집어 들어 남태에게 내밀었다.

"뭐하는 거요? 아줌마가 왜 여길?"

왜 허락도 없이 남의 방에 함부로 들어 오냐는 투의 질문에 해숙이 당황했다.

"무슨 말씀이세요? 여긴 제 방이에요. 허 선생님이 너무 술에 취해서 다른 하숙생들한테 도움을 요청하려고 가봤더니 다들 한인축젠가 뭔가에 가서 도저히 혼자 2층 방까지 모셔다 드릴수가 없지 뭐예요. 인사불성이 된 사람을 그냥 못 본 체 할 수도 없고."

"제가 실례가 많았네요, 아주머니. 정말 오랜만에 술을 마셔서 그런지 평소보다 빨리 취해버렸네요. 제가 뭐 실수한 거라도?"

순간 목이 타오름을 느낀 남태는 받아든 물을 한숨에 들이켰다.

"아녜요. 그냥 여기 마룻바닥에서 잠만 주무신 거예요. 저도 이불이 한

채밖엔 없어서 선생님 방에 가서 가져다 덮어 드렸고요."

남태는 해숙에게 정말 고맙다는 인사를 건넨 뒤 이불을 움켜 안고 서둘러 그곳을 빠져나왔고, 해숙은 남태가 2층 하숙방으로 사라질 때까지 그의 뒷모습을 바라보았다.

〈 11 〉

소원에겐 회사 사정이 안 좋아져서 조기퇴직으로 처리됐다고 둘러댔지만 해고당한 게 맞다. 퇴직금은 남태의 은행계좌로 자동 이체되었고 남태는 나중을 생각해서 건드리지 않기로 했다. 딸이 걱정을 하자 외삼촌의 모텔 보수공사를 돕는 조건으로 비자 연장신청을 했고, 당분간 미국에 머물면서 장사밑천이라도 만들어가겠다고 했지만 이 또한 거짓이다. 퇴직금이 있으니 장사밑천에 대한 부담감은 애초에 없었다. 홍주도 일을 다닌다고 대충 둘러댔고 시간대가 안 맞아 통화가 어렵다는 말에 다행히 소원이가 의심을 하지는 않았다. 남태의 한국 집은 소원이가 친구 두 명과 당분간 함께 살도록 했다. 희안한 건 홍주의 언니부부. 단 한 번도 소원에게 홍주의 안부를 묻는 전화를 한 적이 없다.

'6개월 동안이나 연락이 두절된 동생을? 아니지. 제 언니와는 꾸준히 연락을 한 게 맞아!'

생각할수록 괘씸하다.

남태는 그동안 공사현장을 따라다니며 보조 일을 해왔었다. 한국에선 법률상담업무만 했었기에 몸으로 하는 일이 너무 힘에 겨워서 며칠 동안 끙끙 앓은 적도 있다. 그럼에도 남태는 손재주가 좋아서 웬만한 보조들보다는 일처리의 속도가 현저히 빨랐기에 사장은 남태의 일감은 떨어지지 않도록 신경 써주었다.

그런데 문제가 생겼다. 지불할 임금이 하루가 다르게 불어나자 늙은 영감탱이 사장이 차일피일 미루던 남태의 밀린 월급을 줄 수 없다고 통보를 해온 것이다. 이유는 단 한 가지. 불법체류자에게는 월급을 주면 위법이라고 했던 것이다. 남태가 열불이 난 건 당연했다.

'하루 이틀도 아니고 밀린 석 달 치 월급을 못주겠다니, 그것도 불법체류자라는 신분 때문에? 이건 말도 안 돼! 그 돈을 벌려고 내가 그동안 어떻게 일해 왔는데!..'

며칠 뒤 소주 한 병의 힘을 빌려 영감탱이가 밤마다 들른다는 룸싸롱으로 쳐들어가 눈에 띄는 모든 것을 다 박살냈다. 불법영업 시간이었는지 아니면 영업 자체가 불법이었는지 아무도 경찰에 신고를 하지 못했고, 여자들은 겁에 질려 비명도 지르지 못한 채 구석에서 서로를 부둥켜안고 벌벌 떠는 듯했다. 영감탱이는 손에서 피가 뚝뚝 떨어진 채 걸어 나가는 남태의 뒤통수에 대고 삿대질을 하며 고함을 질렀다.

"너 이 자식! 한번만 더 나타나면 이민국에다 신고해 버리고 말끼다!"

남태가 살인을 저지를 인물이 못 된다는 것을 아는 자만이 지껄일 수 있는 망언이리라.

'제기랄! 한국 같으면 저 쓰레기 같은 인간을 가만 두지 않았을 텐데!'

이민국이라는 말만 나오면 가슴이 철렁 내려앉는 증상이 생긴 지 이미 오래다. 변호사 사무실에서 일한 경력 때문에 법이 얼마나 무서운지를 잘 알아서 그랬을까. 영감탱이의 협박이 온몸을 갈기갈기 찢어댔지만 남태는 뒤돌아보지 않고 그곳을 걸어 나왔고 그날 이후로 한동안 하숙집에서 꿈쩍 않고 지냈다.

〈 12 〉

"집안에만 있지 마시고 밖에 나가서 산책도 좀 하고 그러세요."

날이 갈수록 얼굴이 핼쑥해져가는 남태가 아침밥을 먹는 둥 마는 둥 하는 모습을 보던 해숙이 설거지를 하면서 중얼거리듯 던진 말이다.

'산책? 얼마 만에 들어보는 말인가. 산책이 아니라 나는 등산을 하던 사람이었지. 그런데 지금 나는 여기서 뭘 하고 있단 말인가? 지연을 찾기는커녕 홍주는 사라지고, 내 분신과도 같은 딸인 소원이도 못보고, 그놈의 영감탱이는 양심 팔아먹은 돈으로 호위호식하질 않나. 미국이란 나라가 뭐 이러냐. 엘에이에 불법체류자가 나뿐이냐고!'

홍주가 땡전 한 푼 남기지 않고 사라졌기 때문에 외삼촌한테 빌린 돈도 다음 달 하숙비를 미리 지불하고 나면 거의 바닥을 드러낼 것이다.

'홍주 없이 다시 귀국할 수도 없고, 이곳에서 잘못하다간 강제추방 될 텐데…'

미국에서 지내는 동안은 무조건 입을 꾹 다물고 참는 수밖에 없다는 생각에 속에서 또 열불이 일었다.

해숙이 설거지를 끝냈는지 젖은 손을 바지에 툭툭 말리며 부엌문을 나서려다가 남태와 눈이 마주쳤다. 남태는 가벼운 손짓으로 해숙에게 이리 와서 좀 앉으라고 했다. 해숙이 멋쩍은 듯 눈을 동그랗게 뜨며 남태를 마주보고 앉자 남태가 땅이 꺼져라 깊은 한숨을 내쉬었다.

"아주머니! 아니지, 해숙씨! 저를 좀 사 주세요!"

"네? 그게 무슨…?"

"제가 지금 찬밥 더운밥 가릴 신세가 아닌 거 잘 아시잖아요. 임금을 못받아서 당장 돈이 나올 구멍도 없고요. 제 마누라를 찾을 때까지만 저를 사주시면 무슨 일이든지 다 하겠습니다."

"아~ 난 또. 안 그래도 하숙집 주인이 곧 우기철이 시작되니까 수리할 곳이 있으면 미리 말해 달라고 전화가 왔었거든요. 허 선생님이 그런 일 하실 줄 아니까 제가 말씀드려 볼 게요."

지붕까지 수리를 한다니 이 얼마나 잘 된 일인가. 남태는 해숙의 두 손을 꼭 부여잡고 몇 번이나 고맙다는 인사를 했다.

〈 13 〉

하숙집 보수공사가 끝난 며칠 후 오랜만에 외삼촌 부부를 찾아갔다. 갚지 않아도 된다며 손사래를 치시는 외삼촌께 빌린 돈을 갚은 뒤 근처 식당에서 점심식사를 대접했다. 외숙모가 아까부터 남태에게 할 말이 있는 듯 보였다.

"외숙모, 저한테 무슨 하실 말씀이라도 있으세요?"

"내가 이 말을 해야 하는지 말아야 하는지.. 아니, 내가 얼마 전에 친구들이랑 라스베가스엘 다녀왔거든. 그런데 홍주를 얼핏 본 것 같아서 말이지. 길거리에서 분수 쇼를 보다가 인파속에서 홍주를 봤는데 나랑 눈이 마주치자 획 피해서 가더라고. 사람들이 하도 많아서 쫓아갈 엄두도 안 났어. 나도 일행이 있어서. 내가 사람 얼굴은 잘 기억하거든? 분명히 홍주였어. 홍주도 나를 알아보니까 피한 거 아니겠냐고."

순간 남태는 두 주먹을 불끈 쥐었다.

'엘에이에서 사라지더니 기껏 라스베가스였어?'

홍주에 대한 분노와 미안함이 사라지고 있는 이 시점에서 외숙모의 말을 들으니 한번은 만나서 따져 물어보고 싶은 충동이 되살아났다.

'내가 뭘 그렇게 죽을죄를 졌다고!'

자신의 작은 실수로 인해 홍주의 터무니없는 복수극의 희생자가 된 것이 너무 억울했다.

집으로 돌아온 남태의 손에는 소주병이 가득한 봉지가 들려 있다.

"외삼촌 만나서 무슨 일 있었어요, 허 선생님? 또 웬 술을 이렇게."

"술친구 좀 해 주세요, 해숙씨. 마음이 산란해서 힘드네요."

남태에게 자초지종을 들은 해숙의 표정은 어두웠다. 그동안 두 사람은 서로의 마음을 털어놓고 상의도 하고 힘을 실어주기도 하는 친구처럼 지내왔지만 홍주의 얘기를 듣는 내내 해숙의 마음은 편치 않았다.

"…그래서 어쩌시려고요?"

"라스베가스에 한 번 가보려고요. 만나면 꼭 물어볼 말도 있고… 대답을 듣고 나면 여기에 계속 혼자서라도 머물 건지, 아니면 그냥 한국으로 되돌아갈 건지 결정하려고요."

남태는 소주를 또 병째 벌컥벌컥 들이켰다. 해숙은 그런 그를 말리지 않았다.

〈 14 〉

남태는 또 해숙의 방에서 눈을 떴다. 두 사람이 술친구로 지낸 지도 꽤 되었고 하숙생들도 연애를 한다고 생각했는지 해숙의 별채에서 걸어 나오는 남태를 봐도 그러려니 했다. 해숙이 건네는 매실주스를 한숨에 들이켜고 난 남태가 대뜸 해숙에게 물었다.

"해숙씨, 저랑 내일 라스베가스에 같이 갈래요? 혼자 가기도 따분할 것 같고. 초행길이라 두렵기도 하고요."

해숙의 놀란 표정을 남태는 눈치 채지 못했다. 다른 일도 아니고 자기

와이프를 찾으러 함께 가자는 말이 쉽게 받아들여지지 않았다. 아니, 약간 자존심이 상했다.

'적어도 날 여자로 생각한다면, 적어도 내게 호감을 갖고 있다면 하기 힘든 말이지 않을까?'

하지만… 호감을 갖고 있는 건 해숙 자신뿐일 수도 있다. 그렇다면, 싫다고 할 이유가 없는 것이다.

"제가 무리한 부탁을 한 건 아니죠?"

"네, 같이 가요~."

어차피 내일은 하숙집에 카펫을 걷어내고 마룻바닥 공사가 시작되기에 하숙생들이 또 벼룩 때문에 문제가 생겼던 하숙집에서 하루를 묵어야 할 형편이었기에 시기도 적절했다.

〈 15 〉

다음날 아침, 별채에서 나오는 해숙에게 남태가 어색한 농담을 던진다.

"해숙씨도 화장을 하니까 여자가 맞네요?"

"라스베가스엔 예쁜 여자들이 많다니까 어쩌겠어요. 그냥 구색이라도 맞춰야죠. 호호."

20만 마일을 훌쩍 넘긴 남태의 중고차로 장거리 여행을 하기엔 무리라고 생각되었는지 해숙이 자신의 승용차 열쇠를 건넸다. 남태를 조수석에 앉힐 수는 없다는 그녀의 배려가 고맙다.

"고마와요, 해숙씨. 미국에선 와이프는 빌려줘도 차는 빌려주지 않는다고 하던데…"

"어머, 허 선생님도 참.. 우리 사이에 무슨 그런 말씀을~."

속마음을 들킨 소녀처럼 해숙이 얼굴을 수줍게 붉혔다.

라스베가스에 가는 내내 해숙은 자신의 학창시절, 가족, 친구들 이야기로 시간가는 줄 모르게 수다삼매경에 빠져있다. 남태는 웃음, 또는 짧은 말로 맞장구를 쳐주었지만 운전에 집중을 하느라 솔직히 해숙의 수다에 귀를 기울일 수가 없다.

해가 막 지려고 할 때서야 라스베가스에 도착을 했다. 남태는 동료 하숙생의 도움으로 미리 예약을 해둔 미라지 호텔로 곧바로 향했다. 비수기여서 호텔비용이 외삼촌의 모텔비용과 비슷했지만 방을 두 개 잡진 않았다. 한국에서 변호사님과 최고급 호텔 커피숍을 제 안방 드나들 듯 했던지라 아주 능숙하게 체크인을 마친 뒤 해숙과 함께 호텔방 안으로 들어섰다.

"해숙씨, 일단 좀 쉬었다가 저녁 먹으러 나가죠. 이제부턴 운전하지 않고 걷거나 택시를 타야겠어요. 주차장까진 너무 멀고, 어차피 택시비는 동네 버스비랑 비슷하다고 하니까."

남태가 침대에 벌러덩 눕더니 눈을 감았다. 장거리 운전 중에 긴장을 많이 했는지 남태의 목소리가 바위에 눌린 듯 가라앉았다. 이불 속으로 들어갈 기력도 바닥이 난 듯 했다. 해숙이 다가가서 남태의 신발을 벗기고 의자 위에 걸쳐둔 자켓으로 그의 몸을 덮었다. 순간 남태가 해숙의 팔을 휙 잡아당기는 바람에 해숙이 남태 옆으로 푹 쓰러졌다. 남태는 다시 일어서려는 척 하는 해숙의 팔을 꽉 잡으며 말했다.

"해숙 씨, 그냥 옆에 좀 누워있어요. 너무 피곤하네요."

해숙은 남태 옆에 비스듬히 누운 채 그의 불규칙한 숨소리에 귀를 기울였다.

〈 16 〉

남태가 빨간 스포츠카를 몰고 라스베가스 시내를 누비고 있다. 빨강 신호등에 멈춰 서자 갑자기 차안이 조금씩 조여들기 시작한다. 이러다간 차안에 갇혀 숨막혀죽을 것 같다. 조수석에 있던 홍주가 안전벨트를 풀더니 황급히 밖으로 뛰쳐나간다. 남태도 힘겹게 안전벨트를 풀고 홍주 뒤를 따라 달렸다. 갑자기 오른쪽 신발 끈이 풀려버렸다. "잠깐 기다려요~!" 남태가 왼쪽 무릎을 꿇고 신발 끈을 묶기 시작했다. 조급한 마음에 너무 세게 잡아 당겼나. 끈이 뚝 끊어져 버렸다. 당황해서 고개를 드니 홍주는 이미 시야에서 사라져버리고 없다.

〈 17 〉

남태가 홍주를 부르다가 눈을 떴을 때는 실내가 온통 암흑처럼 어두워진 후였다. 해숙도 남태의 인기척에 깼는지 몸을 돌려 침대 옆 램프를 더듬어 불을 켰다. 탁자 위의 시계를 보니 밤 8시가 막 지나고 있었다. 두어 시간을 내리 잔 것이다. 두 사람은 약속이나 한 듯 서둘러 외출 채비를 했다. 어두워질수록 더 화려해지는 라스베가스. 밖은 이미 파티가 시작된 것처럼 시끌벅적하고 온 세계의 인구가 한꺼번에 거리로 쏟아져 나온 듯했다. 호텔 앞에서 대기 중이던 택시를 잡아타고 운전기사에게 아무 코리안 식당으로 데려다 달라고 했다. 5분정도 떨어진 한인식당에 도착했는데 늦은 시간이라 그런지 손님이 별로 없다.

"사모님하고 이쪽으로 오세요."

사모님이라는 말에 해숙의 입가에 미소가 번졌다. 정말 오랜만에 듣는 누군가의 누구였다.

"여기 오길 잘했네요. 음식이 맛있을 것 같아요."

매일 먹는 한식을 라스베가스까지 와서 또 먹어야 하냐며 투덜댄 게 언제었나 싶을 정도로 해숙의 얼굴이 밝아졌다. 알찌개 속으로 두 숟가락이 들락거린다는 것만으로도 좋은 해숙이다.

식사가 끝난 뒤 해숙이 잠시 화장실에 간 사이에 남태는 식당 밖 담벼락에 몸을 기대고 하늘을 빙빙 돌고 있는 헬리콥터를 올려다보았다. '저 정도면 높은 빌딩에 부딪힐 법도한데 아슬아슬하게 피해가는 게 신기하다.'고 생각하는 순간 흑인여자 한 명이 다가와 희고 고른 치아를 드러내며 속삭였다.

"Are you alone?"

'라스베가스엔 창녀들이 많다더니… 이것 봐라. 뭔 소린 진 모르겠지만 눈빛을 봐선 날 유혹하려고 하는 게 맞는 것 같은데..'

이럴 땐 해숙과 함께 있다는 것이 약간 불편하다는 생각이 든다. 남자의 동물적인 본능. 이 본능을 받아들이면 짐승이 되지만 무시하면 병신이라고 했던 친구의 말이 생각났다.

"허 선생님 여기서 뭐하세요?"

식당 문 앞에서 기다리지 않고 왜 모퉁이 담벼락에서 창녀랑 있냐는 원망 섞인 말투였다.

"이 여자가 뭐라고 쌀라 대는데 알아들을 수가 있어야죠."

일단 둘러댔다. 어차피 게임은 시작도 하기 전에 끝이 난 것이기에.

"저런 여자는 상대하면 안 돼요. 괜히 잘못 걸려들었다가는 조폭한테 크게 당한다고요."

남태는 해숙의 질투 섞인 잔소리보다는 흑진주로 보이는 창녀를 등 뒤로 하고 걷는 걸음이 무겁다는 생각만 든다. 얼핏 뒤를 돌아보니 아까 그 창녀 옆엔 또 한 명의 남미계로 보이는 창녀가 서있다.

'윽.. 두 명씩이나… 그런데 무슨 창녀들이 저렇게 여배우보다 더 늘씬하고 예쁘지? 나중에 해숙이 잠들면 다시 와볼까?'라는 생각을 하면서 주위 환경을 뇌 속에 저장해가며 걸었다.

〈 18 〉

외숙모가 알려준 분수 쇼를 보면서 주위를 둘러 봤지만 홍주의 얼굴은 그 어디에도 없다.

'바보가 아니고서야 왔던 데를 또 오겠어?'

그렇게 생각하면서도 분수 쇼에 가장 먼저 도착해 있는 자신이 바보스럽게 느껴졌다. 해숙이 옆에 바짝 다가와서 슬며시 팔짱을 끼었다. 남태는 아무렇지 않은 척 해숙과 함께 걷기 시작했다. 어딜 가나 사람들이 북적거렸지만 남태는 홍주 생각에 열심히 주위를 두리번거렸다. 모래사장에서 바늘 찾기다.

'내일이면 다시 엘에이로 되돌아 가야하는데 오늘 밤 안에 이 넓은 라스베가스, 이 많은 인파속에서 홍주를 찾을 수 있을까?'

그 순간! 길 건너편의 기념품가게 안으로 홍주가 들어가는 것을 본 남태는 해숙의 손을 뿌리치고 무조건 달렸다. 놀란 해숙이 뒤에서 남태를 소리쳐 불렀지만 지체할 시간이 없다. 앞을 가로막는 인파를 헤치고 달리면서도 홍주를 만나면 일단 침착하자고 스스로에게 다짐을 시켰다.

'(허억~허억~) 내가 헛것을 본 것일까…?'

기념품가게 안에는 홍주는커녕 동양여자는 한 명도 없다. 남태가 가게 안을 이리저리 휘젓고 다니는 것을 본 경비원만이 허리춤에 찬 총에 오른손을 갖다 댄 채 남태를 험악한 인상으로 쳐다보고 있었다. 남태는 경비원에게 가볍게 눈웃음으로 인사를 건넨 뒤 얼굴에 흐르는 땀을 두 손으로 닦아내며 가게를 빠져나왔다. 경비원이 뒤에서 자신에게 총구를 겨누고 있을지도 모른다는 생각에 최대한 빨리 걸었다. 신호등을 거쳐 해숙과 마지막으로 있었던 장소에 도착하니 해숙이 없다. 분수 쇼를 하던 미라지호텔 앞 바위 위에 올라가 찾아보려 했지만 가로수 등불만으로는 해숙의 얼굴을 분간할 수가 없다.

"허 선생님, 저 여기 있어요!"

해숙이 남태를 먼저 알아보고 근처 나무 아래에서 그를 향해 손을 흔들었다.

"갑자기 뛰어가서 놀라셨죠, 해숙씨. 미안해요."

"아녜요…."

기다리는 내내 가슴을 졸였지만 혼자 돌아온 남태를 보고 그제서야 안도의 한숨을 내쉬었다. 만약, 홍주와 함께 오는 걸 봤다면 몰래 자리를 피해버리려던 참이었다. 두 사람은 다시 시작된 분수쇼가 끝날 때까지 한동안 말없이 서있었다.

〈 19 〉

"앞으로 어떡하실 거예요?"

해숙이 조심스레 입을 뗐다.

"후우. 글쎄요."

남태가 땅이 꺼져라 한숨을 내쉬었다.

"홍주를 찾는 일은 그만 두려고요. 일시적인 반항이었다면 여태껏 소식을 끊고 살았겠어요. 한국엔 당장은 못 갈 것 같아요. 딸아이 보기도 민망하고."

"…………."

뭐라고 말이라도 해야 하는데 쉽게 입이 떨어지지 않는다.

'지금 해볼까… 아니면 내일 엘에이에 돌아가서..?'

아니, 지금 못하면 내일은 더 힘들 것 같다. 해숙이 용기를 냈다.

"허선생님, 그냥 여기서 저랑 함께 지내요. 자리 잡고 나중에 소원이도 놀러오라고 하면 되죠."

남태가 생각에 잠긴 듯 말이 없다. 마지막 분수 쇼가 시작되자 호텔 안에 있던 사람들까지 우르르 몰려나왔다. 주위는 삽시간에 또 인산인해를 이루고 있다. 지금 해숙이라는 밧줄을 잡지 않으면 아무것도 할 수 없다는 것을 남태는 잘 알고 있다. 방금까지도 홍주를 찾아 헤맨 것을 알고 있는 해숙이 손을 먼저 내밀어 주었다. 그런 그녀의 마음이 고맙고 미안한 남태는 말없이 해숙의 어깨를 감싸 안았다.

'지연에 대해 홍주에게 말하지 않았듯이 해숙에게도 홍주가 사라진 진짜 이유는 숨겨야 한다. 더 이상의 그림자 찾기도 오늘로서 끝내자! 그러자! 우리 소원이를 위해서라도.'

소원이 생각에 갑자기 눈시울이 뜨거워진 남태는 두 눈을 감아버렸다.

이 두 사람의 모습을 남태가 해숙을 찾으러 올라갔던 바위 뒤에서 훔쳐보는 사람. 홍주다.

'두 사람. 결국 만났군. 언니 말이 맞았어. 내가 먼저 버리길 정말 잘한 거야!'

남태가 지연과 라스베가스에 여행 온 것으로 오해한 불쌍한 홍주. 남태의 얼굴에 지난 4년 동안 먹은 걸 다 토해버리고 싶은 심정이지만 더 이상 비참해지고 싶진 않다. 남태의 팔에 안겨있는 지연에게도 질투 따윈 하지 않을 것이다.

'어차피 호적상의 첩은 당신으로 기록될 테니까!'

홍주 앞에 관광버스 한 대가 멈추더니 피~식 소리를 내며 문이 열리자 남자가 손을 내밀었다.

남자는 익숙한 듯 홍주의 빨간 여행 가방을 받아 올린 후 홍주를 맨 앞자리에 데려가 앉혔다. 홍주는 노란 가발이 달린 모자를 벗어 쇼핑백에 넣더니 주머니에서 열쇠고리를 꺼내 남자에게 건넸다. 남태가 급히 빠져나갔던 기념품 가게에서 구입한 것이다.

"선물 고마워요, 홍주 씨! 이번엔 콜로라도에 가면 2주후에나 라스베가스로 돌아오게 될 거예요."

"네, 저는 어디든 좋아요. 이렇게 관광하며 다니는 직업이 최고인 것 같아요!"

홍주를 태운 버스문은 남태의 뒷모습을 향해 피~식 소리를 내며 닫히고, 버스는 이내 라스베가스를 등지고 미지의 밤 속으로 사라졌다.

(2017년 미주한국문인협회 단편소설 입상작)

투명 인간

〈 1 〉

"안녕하세요 David Park 선생님,

인터넷에서 박 선생님의 성공사례를 읽었습니다. 저도 이 글을 쓰기 전에 PLK라는 회사의 투자관련 책 광고에 대하여 자세히 읽어보기는 했는데 선생님께서 말씀하신대로 정말 그렇게 자신 있게 권할 수 있는 것인지 의문이 갑니다. 언급하신 것처럼 돈이 쉽게 벌린다면 굳이 동네라디오 웹사이트의 구인란에까지 성공사례를 올리실 정도의 시간이 있으실까 해서요. 이 세상에 그렇게 쉽게 돈을 벌수 있는 방법이 어디 있겠습니까? 같은 한인을 상대로 그 '쉽게'라는 말을 함부로 쓰지 않는 것이 바람직하다고 봅니다.

박 선생님이 정말 쉽게 부자가 되셨다면 집주소와 전화번호를 보내주세요. 제가 직접 한수 배우고 싶군요. 제 이메일 주소는 jycho@xxx.com 입니다. 조주연"

툭하면 불같이 화를 내는 사장에게 시달린 지 3년 만에 사표고 뭐고 할 것 없이 박스 하나 달랑 챙겨 뒤도 안돌아보고 퇴사한 지 2주가 넘었다. 주연은 이미 찢겨진 마른 오징어를 질겅질겅 씹어대며 David Park에게 댓글을 올린 뒤 기지개를 폈다.

'저녁 먹은 거 체할 뻔 했네…. 안 그래도 짜증나 죽겠는데 어디서 사기를 치려고!!'

가뜩이나 잠도 오지 않는 밤. 구인광고를 뒤적이다가 본 부동산투자용 전자책 판매광고와 David Park이라는 사람이 댓글로 달아놓은 성공사례. 짜고 치는 고스톱 같은 이 상황을 주연의 성격상 그냥 지나칠 리가 없다. 화풀이용 오징어가 이럴 땐 제 역할을 잘 해내준다. 주연은 눈 깜빡거림을 최대한 자제하며 다시 구인광고를 하나씩 검토하기 시작한다. 너무 자주 구인광고를 올리는 회사나 '초보자환영'이라는 말을 건너뛰면 마땅히 이력서를 보낼만한 곳이 없다.

두어 시간 후. David Park으로부터 메일이 왔다.

"밤 열시가 넘었는데… 내 이메일을 받고 열 받아서 쓴 것 같은데 그냥 쓰레기통에?"

잠깐 그렇게 생각은 해봤지만 호기심 많은 주연이 잠이 올 리가 없다. 인터넷이 생긴 이래 읽지 않고 무조건 쓰레기통에 처넣은 이메일은 2년 전 헤어진 전남친의 마지막 이메일뿐이다. 읽으나마나 미안하다는 사과와 변명을 늘어놓았을 게 뻔했기에 곧바로 폐기처분된 것이다. 혹시 몰라서 Anti-Virus 프로그램을 한번 실행시킨 뒤 조심스레 David Park의 이메일을 열었다. 긴장이 되는지 침이 꼴깍하며 넘어가는 소리가 유난히 크게 들린다.

"안녕하세요?

제가 올린 게시판 글이 조주연 씨께 오해를 드렸나봅니다. 몇 가지 오해된 것 같은 부분을 말씀 드립니다. 먼저 제가 '쉽게'라는 글을 썼다고 하시는데, 제가 쓴 글에는 그런 문구가 없는 걸로 압니다. 전 단지 방법을 알면 쉽다는 말을 쓴 것뿐입니다. 그리고 부동산 투자를 할 때 많은 시간이 드는 것으로 아시는데, 요즘은 컴퓨터 정보화시대입니다. 모든 정보를 집에서 매일 이메일로 받을 수 있습니다. 저는 일주일에 10시간 정도 일을 합니다. 아래에 제 일주일 시간표를 적어서 보내드립니다. 제가 조주연 씨의 이메일을 받고 심기가 불편하지만, 조주연 씨의 성공을 위해서 알려드리는 것입니다. 저는 유타 주에서 부동산 투자를 합니다. 매일같이 제 컴퓨터에는 집을 팔겠다는 이메일로 가득 찹니다. 그리고 동네 부동산 에이전트, 브로커, 타이틀 회사에서 많은 정보들이 옵니다. 처음으로 제가 하는 일은, 많은 정보들을 간추려서 구입할 조건이 될 만한 집들을 고릅니다. 이때 드는 시간은 1시간 정도 됩니다.

둘째로, 집을 고른 뒤 집 주인들에게 전화를 해서 집에 대한 정보를 자세히 받습니다. 이때는 2시간 정도 듭니다.

셋째로는, 대화를 한 곳 중 몇 군데를 골라서 집을 보러 갑니다. (물론 집을 보러가기 전에 그 집에 대해서 자세한 정보를 얻는 것이 중요합니다. 이것은 전문 회사들이 다 해줍니다.) 이때는 2-3시간을 잡습니다.

넷째로는, 이중 한 집을 선택해서 구입할 준비를 하는데, 제가 거래하는 융자회사에 전화를 해서 미리 융자 허락을 받습니다. 이때는 30분이면 다 됩니다.

다섯째, 융자 허락을 다 받으면, 집주인과 흥정을 해야겠지요? 이때 1시간 정도, 길게는 2시간 정도를 잡습니다. 주인이 생각할 시간이 필요하면 다음날까지 걸릴 수도 있겠지요.

여섯째, 협상이 끝나면 집을 계약해서 모든 서류를 담당 변호사나, 다른 전문 회사에 가져다주면 됩니다. 그 후론 그들이 다 알아서 모든 일을 합니다.

일곱째, 모든 일이 끝나면, 에스크로 클로징 하는 날 사인만 하고 집의 명의를 받고 다시 팔면 되는 것이지요. 집을 팔 때도 인터넷이나 전문 회사들을 통해서 팔거나 신문 광고를 내서 팔면 됩니다.

이런 방법으로 저는 하고 있습니다. 제가 궁금한 것은 조주연 씨께서 그동안 어떤 책을 구입해서 얼마나 투자를 하셨는지 궁금합니다. 또한 현재 투자를 하고 계신지도 궁금하고요. 만일 책만 읽고 투자를 해보시지 않으셨다면, 꼭 한번 해보시라는 당부를 드립니다. 어떤 방법을 쓰시든, 어떤 책을 보고 하시든, 그것은 조주연 씨의 자유입니다. 하지만 전 PLK 회사의 책을 사용했기에 그대로 글을 올린 것입니다.

마지막으로 드릴 말씀은, 한 번도 만나지 않은 사람에게 그것도 서면상으로 집주소와 전화번호를 달라고 하시는 것은 실례되는 일이라 생각합니다. 또한 편지를 보내실 때 상대방의 마음을 배려하셨으면 좋겠군요. 궁금한 사항이 더 있으시면 이메일 주세요. David Park"

'… 내가 좀 심했나?'

이메일을 읽고 나니 좀 미안한 생각이 든다. 긴 이메일 내용을 눈으로 읽는 동안 입안에서 물에 불린 것처럼 탄력을 잃은 오징어 다리를 그대로 휴지통에 던져 넣고 화장실로 달려가 양치질을 해버린다.

'저렇게 긴 내용을 써 보낸 걸 보면 나의 무례한 행동을 응징하려는 것 같기도 하고… 일의 진행순서를 상세히 적어 보낸걸 보면 일을 제대로 하는 사람 같기도 하고….'

주연의 머리가 갑자기 복잡해지면서 마음속의 양심이 방망이질을 해대기 시작한다.

'에라 모르겠다! 일단은 미안하다고 사과부터. 유타 주면 지금이 몇 시야? 이 늦은 시각에 잠도 안자고 답장을 보내고 그러냐. 미안하게스리..'

남한테 상처를 주고 발 뻗고 자는 성격이 아닌지라 일단 마음의 부담을 덜어야 한다.

'오늘 자정이 지나기 전에 사과를 하면 오늘의 죄는 씻기는 거야.'

"안녕하세요?

먼저, 말씀하시는 오해부분에 대해서는 사과드립니다. 요즘에 게시판에 뜨는 비슷한 종류의 글들을 보면 정말 어이가 없을 때가 종종 있거든요. 이메일을 읽어보니, 선생님은 크레딧도 좋으시고, 영어도 잘 하시는 것 같은데 투자가로 성공하기 위한 기본자격 정도는 먼저 알려주셔야 읽는 사람들이 허황된 꿈을 꾸지 않을 거라고 생각합니다. 저도 미국에서 대학을 졸업했고 무역회사에서 마케팅 일을 했습니다. 정보에 빠른 자가 먼저 성공할 확률이 높다는 것쯤은 알고 있고요. 선생님의 글을 읽고 심기가 불편하여 항의 글을 보낸 것인데, 저로 인해 기분 나쁘시게 해서 죄송합니다. 선생님의 스케줄을 카피해서 인터넷 게시판에 올리는 것이 더 설득력이 있겠네요. 단 몇 줄의 글로서 이런 업종의 일을 설명한다는 것 자체가 힘들지 않았었나 싶습니다. 투자관련 책은 조금 읽어보았지만 이미 눈치 채셨듯이 투자는 아직 해보지 못한 상태입니다. 너무 이리재고 저리재고 해서 못하는 것 보다는, 확실한 믿음이 서지가 않아서요. 같은 동네인줄 알았는데 너무 멀리서 사시니 주소를 주셔도 찾아가 뵙지도 못하고, 말재주가 없어 전화번호를 주셔도 연락은 어렵겠네요. 궁금한 사항이 더 있으면 이메일 달라고 하셨는데…없.습.니.다. 안녕히 계세요."

이메일을 보내놓고 나니 갑자기 잠이 밀려온다. START-SHUT DOWN
의 컴퓨터를 끄는 순서를 떠올릴 겨를도 없이 무조건 POWER 버튼을 눌
러버렸다. 컴퓨터를 꺼야 신경도 함께 끌 수 있다.

'궁금한 게 없다고 했는데도 답장이 올까? 에이… 설마….'

그가 살고 있는 세상이 궁금한 건 사실이다. 눈에 쏙쏙 들어오는 글의
내용도 그렇거니와 다시 읽어봐도 흥미 가득한 정보에 귀가 점점 얇아지
는 느낌마저 들었으니까.

⟨2⟩

다음날 아침. 잠에서 깨자마자 눈을 비비며 제일 먼저 컴퓨터를 켰다.
답장이 와 있었다. 어제와는 달리 심장이 두근거리는 것으로 보아 그의
답장을 내심 기다렸다는 증거이다.

"이메일 주셔서 감사드립니다.

이렇게 서면으로 만난 것도 인연이라 생각하며 몇 글자 적어 보내 드립
니다. 저는 크레딧이 좋은 사람도 돈이 많은 사람도 아니었습니다. 제가
투자를 시작하기 전에는 미국 자동차 딜러에서 일을 했습니다. 늘 커미션
으로 생활을 하다 보니 어느 때는 생활이 어려울 때도 있었습니다. 크레
딧은 1년 전 장사를 하다가 상황이 나빠져서 개인파산을 하는 바람에 그
다지 좋은 편도 아닙니다. 영어는 당연히 해야 미국에서 먹고 사니까 기
본적인 대화는 얼마든지 가능하다고 봅니다. 자동차 딜러에서 Fleet
Manager로 일을 하다가 우연히 한 손님 중에 부동산 투자를 하시는 분에
게 PLK 회사를 소개받고 시작한 것이 계기가 된 거죠. 처음에는 모르고
그저 돈만 벌수 있다면 무슨 일을 못하랴 하고 시작해 실수도 많이 했습니

다. 왜냐하면 책에 쓰인 방법이 아닌 제 생각대로 일을 했던 것이 잘못이었죠. 한 2개월을 실수만 하다가, 안되겠다 싶어서 다시 책을 보고 공부해서 새롭게 시작했어요. 그땐 제가 형편이 좀 급해서 서두른 거지요. 이야기가 지루하실 것 같아서 짧게 끝내자면, 누구나 생각하는 것이 다르고 좋아하는 것이 다르듯이 저는 부동산 투자를 좋아합니다. 제 직성에 맞는 거지요. 주연씨도 제가 보기에는 투자도 적성에 맞으실 것 같습니다. 연배는 어떻게 되시는지는 모르겠지만, 제 생각은 무슨 일이든 성공한 사람들의 방법을 그대로 카피하면 80%는 성공할 수 있다고 봅니다. 누구나 다 성공할 수는 없겠지요. 그러면 너무 좋은 일이지만. 전 매일 그날그날 하나님께 부탁의 기도를 드리는 것이 있습니다. 그것은 제가 사람답게 살게 하시고, 남에게 피해만 안주는 사람으로 살게 해 달라는 부탁의 기도입니다. 제 자신도 그러려고 노력하고요. 지금까지 제 글을 읽어 주셔서 감사합니다. 부동산 투자는 제가 보기에는 꽤 괜찮은 사업이라 생각합니다. 한번 해보세요. 손해 볼 일은 없으실 겁니다. 도움이 필요하시면 언제든 연락주세요. David Park"

'기도를 매일 한다고?'
주연의 동공이 흔들린다.
'예수님을 만나면 불신자에게 복음을 전하지 않고는 못 배긴다던데..'
책 한 권으로 성공을 한 기독교인의 개인 간증문을 읽는 듯한 착각까지 들고 있다.
'기도하는 기독교인이라잖아! 밑져야 본전이라고 한번 이것저것 알아볼까? 어차피 책 값 정도이외엔 드는 비용도 없는데 이 사람한테 도움 좀 받으면 어떻겠어. 직접 만날 것도 아니고. 정 아니다 싶으면 그만 두면 될

테고.'

주연은 꿈인지 생시인지 모를 이 상황을 어떻게 해석을 해야 할지 모르겠다.

'하나님이 드디어 내게도 관심을 보이시는 건가? 그렇지 않고서야 모르는 사람이 날 도우려고 할리가 없잖아!'

순간적으로 벅차오르는 가슴을 진정시키며 키보드를 두드렸다. 마음이 급해서 그런지 오타가 많아 계속 backspace 키를 눌러대고 있다. 입안에 침까지 말라서 목젖이 따갑다. 왼손을 책상 아래로 내려 휘젓자 30개짜리 병물 꾸러미가 손끝에 닿는다. 병물 한 개를 집어 올려 뚜껑을 딴다. 툭! 하는 소리와 함께 뚜껑이 열리고 순식간에 한 병을 꿀꺽꿀꺽 다 들이키자 몸 안에 막혔던 체증이 뚫리는 것 같다.

"안녕하세요,

저도 언젠가는 투자를 해봐야 되겠다고 생각은 하고 있었죠. 마땅히 안전하게 할 만한 것을 찾지 못했을 뿐이에요. 저는 실수로라도 잃을 수 있는 자금이 충분히 있는 사람은 아니거든요. 게다가 지금은 그나마 모아둔 돈을 까먹고 있는 실정이고요. TV에선 돈 한 푼 없이도 부동산을 사고파는 것이 가능하다고는 하지만, 일단 자세히 들어가 보면 closing cost (권원이전비용) 정도는 있어야 하잖아요. 제가 좀 고지식한 데가 있어요. 이건 이렇다, 저건 저렇다 해놓고 나중에 생각지도 못한 것들이 튀어나오면 좀 당황스럽거든요. 저는 30대 중반이에요. 성공한 사람들의 방법을 벤치마킹하는 것도 중요하고, 꿈은 크게 가질수록 좋다고 늘 생각하고 있었어요. 생각이 인생을 바꾼다는 말도 일리가 있다고 믿고요. 일단 부동산 투자에 관심을 좀 갖고, 갖고 있던 편견을 좀 없애고, PLK에서 책을 구입해서 읽어 보려고요. 저도 돈 벌면 저만 잘 먹고 잘살겠다는 이기적인 사람은 아닙니다. 마음으로, 몸으로 남을 돕는 사람들이 있듯이 저는 물질로 돕고 싶어요. 돈이 전부는 아니라고들 하지만, 없는 자들의 변명으로 밖엔 들리지 않거든요. 저 돈 없어요. 다니던 직장을 그만 두었거든요."

[send] 버튼을 누르자마자 이메일이 전송되는 것을 보면서 아차! 싶다.

'괜스레 잘 알지도 못하는 사람한테 돈 없다고 말했나? 혹시라도 기분 나쁘게 알거지 취급을 하기라도 하면 어쩌냐고…'

노처녀라는 얘기만 들어도 자존심이 상해버리는 주연. 하필 왜 돈 없다는 얘기를 해가지고 불편한 마음을 스스로 만들어냈나 후회가 든다. 더 솔직히 말하면, David Park이 무조건 투자하라는 조언을 할까봐 일종의 바리케이드를 쳐 두고 싶었던 마음도 있다.

'돈이라도 주면서 투자해보라고 하든지, 돈이 생길 때까지 멘토 역할만 잘 해주든지. 이 세상에 일부러 다이어트하는 거지가 어딨겠냐고!'

그가 고마우면서도 한편으로는 비빌 언덕 없이 혼자 사는 여자의 재정 상태를 너무 고려하지 않는 것에 대한 섭섭한 마음도 드는 게 사실이다.

〈 3 〉

"답장이 늦었네요.

오늘 차압된 집들 경매가 있어서 하루 종일 시간을 빼앗기느라 이제야 답장을 드립니다. 엘에이에서 마케팅 일을 하셨다니 아무래도 중국산 제품과 경쟁이 심했겠군요. 서로 잘 어울려 살아야 하는 세상이 돼야하는데, 갈수록 이기적인 세상으로 변하고 있으니.. 나 자신부터라도 잘 해야겠다는 각오가 생깁니다. 저는 40대 중반이고요, 사랑하는 아내와 아들, 딸이 있습니다. 그동안 많은 일들을 했지요. 장사도 해보고, 미국 회사도 다녀보고, 세일즈도 해보고. 지금은 부동산 투자를 하지요. 바쁜 인생입니다. 그런데 부동산 투자는 왠지 제 적성에 맞고, 잘할 수 있다는 자신감이 생기는 것 같아요. 아마도 제가 그동안 찾던 일을 찾은 것 같습니다. 엘에이는 물가가 비싸서 살기가 힘들다고 하던데, 경제가 안정이 되어야 살기도 좋을 텐데 걱정입니다. 하지만 우리는 힘내서 열심히 살고, 하나님한테 의지하면 안 될 것이 없다고 봅니다. 동감하시면 할렐루야! 하고 외쳐주세요. 하하하. 답글 감사드리며, 또 좋은 일 있으시면 연락 주세요.   David Park"

할렐루야!!

일단 마음속으로 힘차게 외쳤다. David Park이 유부남이라는 사실에 안심이 된다. 남자들이란 여자들에게 늘 흑심부터 품는다는 느낌을 지울 수가 없었기 때문이다. 유부남에 기독교 신자. 주연의 인생에 터닝 포인트가 되어 줄 것만 같은 희망이 생기고 있다. 30대 중반이 되도록 주연의 주변엔 멘토는커녕 늘 무언가를 얻어내려거나 뜯어내려는 사람들로만 북적거렸다. 상황이 그렇다보니 그가 보내주는 정보와 위로는 당연히 고맙게 느껴질 수밖에 없다.

'David Park. 이 남자. 도대체 누구지? 정말 하나님이 불쌍한 나를 위해 보내주신 천사인가? 그 말로만 듣던 날개 없는 천사가 내게 온 거야?'

우연한 기회를 통해 알게 된 이 남자에게 얻은 정보와 PLK사의 책을 밤새는 줄 모르고 열심히 읽고 또 읽지 않을 수가 없다. 그에게 전화를 걸어

대화를 해볼까 생각도 했었지만 유부남이고, 바쁠 텐데 전화로 귀찮게 하고 싶진 않다. 어차피 전화상의 내용은 기록에 남겨 둘 수도 없으니 이메일이 나중에 복습하기에도 가장 효율적인 방법이라고 생각했다.

〈 4 〉

"안녕하세요 박 선생님,

좋은 집은 구하셨나요? 항상 마음에 드는 집이 꼭 나오나요? 제가 바보 같은 질문을 한 것 같네요. 그리고. 네, 맞아요. 중국 회사들과의 가격 경쟁이 엄청 심해졌어요. 제가 보기엔 중국산 물건들을 가격경쟁에서 이길 수 있는 방법은 없는 것 같아요. 중국의 움직임이 심상치 않게 느껴지네요. 언젠가는 전 세계의 무역시장을 쥐고 흔들 것 같아요. 한국에 계신 부모님께도 더 이상 선물을 보내지 못하겠다니까요. 웬만한 건 다 중국산이라서요. 저는 대학을 졸업하고 계속해서 무역회사에서 일해 왔는데, 아무래도 조만간 결단을 내려야할 것 같아요. 새로운 일에 도전하고 싶어요.

하나님은 바쁘실 텐데 제가 기도한다고 다 들어 주실까요? 저도 하나님한테 기대어 보고 싶네요. 선생님의 말씀에 용기를 얻어 요즘 PLK사의 책을 열심히 읽고 있어요. 제 것이 될 때까지 공부하려고요. 이런 부탁을 공짜로 해서 죄송한데요.. 제가 투자에 익숙해 질 때까지 좀 신경 써 주시면 안 될까요? 무엇부터 시작할건지 상의를 드리면 맞다, 틀리다, 그런 식으로 조언을 받았으면 좋겠어요. 손 안대고 코푸는 그런 상식 없는 사람 아니니까 곰곰이 생각 좀 해봐주세요. 감사합니다. 안녕히 계세요."

'일단은 잘한 거야.'

남에게 싫은 소리도, 개인적인 부탁도 잘 하지 않는 주연이다. 그런데 이번만큼은 상황이 많이 다르다. 미래가 달린 문제이니 만큼 주저만 하다가 기회를 놓치는 바보가 되고 싶지는 않다.

'기회는 누구에게나 온다지만 준비된 자만이 잡을 수 있다고 하잖아!'

PLK사의 책만 잘 꿰고 있으면 적어도 David Park이 했다는 실수는 비켜갈 수 있을 거라는 확신이 생긴다. 그와 연결된 보이지 않는 줄이라도 꽉 잡고 싶은 심정이다.

"조 주연님께서 드디어 부동산 투자가로 입성을 하시는군요. 축하드립니다! 부디 대성을 기원합니다. 앞으로 질문이 있으시면 연락주세요. 제가 아는 한도 내에서 열심히 도와드릴게요. 제가 오늘은 무지 바빠서 이만 줄입니다. 꼭 성공 하실 줄 믿습니다. 하나님의 은총이 깃드시기를 빌면서. David Park"

'… 부동산 투자가니까 바쁘시긴 하겠네. 그래도 그렇지. 내게 조금만 더 시간을 할애해 주면 좋잖아. 두문불출하고 책에만 매달려 있는데.'

밀당을 하는 것도 아닐진대 오래 기다린 보람도 없이 보내온 짤막한 이메일 내용에 섭섭한 마음을 감출 길이 없다. 믿음과 실망감은 다른 방향이지만 같은 비율로 상승하는 것 같다. 성공 할 때까지 다리역할을 해줄 사람이라는 믿음만큼, 무관심처럼 느껴지는 그의 태도에 쉽게 실망감이 엄습해온다. 이번엔 주연은 답장을 보내지 않았다. 매번 바쁘다는 그의 이메일을 손꼽아 기다리는 것을 들키기가 싫다.

〈 5 〉

다음날 그에게서 또 이메일이 도착했다. 마치 전날 보내온 짧디 짧은 이메일을 읽고 답장도 보내지 않은 주연의 섭섭한 마음이 전해진 걸까.

"안녕하세요,

제가 한동안 정신없이 바쁠 것 같습니다. 왜냐하면 헌집을 하나 구입해서 청소를 해야 하거든요. 남 써보았자 돈만 들어가기에 간단한 청소는 제가 한답니다. $179,000에 산 집인데 고치면 $259,000까지 받을 수 있어서 노동을(?) 해야 합니다. 조주연 씨를 위해 오늘도 하나님께 기도를 드렸습니다. 앞으로 좋은 일이 있을 겁니다. 안녕히 계세요. David Park"

이미 성공한 부자인데 아직도 청소를 직접 하다니 쉽게 납득이 가진 않지만 졸부들과는 달리 자수성가한 사람들이 대체로 이 남자처럼 사는 것 같다.

'좋은 일이 있을 거라고? 무슨 뜻이지?'

마치 부동산투자가의 성공비법을 전수해 줄 것처럼 들리는 그의 한마디 때문인지 두근거리는 심장이 쉽게 가라앉질 않는다.

〈 6 〉

며칠 후 PLK사로 부터 이메일이 도착했다.

"조주연님,

저희 회사는 20년이 넘은 부동산투자전문 회사입니다. 지금은 융자와 출판까지 겸해서 하는 회사입니다. 제가 회사에 입사한 지 13년이 되었습니다. 동양인으로는 처음이었죠. 이후로 제가 많은 동양인들을 스카우트하고, 한국인 55명을 입사시켜 아시안의 힘을 기르려고 노력하고 있습니다. 제가 한국어로 번역편을 낸 이유도 같은 한국인들에게 미국인들과 같이 부를 축척하고, 서로 돕자는 이유로 시작했습니다. 저희 한국인 직원들끼리 모여서 "왜 미국인들은 부동산투자로 성공을 하는데, 한국인들은 하지 못할까?" 논의하면서 얻은 결론은, 언어문제와 잘못된 투자인식을 먼저 생각했습니다. 또한 투자로 돈을 벌 수 있다는 것은 알고 있지만, 방법을 몰라서 못하는 것 또한 이유라고 생각해서, 한국어로 번역을 해보자 해서 글을 쓰신 사장님에게 동의를 얻어 만들었습니다.

이제는 우리 한인 이민자들도 미국 사회에서 두각을 나타내며 살아야 한다고 생각합니다. 솔직히 우리 한인 이민자들의 문제는 작은 울타리 안에서 서로를 헐뜯고, 비방하며, 속이려 들고, 누가 잘되면 똑같은 비지니스를 바로 옆에다 시작하는 몇몇 비양심적인 사람들 때문에 덩달아서 서로를 못 믿는 그런 사회에서 산다고 해도 과언은 아닐 겁니다. 이젠 바꾸어야 할 때입니다. 서로가 서로에게 아무런 조건 없이 그저 같은 한국인이라는 이유 하나만으로 도와야 한다고 생각합니다. 서로 만나면 인사 정도는 해야 하는데, 봐도 모르는 척, 어떤 이는 아예 보려고도 안하는 것이 현실이죠. 너무 이기적으로 변해가는 사회를 볼 때 씁쓸한 마음이 듭니다.

어쨌든 조주연님께서 좋은 투자가로 성공하시기를 바랍니다. 그래서 힘없고 어려운 사람들을 많이 도와주시기를 부탁드립니다. 나 한사람부터 새로운 마음으로 시작한다면, 분명히 살기 좋은 세상은 올 것입니다. 다른 궁금한 사항이 있으시면 언제든지 제 앞으로 이메일을 주시면 조주연님의 성공을 위해 성심성의껏 도와드릴 것을 약속드립니다. 저와 친한 친구가 조주연님께서 사시는 캘리포니아에 있습니다. 웹사이트를 아주 잘 만드는데 제가 부탁해서 저렴하게 해드리도록 연락을 해두겠습니다.

제 부탁을 거절한 적이 없으니 분명히 잘 도와드릴 겁니다.

　부동산투자가로 성공하시려면 웹사이트는 꼭 필요하거든요. 친구의 이름은 James Kim입니다. 참, 제가 내일부터 일주일동안 세미나가 있습니다. 이메일을 주시면 아마도 일주일후 쯤에나 연락을 드리게 될 것 같습니다. 불편을 드려 죄송합니다. 안녕히 계세요.

Jonathan Kim / Vice President"

　Jonathan Kim. 한국인이고, 영어도 유창하게 잘하며, 부사장이라니. 요즘 사람들은 정말 진취적이라는 생각이 들었다.

　'PLK사의 책을 구입하는데 $300불도 안 들었는데. 이미 David Park을 통해 얻은 정보도 많은데 Jonathan Kim 부사장까지 나서서 나를 도와준다니… 하나님이 이들을 통해 나를 도와주시는 게 틀림없어!'

　Jonathan Kim 부사장은 PLK사가 위치한 뉴욕에 거주하고 있다. 주연을 도울 사람들이 이미 3명으로 늘어났기에 더욱더 열심히 일에 몰두하지 않을 수가 없다. 부사장이 소개해준 James Kim은 주연의 부동산 투자업을 위해 웹사이트를 만들기 시작했고, David Park과 Jonathan Kim이 하나님 나라를 위해 얼마나 헌신적으로 후원을 하는지에 대해 틈틈이 알려주기도 했다. 잦은 이메일 연락 덕분에 사진으로만 본 그들의 얼굴은 전혀 낯설지가 않다. 한동안 연락이 끊기면 끈 떨어진 연처럼 왠지 모를 불안감이 엄습해 오는 고비만 잘 넘기면 이내 또 평안이 찾아오곤 했다.

〈 7 〉

　"안녕하세요 Jonathan Kim 부사장님,

　일주일 동안 세미나는 잘 치르셨나요? 바쁘신데 신경쓰실까봐 일부러 연락을 안 드렸어요. 전 잘 지내고 있어요. James님이 제 웹사이트를 만드시느라 고생이 많으시죠. 정말 친절하고 실력이 좋으신 분이더라고요. 그래서 저는 더더욱 열심히 공부하고 있답니다. 요즘같이 개인적으로 하는 일이 많은 적도 없었던 것 같아요. 아예 체크 리스트를 만들었어요. 기억력의 한계를 느꼈거든요. 부동산 투자 책을 읽다보니, 저한테 필요한 사람들과 네트워킹을 구축해 놓으라고 되어 있어서 기도중이랍니다. 몇 일전엔 목수일 하시는 분과 연락이 되었어요. 나중에 집수리할 일이 생기면 다시 연락드리겠다고 했고요. 타주에서 오신 분이라는데 잘해 주시겠다고 했습니다. 책에 적혀있는 대로, 다니다가 공사하는 곳이 보이면 직접 가서 명함을 가져오는 것도 잊지 않고 있어요. County Record Research에서 차압 리스트를 받고 있지만 아직은 뭐가 뭔지 잘 모르겠어요. 책은 아직도 다 못 읽었고(나름대로 정리하고 있습니다), 궁금은 하고…. 한번만 읽어도 머리에 쏙쏙 들어오는 약이 있다면 좋겠네요. 요즘은 하루가 정말 짧네요. 벌써 주말이라니.. 부사장님도 한 주 바쁘셨으니 편안한 주말 보내시기 바랍니다.

안녕히 계세요. 조주연 올림"

다행히 답장이 금방 왔다. 답장을 기다리는 동안의 초조함은 겪어보지 않은 사람은 모른다. 그들의 말 한마디에 따라 오르내리는 주연의 사기. 서로 얼굴을 맞대고 하는 일이 아니다보니 행복지수와 불행지수 또한 늘 같은 수치로 붙어 다닐 수밖에 없다.

"안녕하세요 주연씨,

제가 아직 세미나 관계로 시카고에서 주말을 보내야 합니다. 어저께 James씨와 전화통화를 했는데, 주연씨의 웹사이트가 거의 완성됐다고 합니다. 저는 James씨의 실력을 아니까 잘 만들어 드릴 줄 믿습니다. 주연씨의 이메일은 언제 읽어도 참 부지런하시다는 느낌이 듭니다. 그리고 열심히 하시는 모습이 아름답습니다. 늘 그런 마음과 모습 잊지 마시기 바랍니다. 부동산 투자에 대해 너무 어렵게 생각하지 마세요. 쉽게 머리에 들어오는 약은 투자에 대한 Basic Concept를 먼저 이해하셔야 합니다. Basic Concept 는 Buy Low and Sell High. 즉 장사의 기본입니다.

집은 시세가격에서 30%정도 낮게 구입하셔야 합니다. 예를 들어 $100,000의 집은 $70,000 정도에 구입하는 것이죠. 차압되는 집들은 주인이 은행에 내야 하는 Default Amount (밀린 집세)를 대신 내주고 주인이 원하는 Equity(집의 시세가격 − 집의 원가)에 대한 가격을 주고 사시면 됩니다. 핫 마켓이 아닐 때는 주로 Default Amount 를 대신 값아 주고 집의 명의들을 건네받았습니다. 이것을 Subject to Deal이라고 하는데, 핫 마켓의 경우에는 찾기가 좀 힘들 것입니다. 하지만 시도는 늘 해보세요. 그러면 찾으실 수 있습니다. 핫 마켓의 경우에는 집 주인들이 Equity에 대한 돈을 거의 다 받으려고 합니다. 이때 흥정을 잘하시는 방법은 집을 보러가서 주인에게 고쳐야 할 부분들을 모두 이야기하고 직접 주인에게 얼마 정도가 들겠는가를 여쭈어 보세요. 그럼 주인의 생각이 바뀌고 집값을 낮추어 부를 겁니다. 만일 그래도 돈을 다 받으려 한다면, 명함을 주시고 오세요. 70% 이상이 다시 전화를 합니다. 모든 비지니스는 심리전이 많습니다. 심리전과 숫자 게임에서 이기셔야 성공하십니다. 이때 들어가는 돈은 주로 개인 투자가를 찾아서 하시거나, Hard Loan Lender, Real Estate Broker 등을 통해서 융통하시면 됩니다.

오늘은 제가 바빠서 여기까지만 하고 나중에 다시 연락드리겠습니다. 안녕히 계세요. Jonathan Kim"

David Park, Jonathan Kim, James Kim. 이 세 사람의 공통점. 부자이다. 지식이 거의 만물박사 수준이다. 독실한 크리스천이다. 늘 바쁘다. 그럼에도 주연의 성공을 위해 도우려고 애를 쓴다. 하늘은 스스로 돕는 자를 돕는다고 믿는 주연은 노력하지 않는 사람을 하늘이 도울 리가 없다는 신념아래 밤낮없이 일에 매달려 지내왔다. 바빠야 딴생각이 들지 않는다는 것을 터득한 것처럼. 이 세 사람들과 또 다시 한동안 연락이 두절된 상태였기 때문에 더더욱 바쁘게 여기저기를 누비며 책에서 시키는 대로 실전연습을 하고 있던 중 드디어 이메일 한 통이 날아들었다.

〈 8 〉
"안녕하세요 조주연씨, Jonathan Kim입니다.

오랜만입니다. 그동안 잘 지내고 계시죠? 연락을 자주 못 드려 죄송합니다. 가르쳐 드릴 것도 많은데, 제가 너무 바빠서 정신이 없습니다. 저희 회사가 뉴욕의 투자그룹 회사하고 합병을 했습니다. 저희 회사가 합병을 하면서 미국에서 7번째로 큰 투자 기업으로 성장했습니다. 그래서 모든 것이 교체되느라 바빠서 연락을 못 드렸네요. 현재 PLK 웹사이트도 업데이트 중이라 아마 7월 1일부터 새로이 시작될 겁니다. 제가 이번 합병으로 인해 사장직을 맡게 되었어요. 연락을 주실 때는 사장실로 연결을 해 달라고 하세요.

그동안 부동산 투자는 많이 하셨는지요? 궁금한 사항이 있으시면 언제든지 연락 주세요. James씨께서 많이 도와 드리죠? 참, 요즘은 못 도와 드리겠네요. 태국에 있는 미지의 세계에서 선교하고 있을 테니까요. 전기도 없는 곳이라는데 잘 지내는지 궁금하네요.

이번에 저희 회사가 회원제로 크게 바뀌어서 새로운 프로그램들이 많이 보충되었습니다. 제가 주연 씨께 꼭 소개해 드리고 싶은 프로그램입니다. 이번 목표는, 저희 손님 누구나가 3년 안에 백만장자가 될 수 있는 최고의 프로그램으로, 비지니스 설립 기초부터 자금 조달까지 모든 것을 쉽게 배우실수 있도록 하는 프로그램입니다. James씨께서 말씀 드렸는지 모르겠지만, 그동안 저와 James씨, 그리고 몇몇 투자가들과 함께 하와이에 관광 산업으로 섬을 개발하고 호텔과 리조트를 설립 중에 있어요. 공사는 2년 후쯤에 완공예정인데, 완공 후 주연씨와 가족 분들을 초대할게요. 자주 오셔서 좋은 시간 보내시다 가시기 바랍니다. 물론 비용은 무료로 해야겠죠.

저는 조주연씨가 꼭 성공 하시기를 바랍니다. 제게 이메일을 자주 주셔서 모르시는 것이 있으시면 상의 하세요. 제가 바쁘다 보니까 시간을 내기가 힘이 듭니다. 하지만 이메일로 답장은 꼭 해드릴게요.

그럼 좋은 하루 보내시고 안녕히 계세요.”

Jonathan Kim은 외국인 간부들 7명과 함께 찍은 사진도 첨부해서 보내왔다. 훤칠한 인물에 젊은 사람이 벌써 그 큰 투자그룹의 사장이 되었다니 도대체 얼마나 대단한 사람일까. 주연은 한참동안 사진을 뚫어져라 바라보며 넋을 놓고 있다. 얼마 전에 James Kim으로부터 David Park이 베트남으로 6개월 동안 선교를 떠났다는 말을 전해 들었었다. 그런데 이젠 James Kim이 태국에서 선교중이라니…

‘전기도 없는 곳에서 고생이 많으시겠네. 그래서 이메일에 답장이 없었던 거야.’

그들이 왜 하나님 일에 몸을 사리지 않는지 궁금했다. 하나님 일을 우선순위에 두고 선을 실천하는 그들에게 하나님은 물질의 축복을 계속해서 부어주시는 것만 같다.

'그래도 그렇지. 가면 간다, 오면 왔다. 미리 얘기해 주면 좋잖아. 하긴… 내가 그 사람들한테 가족도 아니고.. 미리미리 보고할 대상은 아니지.'

갑자기 거대한 산처럼 보이는 그들 앞에 줄어드는 자신의 초라한 모습이 상상되자 눈을 감아 버렸다.

〈9〉

"안녕하세요. 조주연씨,

좋은 연휴 보내시겠지요? 어디 좋은 곳으로 여행은 안 가셨는지요? 이번 저희 백만장자 만들기 프로그램에 가입하신 것을 다시 한 번 축하드리며, 주연씨의 성공을 위해서 James씨께 주연씨의 성공문제를 부탁드렸습니다. 같은 캘리포니아에 사시고, 또 James씨가 그동안 많은 백만장자들을 배출시키신 경험이 있습니다.

James씨께 말씀 들으셨는지 모르겠지만, David Park님을 비롯해서 많은 비지니스 사장들이나 임원들이 지난 년도까지 James씨께 개인지도를 받았습니다. 특히 Selimore Investment Inc.(Portland, Oregon) 회사의 사장인 Randy Selimore는 5만 불의 자본으로 시작한 비지니스를 James씨의 도움으로 2년 만에 50만 불의 자본을 갖춘 비지니스로 성장시켰습니다.

올해 들어오면서부터 쉬고 싶다고 웹 디자인만 취미로 하고 있죠. 심리학과 비지니스를 전공해서, 그리고 국제 비지니스 법을 전공해서 남을 성공시키는 전문가 입니다. 늘 사람들을 편하게 대해주고, 농담을 하면서도 상대방을 잘 파악합니다. 그래서 저희 회사로 초빙을 하려고 하는데, 쉬고 싶다는 말만 합니다. 제가 주연씨를 위해 특별히 부탁을 했습니다. James씨에 대해서 미리 알려드릴 말씀이 있어요. James씨는 아무나 가르치지를 않습니다. 테스트를 해서 합격을 해야 하는데 미리 몇 가지 알려드릴 게요.

첫째, James씨가 연락을 하면, 아마 몇 가지를 부탁할 겁니다. 주로 주연씨를 알아보기 위한 적성 테스트인데, 앞으로의 꿈이나 이루고자 하는 목표, 그동안 살아오신 인생론, 인생관, Short Term (3 years), Long Term(10 years) 등을 요구할겁니다. 이때 최대한 진실하게 앞으로 원하시는 것을 쓰세요. 꼭 이루고 싶으신 것에 대해 진지하게 쓰셔야 합니다.

둘째, James씨께서 하라는 대로 따라 하세요. 아마 한 달간은 적성테스트와, 기초교육을 훈련 시켜드릴 겁니다. James씨의 생각은, 기초가 튼튼해야 대성을 할 수 있고, 또한 모든 사람에게 각자에게 맞는 성공이 있다고 합니다. 저희는 주로 맞춤성공이라고도 하는데, 조주연씨에게 알맞은 성공을 설계해 드릴 겁니다.

셋째, James씨가 현재 〈부자훈련〉이라는 책을 쓰고 있습니다. 한 2-3개월 걸린다고 하는데, 부탁하셔서 꼭 읽어 보세요. 주연 씨의 성공에 많은 도움이 되실 겁니다. 저희 회사나 저도 많은 도움을 드려 꼭 주연 씨가 원하시는 성공된 삶을 살아 가셨으면 하는 바램입니다. 앞으로 도움이 필요하시면 저한테나 James씨께 연락주세요.

늘 자신감 있게, 그리고 긍정적인 생각으로 사시면 꼭 성공 하실 수 있습니다. 그리고 인생을 진지하게 생각하세요. 자신의 이미지가 중요합니다.

조주연 씨의 주위에 많은 천사 분들이 있다는 것을 잊지 마세요. 주연 씨의 기도가 하늘에 전달되었으니까요. 그럼 오늘도 승리 하시는 하루를 맞이하시기 바랍니다.

　안녕히 계세요.　Jonathan Kim"

　Jonathan Kim 사장의 말대로 James Kim은 주연에 대해 자세히 알고 싶어 했고, 주연은 성심성의껏 자신의 과거와 미래에 대한 모든 것을 정리하여 제출했다. James Kim은 첫 6개월 동안 주연에게 매일 마다 전화를 걸어 주연의 성공을 위한 멘토링을 시작했고, 그 날 그 날 내준 숙제를 검토하는 일도 잊지 않았다. 이 기간 동안 주연은 담당 회계사를 통해 부동산투자 회사를 설립하고, 투자를 위한 자금도 확보해 두었다. James Kim의 도움으로 준비한 사업계획서를 검토한 주연의 지인들이 투자자가 되어 준 덕분이다. 짧은 기간이었지만 방3칸짜리 집을 구입하였고, 그 집을 담보로 사업대출도 받아 두었다. 만약을 위해 주연이 갖고 있는 모든 크레딧 카드에서 한도 전액을 은행구좌로 이전시켜두었다. 30만 불이나 넘는 액수가 모이니 주연은 이미 반은 성공한 듯한 기쁨에 한동안 밤잠을 설치기도 했다.

〈 10 〉

　그러나! 그 기쁨은 오래 가지 못했다. 집 근처에 사무실을 얻어 중국인 건물주인과 리스계약까지 순조롭게 끝낸 다음날, 친구와 사무용품 쇼핑 중에 전화가 걸려왔다. 건물 주인이다. 화가 난 목소리는 맞는데 영어 악센트가 너무 강해서 한 번에 알아들을 수가 없다. 주연은 잠깐만 기다리라는 말을 하면서 건물 밖으로 달려 나왔다. 다시 말해 보라고 하자 계약금으로 건넨 수표가 부도가 났다고 했다. 가슴이 철렁 내려앉는 소리와 함께 심장이 큰 북소리를 내며 뛰기 시작했다. 은행에 곧바로 연락을 해

보니 잔고에 돈이 하나도 없다고 했다. 매일 마다 전화를 받기만 하고 걸어본 적이 없던 James Kim의 번호를 찾아 전화를 했다. 없는 번호라는 음성 메시지만 흘러 나왔다. 부들부들 떨리는 손으로 PLK사에 전화를 했으나 같은 음성 메시지가 흘러 나왔다. Paypal 어카운트 셋업까지 도와주더니 결국 부동산 투자를 위해 모아 둔 자금을 하루아침에 모조리 털어 잠적을 해버린 것이다. 무너진 하늘이 꺼진 땅속을 후벼 파는 순간 커다란 소용돌이에 몸이 휘청거린다.

'쿵!!!'

"주연아! 정신 차려!! 주연아~!!!"

〈 11 〉

David, Jonathan, James. 3명이 아닌, 1인 3역이었던 것도 며칠 뒤에야 깨달았다. 언젠가 James Kim과의 통화 중에 David Park에게 메신저로 짧은 메시지를 보낸 적이 있었다.

〈지금 James 선생님하고 통화하고 있어요~⌒⌒〉 enter key를 눌렀다.

〈딩동~!〉

그런데, 메신저 수신을 알리는 소리가 전화상으로 들려왔다. 이상해서 한 번 더 보내봤다.

〈많이 바쁘신가봐요?〉 enter key를 또 눌렀다.

〈딩동~!〉

희한하게도 같은 메신저 수신 알림소리가 또 전화상으로 들려왔다.

"선생님, 제가 David 선생님한테 메시지를 보냈는데 수신알람이 왜 전화상으로 들리죠?"

즉, "David 컴퓨터한테 메시지를 보냈는데 왜 네 컴퓨터가 받냐?"고 물은 것이었다. James Kim은 잘못 들었을 거라며 말을 돌렸다. 아마 그때 그가 한 일은 David용 컴퓨터를 끄는 것이었으리라. 조금만 의심을 했다면 알 수 있었을 테지만 계속 의심하기엔 그가 너무 커보였다. 한 사람이 3인 역할을 하면서 얼마나 재밌다고 낄낄 댔을까…

순진한 주연. 하나님의 이름을 팔아 사기를 치는 사람들이 있으리라고는 상상을 하지 못했던 것이다. 그동안 공들여 쌓아올린 탑, 주연의 꿈이 한순간에 무너졌다.

주연에게 남아있는 것은 그들과, 아니, 그와 주고받은 이메일 내용들, 빚더미, 지인들의 한숨 섞인 비난, 포토샵으로 잘 만들어진 가짜 사진들. 그리고 1년 반 동안 거의 매일의 전화통화로 익숙해진 그의 목소리뿐. 그를 찾아낼 수 있는 단서는 아무것도 없다.

주연은 거의 4주 동안 미친 듯이 지푸라기라도 잡겠다는 심정으로 도움을 찾아 다녔다. 피해액수가 너무 적다며 관심을 갖지 않는 변호사와, 사기신고 접수 이외엔 도울 방법이 없다는 경찰까지. 이 기가 막힌 사기극의 주인공이 되어버린 주연을 도울 사람은 아무도 없었다. 자포자기 상태에 빠져 한동안 몸살을 앓던 주연의 귀에 그가 했던 말이 맴돌았다.

〈하나님은 자살하는 사람을 가장 싫어하십니다.〉

'이래서 나한테 자살을 하면 지옥에 간다고 세뇌시킨 거야? 내가 비관 자살이라도 할까봐??'

정말 완벽에 가까운 시나리오가 아닐 수 없다. 돈은 다 갖고 튀어도, 사람을 폐인으로 만들어도, 살인자는 되긴 싫다는 게 아닌가!

James Kim에게 마지막 이메일을 쓰기 시작한다. 전화는 안 받아도 이메일은 읽을 것이다. Hacking까지 할 줄 아는 그의 컴퓨터 실력을 일찍이 알고 있던 터라 고민의 여지가 없다.

"James Kim씨,

1년 반 동안 1인 3역을 해내느라 수고 많았네요. 하나님의 이름으로 장사를 하고, 사람을 속이는 사기꾼이 존재할 거란 상상을 하지 못한 내 불찰도 있지만, 당신은 정녕 하나님이 두렵지 않나요? 만물박사 수준의 지식으로 이렇게밖에 살지 못하는 당신이라는 사람이 불쌍할 뿐입니다. 하늘이 무너지는 것 같이 마음이 힘들고 화가 나지만 인간인 나는 당신을 용서하고 잊겠습니다. 어차피 심판은 내가 하는 게 아니니까요. 부디 남의 눈에 피눈물 나게 하지 말고 속죄하길 바랍니다."

Send 버튼을 누르고 울컥하는 마음에 눈을 감는다. 순간! 어디선가 투명인간 아니, 투명악마가 미소를 지으며 바라보는 것 같아 등골이 오싹해지며 눈이 떠져버린다. 주연은 곧바로 일어나 그동안 모아둔 자료들을 커다란 박스 안에 쓸어 담았다.

'그래, 비싼 값을 치르고 험한 인생을 배운 거라고 생각하자. 악마에게 영혼까지 뺏길 순 없어!'

박스를 들고 쓰레기장으로 향하는 주연의 표정이 사뭇 진지하다.

'보고 있나 투명인간? 여기가 네 무덤이다! 지옥에 가는 날까지 너는 악취가 나는 쓰레기장에서 썩게 될 거라고!'

그런데! 주연의 독설을 끝으로 어둠속에서 투명인간의 얼굴이 서서히 윤곽을 드러냈다.

'헉! 저건… 나… 아냐?'

〈타락한 돈의 노예는 너도 마찬가지 아니었나? 너의 무모한 욕심이 네

눈을 멀게 하고 네 귀와 입을 닫은 것뿐이야. 난 네가 보여준 패를 보고 게임을 즐긴 것뿐이라고!〉

주연이 박스와 함께 그 자리에 풀썩 주저앉아 버리자 순식간에 불어 닥친 겨울바람에 박스안의 종이들이 사방으로 흩어져 날리기 시작했다.

고양이 룸메이트

"얌전한 고양이가 부뚜막에 앉아 울고 있어요, 엄마~아 엄마~아 엉덩이가 뜨거워!"

"덜렁이 고양이가 부뚜막에 앉아 울고 있어요, 엄마~아 엄마~아 내 엉덩이 어딨어?"

〈 1 〉

내가 재택근무를 준비할 때였어. 직장에서 근무하는 게 넌더리가 날 즈음이었지. 내가 다니던 직장을 그만 뒀다는 걸 어떻게 알았는지 장 사장한테 연락이 왔더라고. 전화번호를 어떻게 알았냐고 했더니 내 지인을 통해 물어물어 알아냈더군. 그 지인이라는 사람이 장 사장하고 내통하고 있을 줄 몰랐지. 내 전화번호가 거의 매년마다 바뀌는 이유가 바로 장 사장때문이었는데 이번에도 실패했지 뭐야.

내가 왜 장 사장을 피하려고 하냐고? 그에게 빚이라도 졌으면 말도 안해. 한때 내 직장상사였다는 이유로 자기가 필요한 게 있으면 무조건 나를 찾았어. 한국어, 영어, 스페인어까지 능통한 사람이 그 사람 주위엔 나밖엔 없었거든. 내가 어디서 근무하든지 꼭 내 직장까지 찾아와서 형사 콜롬보처럼 정보를 캐냈어. 무슨 회사냐, 무슨 물건을 어디서 얼마에 얼마나 자주 구입 하냐까지 스무고개를 몇 번은 들락 달락 거리며 사람을 귀찮게 하지. 결론은, 공급처가 되고 싶다는 것이고.

날로 먹는 체질인 사람과 인간적인 관계가 형성이 될 리 없지. 그 사람은 친구가 거의 없는 걸로 알거든. 돈에 눈이 먼 게 아니라 돈을 찾아 눈에 불을 켜고 다니는 사람이야. 가끔은 나보다 나이가 훨씬 많은 사람이 저러고 다니니까 측은지심에 돕기도 하고 밥도 사주고 그랬어. 그렇게 수년이 흘렀고 나도 사람인지라 한계가 오더라고. 열 번 얻어먹으면 한 두 번은 사야 하는 거 아냐? 나한테 그렇게 많이 사적인 부탁을 해놓고도 밥한 끼 산적이 없어. 물론, 사준다고 했어도 함께 앉아 밥 먹고 싶은 생각도 없었지만. 식사하는 내내 질문세례를 퍼부으니까 대답은 입으로 해야 하는데 음식을 어디로 넣어야 할지 모를 지경이니까. 시력이 안 좋아서 병역면제를 받았다는 사람이 해병대 출신처럼 행동하면 안 되지! 〈한번 해병은 영원한 해병!〉도 아니고, 〈한번 상사면 영원한 상사!〉 뭐.. 이런 개똥철학이랄까. 그래서 연락을 끊어버렸어. 아니, 전화번호를 바꿔버렸지. 같은 말이지만.

그렇게 나한테 오랜 동안 왕따를 당했던 장 사장이 그럴듯한 사업제안을 해왔어. 고기무역을 함께 하자는 거야. 내게 independent purchasing agent (구매대리인)이라는 직함을 줬어. 별건 아니야. 월급 안 받고 판매수익에 따라 커미션을 받는 거지. 복잡하게 계산하려 들지 말자고 했어. 꼼수의 대가이자 잔머리 굴리기로는 장 사장을 따를 사람이 없다는 걸 잘 알거든. 컨테이너 당 $1천불씩 받기로 했어. 외국 사람들에겐 감자탕이란 음식이 없거든. 광우병 때문에 전 세계, 특히 한국이 소고기수입을 전면 중단한 상태였어. 그래서 돼지고기는 등뼈나 목뼈마저도 없어서 못 팔 정도였지. 나도 이 일을 하면서 알게 됐는데 고기수출업자들한테 찔끔찔끔 구입하는 수입업자들이 없더라고. 〈당신네 회사에서 도살예정인 모든 고기를 X년 동안 구입계약을 하겠다.〉라고 해야 해. 년 단위로 사전계약을 해야 하는 거지. 처음에는 뼈에서 살을 모두 발라내다가 한국에서 감자탕용으로 목뼈와 등뼈를 수입을 하기 시작하면서부터 구입자가 원하는 양만큼의 살을 남기기 시작한 거야.

한국으로 수입된 돼지삼겹살은 칠레산이 많더라고. 내 임무는 칠레, 스페인, 미국, 캐나다에서 돼지고기 등뼈와 목뼈를 구입해서 한국으로 수출하도록 중간역할을 하는 거였어. 어디에나 찍새와 딱새가 있다지? 내가 바로 그 찍새였어. 장 사장이 딱새였고. 말이 재택근무지 24시간 내내 바쁘더라고. 시차가 문제였어. 스페인과는 8시간, 한국과는 7시간, 칠레와는 4시간의 시간차이 때문에 정신없었거든. 한국에는 수입한 물건을 처리하는 대리인이 있었지만, 나 혼자 미국에서 여러 나라에 매일 이메일로 연락을 주고받고, 급하면 전화하고 그러다보니 너무 피곤하더라고. 급변하는 전 세계 고기시장 조사까지 했었으니까. 딱히 운동을 하지 않더라도 살이 저절로 빠졌어. 내가 사교적인 편이거든. 모르는 사람, 처음 만난 사람하고도 대화를 잘해서 금방 친구가 되지. 그 점을 장 사장은 잘 알고 있었어. 장 사장이 고기무역회사를 자기 집주소로 차렸대. 마음에 들진 않았지만, 서류처리담당만 하면서 회의를 주선할 일이 없으니 굳이 경비를 들여서까지 사무실을 차릴 생각은 없었겠지. 칠레영사관에서 고기수출업자들 명단을 받아내야 했어. 자국의 경제 활성화를 위해 기꺼이 도와주겠거니 하고 연락을 한 거야. 당시엔 장 사장이 사업자등록을 마친 지 5개월

밖엔 안된 상태였어. 칠레영사관에 2주 동안 연락을 주고받은 덕분에 담당직원과 친해졌어. 그녀는 장 사장의 회사가 2년 된 고기무역회사라고 칠레영사관 웹싸이트 Buyer Section에 올려 주었지. 5개월을 2년이라고 올린 건 거짓이었지만 장 사장과 나는 무역경험이 10년이 넘는 전문가 수준이어서 잘 해낼 자신이 있었거든.

칠레영사관에서 추천해준 고기공장 아니, 고기도살장에 매일 전화를 했어. 한국의 H고기 수입업자와 미리 사전계약을 끝냈다고 줄 양이 없다는 거야. 다른 나라보다는 칠레산 고기가격이 저렴해서 그런 것 같아. 이대로 접을 수가 없더라고. 열흘째 되던 날, 매일 통화를 했던 남자에게 약간 짜증을 냈지.

"너하고는 안 되겠다, 사장을 바꿔 달라."
그랬더니 남자가 뭐라고 한 줄 알아?
"내가 사장인데?"
"뭐라고? 처음엔 매니저라고 하더니, 왜 속였지..?"
조심스레 따져 물었어. Que sera sera였지 뭐. 그랬더니 남자가 재밌다는 듯 푸하하! 하고 웃었어. 정말 어렵지만 내 노력이 가상해서 5컨테이너를 넘기겠다는 거야. 난 정말 뛸 듯 기뻤지만 티내진 않았지. 그는 필요하면 칠레산 와인도 좋은 가격에 주겠다고 했어. 마음 같아서는 대한항공이나 아시아나와 단판을 짓고 싶더라고. 기내에서 칠레산 와인을 제공한다는 기사를 읽었었거든. 그때는 개인적으로 무역거래를 할 자금도 없고 해서 파트너와 상의해 볼 테니까 그냥 고기만 먼저 달라고 했지. 일만 잘 풀리면 장 사장한테 알려서 추진해 보려고 했거든. 장 사장이 5컨테이너씩이나 따냈다고 하니까 좋아서 입에 침이 마르도록 수고했다며 칭찬을 하더라고. 첫 주문은 일사천리로 진행되었고, 나는 계약대로 $5천불을 받았어. 일이 진행되는 기간 동안에도 여기저기서 끊임없이 샘플을 받아내고 이메일로 연락을 주고받으면서 회사홍보에 힘썼지.

장 사장이 나한테 갑자기 아귀대가리를 알아보라는 거야. 과거 장 사장하고 내가 함께 일했던 곳이 수산물 무역회사였거든. 아이템만 알면 공급처 찾는 건 시간문제야. 아귀대가리 구입은 영국에서 해야 했어. 영국 사람들은 먹지 않고 버리는 아귀대가리를 한국에서 수입한다는 거야. 영국도 이미 한국에 수출 중이었어. 장 사장이 항상 남보다 몇 십 발이 늦더라니까. 영국회사에 샘플을 보내달라고 요청했는데 이틀 만에 도착했어. 그런데, 아이스박스 뚜껑을 열다가 뒤로 자빠져 기절하는 줄 알았어. 사람 머리통만한 시커먼 아귀대가리가 입을 쩌억 벌리고 있는 거 있지. 그렇게 큰 생선대가리는 난생 처음 봤거든. 누가 보면 전쟁터에서 적장의 머리를 베어 증거로 보낸 줄로 착각하기 딱 이더라니까. 지금 생각해도 등골이 오싹해져.

내가 아귀대가리에 잠깐 신경 쓰는 동안 장 사장이 일을 냈어. 거래처가 뚫리니까 나한테 주는 돈이 아깝기 시작한 거야. 칠레공장 사장한테 직접 연락이 왔어. 왜 미스터 장이라는 사람이 주문을 하냐고. 앞으로는 영어도, 스페인어도 서툰 그 남자가 연락오지 않게 해달라고. 난 화가 났지. 내 뒤통수를 친 거니까. 스토커처럼 쫓아다니면서 귀찮게 구는 건 그나마 비인간적이진 않았어. 그런데 이번엔 상대하기 싫을 만큼 배신감이 들더라고. 전화를 했더니 안 받더라고. 할 말이 없겠지. 아귀대가리를 그의 집으로 보내버리고 그날로 장 사장과의 거래를 전면 중단했어. 물론 핸드폰번호도 바꾸고 한동안 지인들과는 메신저나 이메일로만 연락을 했지. 입 가벼운 그 지인한테는 상황설명을 했더니 미안하다고 하더라고.

입이 가벼운 사람은 늘 남의소문을 전하고 다니기 마련인가 봐. 묻지도 않았는데 나중에 정 사장이 고기, 수산무역을 접고 똑딱단추를 팔러 다닌다고 전해주더군.

〈 2 〉

그렇게 수입원이 끊겼어. 당장 떠오르는 아이템도 없었고. 그래서 빈방 2개를 렌트해야겠다는 생각이 들었지. 인터넷에 광고를 올렸어. [여자 룸메이트구함. 당장입주가능.] 의외로 연락이 많이 오더라고. 나하고 나이는 비슷한 연령대가 좋을 것 같아서 지원자를 몇 명만 간추렸지. 생각보다 렌트비를 많이 받지는 못하지만 그래도 방을 비워두는 것보다 낫다고 생각했어.

첫 번째 지원자가 왔어. 나보다 3살 많은 29세 여자. 남편하고 이혼한 지 얼마 안됐나 봐. 아들이 보고 싶다고 울었어. 마음이 아팠지만 같이 살 수가 없지. 조만간 아들을 꼭 데려오겠다고 했으니까. 또 한 아줌마는 대화를 잘하다가 나한테 화를 내고 씩씩대며 나가버렸어. 내가 신용조회를 하겠다고 했거든. 신용불량자였나 봐. 미국에선 집세나 방세를 안 낸다고 함부로 쫓아내지 못하거든. 돈 안 내는 건 괜찮아도 쫓아내는 건 위법이라잖아. 신용조회는 꼭 해야지. 나쁜 습관은 쉽게 고쳐지지 않으니까.

24세. 정미재. 세 번째 지원자야. 이혼한 지 한 달 되었고 보험 에이전트래. 이혼사유는 전남편이 미재의 절친과 바람을 피웠다고 해. 나는 홀쩍거리며 묻지도 않는 신세한탄을 하는 미재의 말을 들으며 가만히 손을 잡아 주었어. 이때다 싶었는지 미재가 방세를 깎아 달라는 거야. 이혼하면서 위자료를 한 푼도 못 받았다고. 나도 이럴 땐 매몰차게 거절 못하는 게 문제야. 월 $50불을 깎아주겠다고 했지. 미재는 기회를 놓치지 않고 보험얘기도 꺼냈어. 집 보험, 차 보험, 생명보험, 그리고 재택근무에 필수인 사업체보험까지. 나는 가까운 사람과 웬만하면 거래를 하고 싶지 않거든. 나중에 문제가 생기면 까탈스런 내 성격에 조목조목 따져보지도 못하고 주먹을 입에 꾸겨 넣어야 할 거 아냐. 그런데 저렇게 슬픈 표정으로 보험얘기를 하는 걸 보면 미재의 슬픔은 진정한 슬픔이 아닐 수도 있다는 생각이 들었어. 자신의 슬픔을 얘기하면서도 비즈니스를 할 수 있다는 것은 상식적으로 받아들이기 쉽지 않거든. 정중히 거절했지. 가족과 친척 중에 보험 에이전트, 회계사, 변호사, 의사, 간호사, 치과의사 등등 다 있다고 했더니 포기하더군. 다단계임에도 불구하고 절대로 다단계가 아니고 네트워크라고 우기며 퀵스타(구 Amway) 제품을 소개하더라고. 순간, 미재를 룸메이트로 결정했어. 이렇게 적극적으로 돈을 벌려고 하는 사람이 방값을 내지 않을 리가 없거든. 미재에게 내가 취급하는 스위스제 화장품을 구입해 주면 나도 퀵스타 제품을 몇 개 사주겠다고 했더니 굳이 그럴 필요 없다고 했어. 스위스제품이 훨씬 비싸거든. 내 주위에 퀵스타를 하다가 창고에 물건만 잔뜩 쌓아놓는 사람들을 많이 봤어. 그러면서도 미련을 버리지 못하고 나한테 구매를 강요하거든. 거절하는 것도 한두 번이지 너무 귀찮더라고. 그래서 생각해 낸 게 스위스제품이야. 내 동생이 사용하는 건데 나는 그냥 그 회사 웹싸이트에 들어가서 제품에 대해 꼼꼼히 읽어보았을 뿐이고. 내가 정말 그 제품을 판매하는지 아닌지는 아무도 알 수 없지. 혹시라도 구입하겠다고 하면 어쩔 거냐고? 노 프라블럼! 내 동생한테 대신 구매를 부탁하면 되니까.

두 번째 방주인은 박은아라는 22세 아가씨야. 한국에서 엄마와 여행을 온 지 6주 되었다는데 큰엄마 댁에서 머물면서 관광을 다녔대. 엄마는 한국으로 먼저 귀국하시고 은아는 내 광고를 보고 연락을 했다는군. 은아는 뭐가 그리 복잡한지 모르겠어. 미국에 눌러앉게 된 경위를 설명하는데 (이 또한 묻지 않은 질문에 대한 얘기였어) 왔다갔다 이야기의 순서를 종잡을 수가 없었어. 간단히 정리해보면, 미국에 놀러왔는데 너무 좋은 거야. 한국에선 대학을 졸업했다고 하는데 그야 알 수 없고. 전공이 뭐냐고 물으니까 못 알아들은 척 말을 돌렸거든. 미국에서 살고 싶어져서 엄마한테 떼를 쓴 거야. 큰아빠가 장로로 있는 교회 목사님한테 부탁을 해서 종교비자를 신청하게 됐대. 은아는 하나님은커녕 예수님에 대해 관심도 없었어. 종교비자를 통해 영주권을 받으려고 한 것뿐이었지. 돈으로 할 수 있는 일이 생각보다 많은 것 같아. 여행을 하다가 옆자리에 앉은 남자 여행객과 눈이 맞았나봐. 나한테 미국에서는 은행원들 연봉이 얼마쯤 되는지 묻더라고. 경력에 따라 다르겠지만 처음에는 나라에서 정해준 최저임금은 받는다고 했어.

"한국에 비하면 미국 최저임금은 높은 편이네요?"

세상물정을 모르는 은아의 질문에 나는 피식 웃음이 나오려는 걸 억지로 참았지.

'어느 곳이나 임금이 높으면 물가도 그만큼 비싸다는걸 모르나, 아가씨!'

인플레이션이라는 단어가 나오는 경제관련 과목을 한 번도 택하지 않은 티가 팡팡 났어. 그래도 이 아가씨도 합격이야. 돈이 많아 보였으니까. 아이큐가 몇 자리 숫자이든 나완 상관없거든.

〈 3 〉

미재와 은아는 같은 날 이사를 왔어. 은아가 옷가지와 신발이 든 여행가방 두개만 달랑 들고 온 반면에 미재는 결혼생활을 2년 동안 했던 사람이라 그런지 살림살이가 많았어. 결혼할 때 미재가 혼수를 다 해갔나 봐. 그러니까 바리바리 다 싸가지고 나왔겠지. 이사 오기 전에 나한테 미리 양해는 구했어. 살림이 많은데 내 콘도에 가져와도 되겠냐고. 나는 흔쾌히 그러라고 했지. 그런데 막상 이삿짐을 끙끙대며 들고 들어오는 이삿짐센터 직원들을 보면서 아차 싶었어. 가죽소파세트가 응접실을 꽉 채워버린 거야. 내 마사지의자와 1인용 소파는 차고로 옮겨야 했지. 굴러온 돌이 박힌 돌을 뺀다더니 딱 그 짝이더라고. 부엌살림도 많았어. 나는 모든 게 2인용이었거든. 밥그릇, 국그릇, 접시, 앞 접시, 냉면그릇, 숟가락, 젓가락, 포크, 칼. 모두 2세트씩뿐이었어. 일부러 그렇게 구입한 건 아니고 커다란 박스 안에 그렇게 세트로 팔더라고. 그런데 미재의 식기들이 2개를 제외한 나머지 6개의 캐비닛을 점령해 버렸어. 2대 6. 비율적으로 봐도 내가 세든 사람 같았어. 기분이 묘하더라고. 방과 화장실은 모두 2층에 있고, 아래층엔 응접실과 부엌이 있어. 두 사람은 화장실 하나를 함께 사용해야 했고. 여자끼리니까 그 정도는 문제되지 않지.

"미재언니, 저도 언니 그릇 좀 사용해도 되죠? 대신 설거지는 내가 할게요!"

은아가 부엌으로 뛰어 내려오더니 애교를 부리더라고. 막내다웠어.

"그래요, 나야 좋죠!"

내가 말을 놓지 않아서인지 다들 존댓말을 사용했어. 난 그게 편하거든. 어느새 우리는 나이순서대로 언니와 동생이 되어 있었어.

햇살이 뜨거운 6월 여름이어서 이삿짐 정리를 대충 끝낸 우린 콘도단지 내에 있는 수영장으로 갔어. 콘도단지 매니저인 올리브와 그녀의 남친이 비치의자 위에 누워 선탠을 하고 있었어. 백인의 피부는 두껍고 질겨서 웬만해선 잘 안탄다고 하잖아. 피부가 검을수록 약하고, 햇볕에 더 잘 탄다고 해. 그래서인지 흑인의 피부는 얼마나 보드라운지 몰라. 상처도 쉽게 나지. 올리브는 만화영화 뽀빠이에 나오는 뽀빠이의 여친이잖아. 희한하게도 올리브는 삐쩍 마른 체구에 얼굴이 동글동글 한 게 정말 뽀빠이 여친같이 생겼어. 애석하게도 올리브 옆에 누워있는 남자는 그녀를 늘 괴롭히는 브루노처럼 생겼지만 말야. 올리브가 넓은 챙 모자를 살짝 올리더니 나를 보더라고. 그리고 미재와 은아를 차례대로 훑어보는 거야. 눈길이 좀 차가와 보이긴 했지만 내가 얼른 미재와 은아가 오늘 이사 온 룸메이트라고 소개를 했지. 이미 선탠을 하는 척 하면서 이삿짐 나르는 걸 감시하고 있었겠지만.

"이 콘도 단지에는 어린 아이들이 없어서 아주 조용한 곳이에요. 밤 9시 이후에는 어떤 소음도 새어나오지 않게 조심해 주세요. 이 수영장도 밤 9시 10분 전에 내가 와서 게이트 문을 걸어 잠글 겁니다. 주차장 안에는 차를 두 대까지만 주차할 수 있는 것 알죠? 나머지 한 대는 게이트 밖에 있는 방문자용 주차장에 주차해야 해요. 앞으로 잘 지내요. 우리 콘도 단지에 새 가족이 온 걸 환영해요."

내가 미재와 은아에게 이미 알려준 정보인데 재방송을 듣는 내내 좀 따분하더라고. 은아는 아직 차가 없어서 주차 걱정은 하지 않는다고 올리브에게 말해주었어. 임무를 끝냈는지 남친하고 자리를 뜨더라고. 우릴 쳐다보는 부루노의 시선이 신경 쓰였나봐. 나와 은아는 원피스 수영복을 입었는데 수영도 할 줄 모르는 미재는 비키니를 입고 물이 허리까지만 차는 3피트 구간에서 왔다 갔다 하더라고. 저렇게 출렁이는 뱃살을 과감히 노출할 수 있는 미재가 부러웠어. 미재는 올해가 가기 전에 꼭 수영을 배우겠다고 하더라고. 누구한테? 라고 묻진 않았어. 나한테 부탁할까봐. 고등학생때 물귀신처럼 나를 물밑으로 끌어당겼던 친구가 있었거든. 수영도 못하면서 왜 8피트에 들어 가냐고! 게다가 눈까지 감고. 내 발을 잡아당기는 바람에 하마 뜨면 같이 가라앉아 죽을 뻔 했었거든. 그 이후로는 누구에게도 수영을 가르치지 않겠다고 맹세했지.

이혼녀 미재를 보면 덜렁이 고양이 같아. 처녀 은아는 얌전한 고양이 같고. 둘 다 집에 붙어있는 적이 거의 없거든. 밤에도 들어오는지 외박을 했는지도 알 수 없다니까. 얼마나 살금살금 걸어 다니는지 몰라. 가끔 계단에서 삐거덕 소리가 나면 잠시 멈췄다가, 다시 살살 방문을 열쇠로 열고 들어가는 소리가 들릴 때가 있어. 덜렁이 고양이는 조심성이 없어서 늘 열쇠를 마룻바닥에 떨어뜨리곤 해. 이미 열쇠 떨어지는 소리가 고요한 밤을 휘저어 놓았는데도 미재는 방문을 아주 조심히 조금씩 열고 들어갔어. 전 집주인이 그 방을 오랫동안 비워 뒀었나봐. 그걸 내가 미리 알았다면 문틈에 기름을 발라뒀겠지.
'끼기기기기기기기긱'
살살 열려는 문소리가 더 신경을 자극한다는 걸 덜렁이는 잘 모르는 것 같았어. 나 같으면 어차피 나는 소린데 그냥 확~! 열고, 확~! 닫아버려서 시간을 벌었을 텐데 말야. 어차피 다음날로 집주인인 내가 문에서 소리가 안 나게 조치를 취하지 않겠어? 오밤중에 끼긱 대는 문소리는 나도 듣기 싫으니까. 미재는 이혼한 지 얼마 안 되었는데도 남자한테 전화가 자주 오더라고. 굳이 묻지 않아도 아는 오빠라고 둘러대곤 했어. 매번 받을 때마다 오랜만이라고 인사는 왜 하는지 몰라.
'도대체 아는 오빠가 몇 명이야?'

반면에 다소곳하고 말수도 많지 않은 얌전한 고양이 은아는 외박이 잦았어. 관광버스 안에서 만난 남자하고 열애중이래. 그 은행원 집에서 자고 오는 모양이야. 성년이니까 엄마도, 나도 참견하면 안 되는 거지. 세상이 무서우니까 혹시 몰라서 그 은행원의 전화번호와 은아의 큰아버지 연락처도 함께 받아 두었어. 같이 산다는 죄로, 언니라고 불리는 죄로, 얌전한 고양이가 부뚜막에 올라갔다가 엉덩이에 화상이라도 입게 되면 가족에게 알려야 할 의무가 있으니까. 그 은행원이 어느 지점에서 근무를 하는지 물어보려다가 말았어. 어쩐지 은행원이 아닐 수도 있다는 생각이 들었거든. 선물꾸러미를 보면 명품 제품들이던데 은행원이 그렇게 고가의 선물을 계속적으로 할 수 있다고는 믿기 어려웠거든. 은수저를 입에 물고 태어난 부잣집 아들이라면 몰라도. 그런데, 그것도 말이 안 되겠지? 은수저가 왜 은행에서 말단직원으로 근무를 하냐고. 혹시… 은행장 아들인가?

〈 4 〉

덜렁이 고양이 미재는 보험일로 바빠지기 시작했고 얌전한 고양이 은아는 집에 들어오는 횟수가 점점 줄어들었어. 나는 나대로 할일을 찾아 웹서핑을 하고 있었지. 그러다가 우연찮게 관심이 가는 광고가 눈에 띄었어. LED 초(candle)였어. 불을 켜면 색깔이 여러 가지로 바뀌는 거야. 사진과 아이템 설명서를 읽고 나서 전화를 했지. 한국남자가 받더라고. 권도윤(25세). 아이템에 대해서 상담하고 싶다고 했지. 아마존과 이베이 온라인 쇼핑몰을 구상하고 있었거든.

그날 저녁에 내가 귀빈을 접대할 일이 있을 때마다 모시고 갔던 레스토랑에서 저녁 7시에 권도윤을 만났어. 내 저녁식사 시간이 저녁 6시라서 좀 더 일찍 만나려고 했었는데 도윤이 7시에 보자는 거야. 그는 엘에이에서, 나는 레스토랑에서 15분 떨어진 곳에 집이 있어서 내가 먼저 도착하고 기다렸어. traffic이 심했는지 그가 20여 분정도 늦게 왔어. 전화로 미리 도로사정을 알려줬기 때문에 나는 야외 테라스에서 갓 구워 나온 당근 케이크를 커피와 먹으며 기다릴 수 있었지. 안 그랬으면 배가 고파서 처음 보는 사람한테 짜증을 냈을지도 모르거든.

테라스 건너편으로 차 한 대가 주차하고 있었어. 나는 권도윤인 걸 금방 알아차렸지. 한국 사람이 타고 다니는 차 종류는 뻔 하니까. 차에서 내린 그가 헐레벌떡 레스토랑 메인 문으로 달려가더라고. 곧이어 웨이터에게 안내를 받아 야외 테라스에 앉아있는 내게 왔어. 참 깨끗한 이미지에 잘생긴 얼굴이라고 평가하고 싶어. 매끈한 볼이 너무 부드러워 보여서 한 번 만져보고 싶더라고. 갓 태어난 애기 볼 같았거든. 일어나 그와 악수를 하며 인사를 했지. 사업상 누구를 만나든지 난 무조건 악수를 하며 인사를 해. 공과 사를 구분해 달라는 의도랄까.

나는 시저 샐러드. 그는 버섯크림수프. 나는 새우파스타. 그는 뉴욕스테이크. 입맛도 완전 다르더라고. 음식을 기다리는 동안 그가 차에 가서 물건이 담긴 가방을 가져왔어. 초면이라 딱히 나눌 대화가 마땅치 않아서 내가 물건을 먼저 보여 달라고 했거든. 5개의 초에 불을 켜니까 초 내부의 색깔이 몇 초에 한 번씩 변하는 거야. 초의 모양도 다 달랐고. 멋진 초를 보고 싶으면 하와이에 가면 돼. 디자인과 색상이 정말 다양하고 아름답거든. 도윤의 초는 심플하지만 여러 가지 색으로 변하니까 무척 화려해 보였어. 그제서야 도윤이 왜 늦게 만나자고 했는지 알겠더라고. 이런 건 밤에 봐야 더 화려해 보이니까. 음료수를 서빙 하던 웨이터와 주위의 몇몇 웨이츄레스들이 예쁘다고 감탄을 하며 사고 싶다고 했어. 그들에게 도윤은 전화번호를 적어주면서 나중에 연락하라고 하더라고. 그냥 명함을 주면 될 것을 사업하는 사람이 네프킨에 전화번호를 적어주는 게 좀 없어 보였어. 깜빡 잊고 명함을 안 가져왔대.

'깜빡? 원래 없는 게 아니고?'

도윤은 초가 각 디자인마다 200여 개씩 있다고 했어. 5종류니까 1000개인 셈이야. 디자인에 상관없이 1개당 $5불에 세금 포함한 가격으로 주겠대. 총 $5천불이었지. 한 개에 $15불씩에 팔 수 있다고 했어. 조금 덜 비싸게 보이게 하려면 $14.98에 팔면 된다는 귀띔도 해주면서 말이지. $15불이면 괜찮은 가격이야. 미국에서는 온라인에서 판매되는 물건은 개당 $20불이 넘지 않아야 잘 팔리거든. $20불 정도는 잘못 구입을 했어도 큰 손해라고 여기지 않는 소비자의 심리. 뭐 그런 게 있나봐.

스테이크를 처음 먹어보는 것도 아닐 텐데 칼질이 너무 엉성했어. 포크도 반대방향으로 잡고 있었고. 긴장해서 그런 건지, 원래 칼질하는 곳을 다니지 않아서 필요한 근육이 덜 발달되었는지 알 수가 있어야 말이지. 약간 삐끗하는 바람에 스테이크 옆에 있던 아스파라거스가 접시에서 떨어졌어. 순간, 나를 쳐다보더라고. 집을까 말까 고민하는 그의 표정을 읽을 수 있었지.

"무거운 가방을 들고 오느라 팔 힘이 다 빠지셨나보네요."

아무렇지 않은 듯 아스파라거스를 접시에 도로 집어 올리라고 했어. 체면을 차리는 것보다는 몸에 좋은 야채를 먹는 게 낫잖아. 내 파스타를 옆으로 밀어놓고 그의 접시를 가져다가 내가 대신 썰어줬어. 말로 가르치면 자존심 상하잖아. 백문이 불여일견이라고. 직접 시범을 보여주면 다음부턴 잘 해내겠지. 혹시나 해서 스테이크 소스도 고기 옆에 미리 뿌려주었지. 몰라서 못 먹을까봐.

이런 물건을 어디서 구했는지 물었어. 친한 친구가 타이완 사람인데,

그 친구 아빠가 이 제품을 생산하는 공장을 갖고 있다는 거야. 친구와 휴가 때 타이완에 갔다가 공장을 견학하고 물건이 마음에 들어서 사왔다는 거지. 한 컨테이너를 들여왔는데 다 팔고 1천여 개만 남은 거래. 말이 그럴듯했어. 나는 이걸 다 구매해서 어떤 방법으로 판매를 하면 좋을까에 대한 고민을 하고 있었지만 그에겐 내색하지 않았어. 그냥 디저트로 나온 블루베리 치즈 케이크를 조금씩 떠먹으며 그의 말을 듣는 척 했지.

"아까 스테이크 썰어주시는데 너무 행복하더라고요."

'……?'

갑자기 도윤이 분위기 있는 목소리로 속삭이듯 말하니까 뭐라고 해야 할지 모르겠더라고. 그래서 그냥 입은 다문 채 미소를 지었지. 이번엔 한 술 더 뜨는 거야.

"선주 씨의 눈이 너무 맑아서 마치 호수 같아요. 아까부터 말하려고 했지만.."

남사친들이 장난으로 그랬다면 풋! 하고 웃어줬을 거야. 하지만 나보다 한 살 어린 남자의 버터냄새가 나는 멘트에 어떻게 반응을 해야 할지 난감했어. 그냥 그를 빤히 쳐다봤지. 내가 낚였다는 감이 왔나봐. 나를 사슴에 비유했다가, 무슨 꽃인지 기억은 안 나지만 꽃에 비유를 하는 것 같았어. 어이가 없더라고. 물건 팔다말고 갑자기 웬 부러진 제비의 날갯짓이냐고.

"샘플만 일단 가져갈 게요. 남편한테도 보여줘야 할 것 같아서요."

남편이 있다는 말에 놀란 것 같았어. 작전에 실패한 표정? 빙고! 바로 그거야.

"아, 죄송해요. 아가씨 줄 알고. 그런데 정말 아름다우세요!"

혹시라도 간접적인 보복조치가 걱정되었는지 아름답다는 말은 진짜였다고 강조하더라고. 엉성하긴!

공과 사를 구분할 능력이 없으므로 오래 알고 지내야 할 사람의 명단에서 일단은 제명! 깜깜한 밤에 촛불 앞에 앉은 사람치고 미남미녀 아닌 사람이 어딨겠냐고! 없던 사랑도 피어오르지 않겠어? 그는 내 차에까지 따라와서 1000개가 많으면 500개까지도 가능하다고 하더라고. 아참, 저녁 식사 값은 내가 지불했어. 싸구려 멘트지만 완벽히 대사를 외우느라고 수고했잖아. 조금 맞장구를 쳐주면서 황홀한 표정이라도 지어줄 걸 그랬나? 그랬다면 밥값 정도는 아낄 수 있었을지도 모르지.

응접실에 불을 끄고 테이블 위에 올려둔 샘플에 불을 켰어. 아까 레스토랑 테라스와는 달리 좁은 응접실이 디스코장이 된 듯 다른 느낌이 나더라고. 괜히 있지도 않은 남편얘길 했나? 굳이 싱글이라고 말할 필요도 없었지만, 남편얘길 해서라도 저질조크를 단칼에 잘라 버리고 싶었거든. 더 듣는다고 해서 무슨 일이 일어날 것도 아니었는데 내가 오버했을 수도 있지만. 그는 내게 1000박스의 초를 파는 게 목적이었을 수도 있으니까. 문제는 또 있었어. 500개든 1000개든 상관없이 그가 내 집으로 물건을 배달해주는 동시에 현찰로 지불하는 조건이었어. 두 고양이들이 없는 집안에 그를 세워둘 수도 없거니와, 그가 현찰을 쥐고 떠난 후에 어느 세월에 그 많은 상자를 일일이 열어보겠냐고. 뭘 걱정하는지 알겠지? 맞아. 그 안에 초가 들어있을지, 돌이 들어있을지 열어봐야 아는 거 아니겠어. 그가 내게 저질조크만 하지 않았더라면 그를 이렇게까지 의심하진 않았을 텐데 오히려 고마워해야겠지.

다음날 오전에 그에게 전화를 했어. 99% 내가 구입결정을 한 것으로 믿었는지 그의 목소리는 밝았어. 한번 떠봤지.

"이 아이템을 정식으로 구입하기 위해 여러 가지 좀 알아보려고 내 변호사를 만나러 가는 중인데요, 오후에 어디서 만날까요?"

예상하지 않은 건 아니지만 그가 갑자기 버럭 화를 냈어.

"차선주 씨에게는 안팔 거니까 내 물건 당장 돌려주세요!"

왜 화를 내냐고 물었지.

"왜 변호사를 만나야 하냐, 사람을 그렇게 못 믿냐….."

그는 전날 밤 내게 작업 멘트를 날릴 때와 같이 횡설수설 알아들을 수 없는 언어로 엄청 떠들더군.

그제야 난 깨달았지. 그가 가진 초는 내게 잠시 맡겼던 5개뿐일 수도 있다는 것을. 하마터면 $5천불어치의 돌을 가뜩이나 좁아진 응접실 한구석에 쌓아놓을 뻔 했다니까. 그도 순진하긴 해. 누가 5천불짜리 거래 때문에 변호사를 만나러 가겠냐고. 변호사는 hourly가 아니라 minute으로 계산해서 수수료를 청구하는데 말야.

그날 저녁에 나는 덩치 큰 친구 몇과 함께 같은 레스토랑에서 그를 기다렸어. 약속시간보다 그가 일찍 도착했어. 오자마자 테이블에 놓여있는 샘플들을 가방에 쑤셔 넣더니 씩씩거리며 그냥 가버리는 거야. 아마도 옆에 내 친구들이 그를 노려보고 있지 않았더라면 준비해온 온갖 욕을 다 퍼부었을지도 모르겠어. 그렇게 잔잔한 호수니, 사슴이니, 꽃이니.. 그런 엉성한 멘트를 날리며 작업을 걸어서 내 안테나를 자극시키지 말았어야지, 애송이 아저씨야!

〈5〉

금요일 저녁. 설거지를 막 끝내고 책상 앞에 앉자마자 덜렁이 고양이 미재한테 전화가 왔어.

"언니! 도와주세요~!"

"무슨 일인데요?"

미재의 다급한 목소리에 갑자기 내 얼굴에 경련이 일면서 손이 부들부들 떨리더라고.

"사실 지금 성준오빠랑 있는데요, 저랑 자려고 모텔에 체크인 하러 들어갔어요."

"미재 씬 어디 있어요?"

"저는 오빠 차 안에 있어요. 기다리라고 해서요. 근데 저 오빠랑 이제 안 자고 싶어요. 언니가 좀 도와주세요. 급해요!"

지금 성준이 차로 오고 있다며 미재가 전화를 급히 끊었어. 미재가 나한테 급하다며 도와달라고 하는데 뭘 어떻게 해야 하는지 빨리 결정을 해야 했어. 911에 신고를 하는 건 미재가 원치 않을 테니까.

얼마 전에 집에서 미재가 고객한테 선물로 받은 Amaretto를 나와 마신 적이 있어. 맛이 달짝지근해서 여성들이 좋아하는 술이거든. 미재가 전남편과의 결혼기념일이라 마음이 싱숭생숭 했나봐. 미재는 술을 잘 마시지 못했어. 알면서도 너무 많이 마셔서 금방 취해버리더라고. 그날 미재가 내게 털어놨어. 사실은 전남편이 바람을 피운 게 아니라, 미재가 전남편의 절친인 조성준과 바람이 난 거라고. 밤늦게 성준에게 문자를 보낸다는 게 남편한테 잘못 보내진 거야. 남편이 읽기 전에 메시지를 지우려고 했는데 하필 그날따라 그가 회사에 전화기를 두고 퇴근을 했다지 뭐야. 결국 결혼 1년 반 만에 탄로가 난 거였어. 미재가 성준한테 푹 빠졌었나봐. 남편에게 용서를 구하기보다는 오히려 이혼을 요구했더라고. 여자가 바람이 나면 가정을 버린다는 말이 맞나봐. 위자료 한 푼 없이 혼수만 챙겨 나올 수 있었던 건 조성준이라는 보험이 있었기에 가능했을 거야. 그런데 막상 이혼을 하고 나니까 성준의 사랑이 식은 것 같다는 거야. 잠자리만 원할 뿐 결혼하자는 말을 안 하니까 미재도 화가 난 거지. 성준의 집에서 미재를 받아주긴 쉽지 않겠지. 아들친구의 아내였던 여자, 그것도 아들과 바람나서 이혼한 여자를? 더구나 성준은 미혼이잖아.

심호흡을 크게 한 뒤 미재에게 전화를 걸었어.

"네~ 언니, 왜요?"

손에 핸드폰을 쥐고 있었겠지. 미재가 반가운 목소리로 내 전화를 받았어. 나는 조성준이 옆에서 들을 수 있도록 다급한 척 크게 말했지.

"미재 씨, 도대체 내 프린터기를 어떻게 한 거예요? 지금 작동이 안 되잖아요! 급하게 중요한 서류를 프린트해서 보내야 하는데. 지금 바로 와서 어떻게 좀 해봐요!"

짜고 치는 고스톱이 아니었다면 미재는 엄청 기분이 나빴을 거야. 내 말투가 엄청 퉁명스러웠거든.

미재는 연기력이 좋았어.

"죄송해요 언니. 오늘 중요한 일이 있다고 하셨는데 어쩌나. 제가 당장 가서 보고, 카트리지가 고장이 났으면 제꺼 새 걸로 드릴 게요!"

미재는 10분도 채 안 돼서 집에 도착했어. 조성준은 화가 단단히 났는지 미재를 내려주고는 아주 큰 소리로 커브를 꺾으며 콘도단지에서 사라져 버렸어. 아마도 굵고 긴 타이어 자국을 주차장 바닥에 남기고 갔을 거 같아. 아주 제대로 화가 난 소리였다니까. 미재는 내게 몇 번이나 고맙다고 했어. 나는 미재를 수렁에서 건져낸 듯 기분이 좋았고. 매춘부가 아닌 이상 사랑하지 않는 사람과 육체관계를 갖고 싶어 하진 않잖아, 우리 여자들은.

〈 6 〉

　미재의 입바른 소리에 내가 또 낚였다는 것을 알게 된 건 며칠 후였어. 미재는 내게 새 애인이 생겼다고 했어. 나는 영혼 없는 소리로 축하한다고 해줬지. 새 애인은 아마도 조성준을 떼어내기 전에 이미 생겼을지도 몰라. 보험 일을 하는 미재는 새 보험이 없이는 현재의 보험을 취소시키지 않을 테니까. 그녀의 준비된 헤어짐과 만남이 너무 위험하다는 생각이 들었어. 그래도 내가 관여할 일은 아니지. 애인이 생겼다고 자랑하면 축하해주고, 헤어졌다고 하면 잘했다고 위로해주면 되는 거야.

　"이번엔 좋은 사람이에요, 언니. 저랑 같은 보험 일을 하는 사람이거든요."

　"그래요. 잘 됐네요."

　내게 보험을 한 건도 팔지 못한 게 한이 되었는지 새 남친과 한번 저녁을 먹자고 하더라고.

　'둘이 한 팀이 되서 나한테 보험을 팔려고 들이대면 어떡하지?'

　시간이 안 될 것 같다고 했지만 부담 갖지 말고 자기한테 어울리는 사람인지만 좀 봐달라고 하는 거야. 둘이서 짝짜꿍 시나리오를 만들어놓고 내가 더 이상 버틸 수 없어 항복의 깃발을 들기를 바랄지도 모른다는 생각이 들었어. 하지만 내겐 언제라도 그들의 간곡한 요청을 정중히 거절할 수 있는 든든한 가족들이 있잖아. 저녁 초대에 흔쾌히 가겠다고 했지.

　토요일 저녁. 미재는 나를 조수석에 태우고 약속장소인 '오렌지 힐' 레스토랑에 가는 동안 그녀의 최근 보험판매 성공담에 대해 끊임없이 주절댔어. 고대기로 머리를 얼마나 지져댔는지 머리카락 탄 냄새가 차안에 진동하더라고. 내 가방에 매달린 주먹만 한 곰 인형으로 미재의 입을 틀어막고 싶더라니까. 나는 말이 많은 사람을 좋아하지 않거든. 말이 많으면 나중엔 허풍을 떨게 되고, 거짓말도 하고, 남을 헐뜯게 되어있어. 뭐가 됐든 말을 계속해야 하나 봐. 금붕어처럼 입만 뻥끗거릴 순 없을 테니까.

미재가 우리의 도착을 알리는 문자메시지를 새 애인에게 보냈어. 몇 초 후, 그가 레스토랑 뒤편의 fireplace가 있는 곳으로 오라는 문자메시지를 보내더군. 아직은 가을이 오진 않았지만 캘리포니아의 밤은 늘 쌀쌀하거든. 언덕 위에 위치한 레스토랑에 가려면 한여름에도 외투를 가져가지 않으면 안 돼. 왠지 곧바로 들어가고 싶은 마음이 안 들더라고. 레스토랑의 입구로 연결된 작은 구름다리가 있어. 다리 아래에는 작은 인공연못이 있는데 일본에서 수입해온 팔뚝만한 잉어들이 헤엄쳐 다니지. 얼룩덜룩한 잉어들이 헤엄치는 걸 한참동안 보고 있노라면 마치 기모노를 입은 일본 여자들이 헤엄치는 것 같은 착각이 들더라고. 연못 한가운데엔 넓은 분수대가 수많은 동전들로 인해 반짝거리고 있었어.

"미재 씨, 저기 분수대 중간에 동전 쌓인 거 보이죠? 우리도 소원 하나 빌고 들어갈까요?"

미재는 얼른 가방을 열어 동전을 꺼내들었어. 나한테 몇 개 주더라고. 첫 동전을 던지려다가 실수로 그만 연못에 빠뜨려 버렸어. 잉어 몇 마리가 휙 도망가던 걸? 먹이인 줄 착각하고 몰려들 줄 알았거든. 더 이상 물속으로 떨어지는 쇳덩이에 속지 않겠다는 의도일 수도 있겠지만. 일본산 잉어한테 미국동전을 던지며 소원을 빌어보려는 한국인의 모습이라니. 앞으로는 그런 짓 안 하려고!

8개의 fireplace에서 모닥불이 활활 타고 있는 뒤뜰로 갔어. 미재의 새 애인으로 보이는 남자가 어둠속에서 우리를 향해 손짓을 하고 있었어. 나는 그의 얼굴이 보이기도 전에 그만 둥그런 fireplace 벽돌 위에 놓인 낯

익은 물건을 먼저 보고 말았지. 순간 나의 두 발이 바닥에 딱 붙은 느낌이 들었어. 타오르는 모닥불 때문에 약간 덜 빛나긴 하지만 언젠가 두 눈으로 똑똑히 보았던 LED 초 5개가 놓여있었어. 권도윤. 그가 서있었어. 나를 보더니 놀라서 흔들던 손을 내리더군. 몇 초 동안 걸으면서 내게 질문을 했지.

'아는 척? 모르는 척?'

이 두 가지 중 어떤 선택을 해야 하는지 선뜻 결정을 못 내리겠더라고. 어색한 만남은 항상 모르쇠로 일관해 왔었거든. 이번엔 상황이 다르잖아. 미재가 옆에 있으니까.

"…둘이 아는 사이에요?"

미재가 내 표정을 읽었나봐. 갑작스러워서 표정관리가 잘 안 되긴 했어. 난 미재가 아니니까. 도윤이 능청스럽게 입을 뗐어.

"네. 미재 씨. 전에 일 때문에 한번 뵀었어요. 일이 성사되진 않았지만요. 그런데 미재 씨가 말하던 언니가 바로 이 분이에요? 저한텐 남편이 있다고 하시더니."

미재가 갑자기 막 웃었어. 영문이야 모르겠지만 일단 내가 유부녀라고 속인 걸 보아 도윤과 사귀지 않은 게 분명하니까. 미재에게 그가 어떤 사람인지 말해주고 싶지 않았어. 행복해 보였거든. 나중에 알게 되더라도 또 다른 보험을 사기 전엔 도윤이라는 보험을 취소하지 않으리라는 걸 잘 알아. 미재가 손해 보는 일을 할 리가 없거든. 도윤은 초에 대해서 아무 말도 하지 않았어. 미재의 하숙집 언니한테 팔아보려고 했겠지. 미재가 예쁘다며 하나만 달라고 조르는데도 나중에 새것으로 주겠다고만 하더라고. 그에게 과연 새것이 있었을까?

〈 7 〉

얌전한 고양이 은아가 이사를 나간 지 1년이 지났어. 전화번호도 바꾸고 연락을 끊은 상태라 걱정이 되더라고. 큰아버지께 전화를 드렸어. 은아 잘 지내냐고. 잠시 기다리라고 하시더니 은아 큰어머니를 바꿔주셨어. 은아가 한국에 체류 중이래. 미국에 박사학위 받으려고 유학을 준비하는 사람을 소개 받았나봐. 물론 은아 엄마 노력의 결실이었겠지만.

결혼하는 대로 실리콘 밸리(Silicon Valley)에 가게 된다고 하더라고. 이미 여러 대기업에서 러브콜까지 받았다는 걸 보면 보통남자는 아닌 것 같아. 여러 기업에서 학비지원 제안을 했다는데 다 거절했대. 미리 얽매이고 싶지 않다는 거겠지. 사람일은 모르니까. 박사학위 받을 때까지 학비와 생활비는 은아네서 대주기로 했다더군. 은아도 공부를 계속 하기로 했다고 하고. 남편과 수준을 맞추려면 당연한 거라 생각했어. 은아한텐 정말 잘 된 일이라고, 연락 오면 안부 전해달라는 말을 끝으로 전화를 끊었지.

얼마 뒤 그 은행원에 대해서는 미재한테 들을 수 있었지. 은아가 엄마 귀에 들어 갈까봐 큰엄마 댁에도 알리지 않은 엄청난 일이 있었어. 은아가 은행원과 동거 중에 아기를 낳았대. 임신한 줄도 모르고 있다가 아기가 태어나기 직전에 은행원이 공금횡령죄로 잡혀들어 갔다나봐. 맞아, 공금횡령. 은아의 마음을 사려고 명품으로 도배를 시키느라 공금에 손을 댄 거였어. 철없는 은아는 그것도 모르고 좋아했겠지. 은아의 부탁으로 갓 태어난 딸을 은행원의 부모님한테 데려다준 건 미재였어. 그 후엔 은아는 한국으로 가버렸고. 은아의 딸을 생각하면 마음이 아파.

은아가 명품쇼핑백을 바리바리 들고 들어올 때부터 알아봤어야 했는데 그 부분에 대해선 소홀히 지나쳤던 것 같아. 하긴, 그 당시엔 내가 뭐라고 한들 귀에 들어오기나 하겠어? 맛을 본 후에야 된장인지 ×인지 알게 되는 사람이 어디 한둘이겠냐고. 모든 게 한순간인 것 같더라고. 내 배우자가 아닌 다른 이성에 마음을 뺏기는 것도, 여자의 마음을 사기위해 남의 돈에 손을 대는 것도. 과연 사랑에게 죄를 물을 수 있을까? 사랑해서 죄를 지었다고 하면 용서받을 수 있는 걸까?

〈 8 〉

그동안 나도 교회를 옮겼어. 임 장로님 부부가 자꾸 맏며느리 삼으려고 날 따라다니셔서 말야. 그 집 장남이 바람둥이라고 소문난 걸 임 장로님 부부만 모르나봐. 아니면 모르는 척 하고 있는지도 모르겠지만. 원수를 용서하고 사랑하라고 하지만, 그 집 장남은 내 원수가 아니거든. 나는 내 미래의 남편을 다른 많은 여자들과 나눠 갖고 싶은 생각은 추호도 없어. 그리고 임 장로님 부부 때문에 내가 은혜 받지 못하는 신앙생활을 하는 것도 무의미해졌고. 그래서 옮긴 거야.

새 교회는 엄청 커. 멀리 떨어진 주차장에서 교회 앞까지 셔틀버스가 매 3분마다 한 대씩 오가며 교인들을 실어 나르고 있지. 긴 줄을 30여 분 기다린 끝에 나는 동화책 속에서나 나올듯한 빨간 셔틀버스에 올라탔어. 얼핏 밖을 내다보았어. 익숙한 얼굴이 다음 셔틀버스를 기다리는 무리 속에 있었거든. 권도윤을 오렌지 힐에서 만난 뒤 얼마 후에 그의 집으로 거처를 옮겼던 덜렁이 고양이 미재였어. 어려 보이려고 많이 신경 쓴 머리 스타일과 짧은치마와 하이힐까지. 하지만, 혼자 서있더라고.

'벌써 새 보험에 갈아탄 것일까?'

위험한 사랑

〈 1 〉

새벽 세 시가 막 지나고 벌써 11시간째 프리웨이를 달리고 있다. 앞으로 4시간을 더 가야 한다. 북쪽을 향해 달릴수록 밤하늘은 더 많은 별들로 채워지고 있다. 주위는 온통 어두컴컴한 산뿐이고 이따금 차선을 추월하려고 속력을 내며 지나가는 차들과 헤드라이트에 반사된 노란 교통 표지판들만이 보일뿐 어두운 터널 속을 끝없이 달리는 기분이다. 형준과 지수는 시애틀에 가는 중이다. 집에서 오후 1시쯤에 출발하여 휴게소에서 잠깐씩 쉬거나 간식으로 허기를 채운것 외에는 거의 쉬지 않고 운전을 하고 있다. 지수가 3일전에 이삿짐센터를 통해 자동차와 짐을 부쳤기 때문에 뒷좌석과 트렁크 안엔 당장 필요한 살림살이만 가득 실려 있다. 차의 각도가 틀어질 때마다 짜증이라도 난 듯 그릇들의 달그락 거리는 몸싸움이 그칠 줄 모르고 있다. 여행과 이사의 차이가 이런 것일까. 도착지에 가까워질수록 설렘보다는 새 환경 적응에 대한 두려움이 밀려온다.

〈 2 〉

형준과 지수의 첫 만남은 한 달 전 형준이 일하던 S식당에서였다. 무역회사 매니저로 근무하던 지수에게 차사고가 나서 물리치료를 받으러 다니던 중이었다. 퇴근 후 집에 가서 요리를 하기도 힘들고 귀찮은 생각에 S식당엘 들렀는데 그곳에서 형준이 요리사로 일하고 있었다. 사장이 부족한 재료를 사러간 사이 식당 밖 코너에 앉아 담배를 피우고 있던 형준 앞에 지수의 차가 멈춰 섰다. 긴 생머리에 약간 상기된 듯한 표정이지만 화사함이 앞 유리창을 뚫고 나오는 듯하다. 차 시동이 꺼지고, 보조석에 놓인 핸드백을 들어 올리고, 차문이 반쯤 열리고, 베이지색 구두를 신은 발이 조심스레 땅을 밟는다. 차에서 조심스럽게 내리는 여자의 부자연스런 움직임 때문에 시선을 뗄 수가 없다. 차문 위로 여자의 손가락이 보이고, 여자가 일어서는 순간 억! 하는 비명과 함께 오른손을 차에 짚으며 휘청거린다. 형준이 놀라서 하마터면 피던 담배꽁초를 삼킬 뻔하다가 이내 꽁초를 땅바닥에 내동댕이치며 일어나서 여자에게 달려간다.

"괜찮으세요? 제가 좀 도와드릴까요?"

"네, 죄송하지만. 제가 교통사고를 당해서 허리가 좀.."

처음 보는 남자에게 한 팔을 의지한 채 식당 안으로 걸어 들어간다는 것이 왠지 좀 머쓱하긴 하지만 그의 호의를 거절할 상황이 아니다. 꼭 그가 아니었더라도 누군가의 도움이 절실하게 필요했다. 그의 유니폼에선 치킨의 누런 내와 레몬의 상큼한 냄새가 풍겼고, 조심하라며 간간이 속삭이는 그의 입에서 풍겨 나오는 담배냄새에 지수의 빈속이 울렁거린다. 그의 팔이 심하게 떨리는 것을 보아 긴장한 게 틀림없다. 아직은 이른 저녁시간이라 식당 안은 텅 비어있었다. 형준이 안내한 의자에 앉는데도 한참의 시간이 걸렸다. 마치 발에 쥐가 난 사람처럼 세포 하나하나의 움직임이 고통스러워 보이는 여자에게 따뜻한 차를 내밀며 마시라는 눈 사인을 보낸다. 두 손으로 찻잔을 감싸 쥐고 있는 가늘고 긴 손가락이 정말 아름답다는 생각을 하며 뚫어지게 바라보다가 그녀와 눈이 마주치자 엉겁결에 옆자리에 풀썩 앉아버렸다.

"허리통증에 좋은 마사지가 있는데 제가 해드려도 될까요? 손가락이니까."

"아니, 괜찮아요."

분명히 괜찮다고 했는데도 오른손은 이미 형준의 두 손안으로 옮겨져 있다. 주위에 사람들이 있었다면 손을 뺐을지도 모른다. 지수가 손에 긴장을 풀자 형준이 새끼손가락을 마사지하기 시작했다. 허리통증완화는커녕 새끼손가락의 통증이 허리를 더 자극한다. 지압정도로 생각했는데 뼈마디마디를 두 손가락으로 비벼대니 너무 아파서 좀 나아졌다는 핑계로 손을 뺐다. 얼마나 열중을 했는지 그의 콧등에 땀이 송글송글 맺혀있었다.

S식당은 치킨 데리야끼로 유명한 곳이다. L. A. Times에 맛집으로 소개되면서 돈을 진공청소기로 빨아들인다는 소문까지 자자했었다. 3년이 지난 지금은 단골들만 꾸준히 드나들 뿐 현저히 줄어든 매상으로 인해 직원을 3명으로 줄인 상태이다. S식당 근처에 지난 3년 동안 데리야끼 식당이 네 군데나 생겨났기 때문이다. 예전 같으면 재료를 냉장고나 냉동고에 쌓아놓고 사용했겠지만 부족한 물품을 매일 구입해야 하는 처지가 된 것이다. 가을인데도 날씨가 더워서인지 전화로 선주문을 해놓고 픽업을 하는 손님들이 늘었다.

지수도 이 날은 조퇴를 하여 물리치료를 받고 집에 가는 길에 들른 것이다. 이 또한 귀찮은 일이지만 집에 가서 저녁을 만들어 먹기엔 너무 피곤

했다. 주문한 음식을 기다리는 동안 패션잡지를 뒤적이는 지수는 누군가의 시선이 파고드는 느낌에 뒤통수가 따끔거린다. 물론 형준밖엔 그럴 사람도 없지만.. 포장된 음식을 건네받고 지수가 계산을 하자 형준이 기다렸다는 듯 빠른 걸음으로 다가와 지수를 부축한다. 요리를 하면서 맛을 보았는지 그의 입에서는 담배 냄새가 아닌 데리야끼 소스냄새가 풍겼다. 지수가 운전석에 앉자 형준은 재빨리 안전벨트를 채워주고 차문을 닫았다. 지수가 시동을 켜면서 차창을 열었다.

"정말 감사해요. 이렇게 신세를 져서 어쩌죠?"

은혜를 꼭 갚고 싶다는 말로 받아들이고 싶은 형준. 창문 밖으로 살짝 내민 그녀의 얼굴이 노을로 인해 너무 곱고 아름다워 도톰한 그녀의 입술에 키스를 하고픈 충동이 일자 두 다리에 힘을 꽉 준다. 지금 어설프게 실수를 했다가는 아무 일도 일어나지 않는다는 걸 잘 알고 있다. 침착하게, 얼굴 표정을 최대한 자연스럽게, 그리고. 진실 되게 보여야 한다.

"저.. 그럼 나중에 커피 한 잔만 사주실 수 있으세요? 제가 요즘 속이 답답해서 죽을 지경인데 딱히 털어놓고 상담할 사람이 없어서요. 와이프 때문에 며칠 내로 여길 그만두고 멀리 떠날 생각이거든요. 미리 말하면 또 잡히니까 이번에는 아예 아무에게도 말 안하고 갑자기 사라지려고요."

"그래요? 저런….."

'처음 만난 사람에게 이런 말을 꺼내기 쉽지 않을 텐데.. 오죽하면 나에게 하소연을 하고 싶어 할까..'

남자의 표정은 너무 진지했고 장난이나 농담으로 받아들이기엔 그의 눈빛이 너무 간절했다. 이성적으로 판단하려 해도 그의 눈빛을 외면할 수가 없다. 지수는 남자에게 핸드폰 번호를 건네주었지만 그날 저녁 그에게서 연락은 오지 않았다. 키, 얼굴, 목소리까지. 배우 겸 모델 차승원을 많이 닮은 남자. 그의 연락을 설렘 속에 기다리다 잠이 들었다.

다음날 아침. 지수가 회사에 출근하자마자 핸드폰이 울렸다. 처음 보는 번호….

〈 3 〉

저녁시간에 한국 사람들이 뜸한 레스토랑 안에서 마주앉은 두 사람. 영어가 서투른 형준은 지수에게 아무거나 주문해 달라고 부탁을 했다. 가난한 집안에서 자란 탓에 고기를 먹을 줄 모른다며 달걀과 야채정도면 된다고 하는 그의 얼굴표정을 슬프게 읽어버렸다.

'요리사가 고기를 못 먹는다니…'

닭의 누린내 때문에 속이 메스꺼워 담배를 피우게 됐다고 말하는 형준이 안쓰럽다.

'좀 멀리 나가더라도 한국식당에 갈 걸 그랬나…?'

다행히 형준은 야채 오믈렛을 남기지 않고 먹어 치웠다. 치즈케이크를 먹지 못하는 형준을 위해 호박파이를 디저트로 주문해 주었다.

"미국음식에 이런 게 있는 줄 정말 몰랐어요. 제가 미국식당엔 처음이라서요. 집에서는 김치랑 밥만 있으면 잘 먹거든요."

형준은 지수보다 세살이나 어렸다. 그리고, 그의 와이프보다 한 살이 어리다고 했다.

'이 남자… 연상을 좋아하는 사람인가?'

식사를 끝내고 커피를 마시며 형준의 본격적인 이야기가 시작되었다.

"지수씨, 저는 너무 억울합니다. 지금 와이프인 애리와 강제 결혼을 한 지 몇 달 됐지만 행복하지도 않고요. 제가 한국에서 고등학교를 졸업하자

마자 작은누나의 초청으로 엄마랑 미국이민을 왔거든요. 매부가 소개해
준 식당에서 요리배우며 일한 지 3년째고요. 애리가 친구들하고 밥 먹으
러 왔다가 저를 보고 반했다고 하더라고요. 저는 영어를 잘 못해서 영어
잘하는 애리가 신기하고 부러웠지만, 애리를 몇 개월 동안 만나보니까 성
격이 너무 드세서 감당하기 힘들더라고요. 영어를 잘 못하는 것이지 제가
바보는 아니잖아요. 말끝마다 제 말을 무시하고, 한 살 위라고 절 휘두르
려고 하잖아요. 그래서 그만 만나자고 했더니 그날 집에 가서 약을 통째
로 입에 털어 넣었대요. 애리 아버님이 그 충격으로 쓰러지셨고요. 그분
이 돌아가시면서 제게 애리를 부탁한다고 유언을 하셨는데 제가 그만 알
았다고 대답을 하는 바람에…. 저는 애리를 사랑하지 않아요. 저만 보면
화를 내다가 감정이 격해지면 대꾸를 안 한다고 이것저것 다 집어서 저를
때리거든요. 쇠 옷걸이나 벨트로 등짝을 갈기는 건 약과에요. 접시를 제
머리에 던져서 응급실에 가서 스물 두 바늘이나 꿰매고 왔어요. 저 이러
다가 맞아 죽을 거 같아요. 세상에 어떤 미친놈이 와이프한테 맞고 살겠
어요? 여자를 때릴 수도 없고… 집이 아니라 지옥 같아요…"

형준이 말끝을 흐리더니 갑자기 고개를 들어 천장에 매달린 꽃무늬 램
프를 올려다본다. 그의 눈에 눈물이 고여 있는 듯 눈이 불빛에 반짝거렸
다. 지수가 물 컵을 형준 앞으로 밀어 놓았다. 그의 이야기를 들으며 지수
는 입을 꾹 다문 채 형준을 바라보고 있다. 아니, 그의 말을 들으며 상상
을 하다가 어느 순간 방향감각을 잃고 맨붕 상태가 되었다고 해야 할까.

'어떻게 그런 일이… '

형준의 말이 그저 그럴싸하게 지어낸 이야기거나 남의 이야기였으면
차라리 좋겠다는 생각이 들었다. 그의 말이 사실이라면 어떻게 도움을 줘
야 할지 혼란스럽다. 형준은 물을 마시는 대신 두 눈을 몇 번 손등으로 비

비고 난 후 말을 이어갔다.

"완전히 정신병자처럼 변해가고 있어요. 십자가라 생각하고 짊어지고 살기엔 제가 깔려죽을 지경이에요. 우리 엄마도 집에서 당장 나오라고 성화이시고. 지난주에 저희 집에 왔다가 싸우는걸 보셨거든요. 저한테 욕하면서 때리는 걸 보고 엄마가 말리다가 애리가 밀치는 바람에 넘어지셔서 팔이 부러졌어요. 그걸 보니까 제가 더 미치겠더라고요. 애리는 처음부터 어른공경이라는 게 없는 여자였어요. 애리 아빠와 한 약속은 무효라고 하셨던 엄마도 애리가 임신을 했다고 거짓말해서 할 수 없이 결혼을 허락하신 건데.. 엄마가 이럴 거면 이혼하라며 화를 내시니까 앞으로 우리 집에 다신 오지 말라며 쫓아냈어요. 엄마를 따라 나가면 당장 죽어버리겠다고 협박을 해서 저는 꿈쩍도 못하고 잡혀 있었고요. 오늘도 엄마가 아프셔서 가봐야 한다고 둘러대고 퇴근하자마자 여기로 온 거에요. 일하러 나갈 때 이외엔 꼼짝 못하게 감시를 하거든요. 술 없이는 못사는 알코올중독에다가 완전 정신병자에요."

목이 말랐는지 형준이 물을 벌컥벌컥 들이켰고 지수는 빈 컵에 다시 물을 채워 넣었다. 형준이 깊은 한숨을 내쉬는 바람에 테이블 위의 냅킨이 날려 바닥으로 떨어졌다.

"그동안 많이 힘들었겠네요. 어머니가 오죽하면 이혼하라고 하셨겠어요."

힘들었겠다는 말을 듣자 다시 눈시울이 붉어진 형준이 바닥에서 떨어진 냅킨을 집어 들었다. 남자가 운다. 지수는 형준의 손에서 냅킨을 뺏은 대신 자신의 냅킨을 쥐어주었다. 눈물을 훔치는 형준을 보며 지수도 순간 울컥했지만 종업원이 계산서를 테이블에 툭 놓고 가는 바람에 슬픈 분위기는 유지되지 못했다. 두 사람은 서로를 바라보며 머쓱하게 미소를 지어

보였다.

레스토랑을 나섰다. 9월초의 밤은 쌀쌀하다. 팔에 닭살이 돋기 시작하자 지수의 차 안으로 자리를 옮겼다. 아직도 못다 한 말이 남아있는 형준이 그대로 헤어지기엔 아쉬운가 보다. 엄청 좁아진 공간. 주위를 지나치는 사람들은 많지만 한국 사람은 그림자도 없기에 그 누구의 눈치도 볼 필요가 없다.

"지수 씨, 어제 말씀드린 대로 저는 며칠 있으면 시애틀로 떠날 계획이었어요. 지수 씨를 만난 건 운명 같아요. 제가 늘 상상해오던 여자가 제 눈앞에 있다는 게 신기해요. 지금 제 상황이 이런 게 너무 죄송하지만, 시애틀에 같이 가고 싶어요. 가서 새롭게 인생을 다시 살아보고 싶어요. 지수 씨랑 몇 시간 앉아서 대화를 나눈 게 전부이지만 느낌이라는 게 있잖아요. 지수 씨와 함께라면 뭐든지 다 잘해낼 것 같아요."

"너무 성급한 거 아닌가요? 만나자마자 같이 떠나자는 말은…"

그의 애절한 눈빛이 단칼에 거절하지 못하게 하는 요술봉 같아 머릿속이 하얘진다.

"제가 말주변이 없어서 사기꾼이라고 오해하실 수도 있겠지만 저의 마음은 진심이에요. 속일 마음이 있었다면 어차피 떠날 건데 이혼남이나 싱글이라고 했겠지 왜 굳이 사적인 얘길 다 하면서까지 유부남이라고 했겠어요? 오늘부터 딱 한 달만 저를 지켜봐 주세요. 제가 어떤 사람인지, 그리고 저를 믿으실 수 있도록 보여드릴 게요."

온전한 정신을 지닌 여자라면 한번쯤 의심해 볼 여지가 있었겠지만 형준은 이미 지수의 마음 깊숙이 들어온 상태였다. 드라마나 영화 같은 일이 지수에게 일어나고 있다. 안 그래도 매일매일 반복되는 일상에서 벗어나고 싶었고, 타지에 대한 동경심이 늘 마음 어딘가에 자리 잡고 있었다.

'의심? 의심을 한다면 지금 여기서 이러고 있으면 안 되잖아! 하지만 난 지금 두 시간 이상을 이 사람과 함께 있어. 그가 싫지 않다는 증거겠지. 그렇다면 그의 말처럼 기회정도는 줘야 하는 거 아닐까?'

결론은 이미 나 있었다. 두 사람은 자정이 가까워지도록 서로에 대해 더 많은 이야기를 이어 나갔다. 지수의 불편한 몸 상태를 아는 형준은 대화중에도 지수의 팔과 손가락을 살살 주물러 주었고 지수는 그의 손길에 익숙해져 갔다.

〈 4 〉

다음 날. 애리가 잠깐 집을 비운 사이에 형준은 간단히 옷가지만 챙겨 토니 형 부부가 새로 이사한 아파트로 거처를 옮겼다. 토니 형은 형준의 전 직장동료이자 형준 부부를 옆에서 지켜봐왔기에 이혼을 말릴 수 없다는 걸 잘 알고 있다. 형준에게 이혼하라고 처음으로 권고한 사람도 토니 형이었다.

형준은 토니 형 부부에게 지수얘기를 했고, 부부는 두 사람의 시애틀행을 돕기로 했다. 형준의 가출은 이번이 처음이 아니었다. 결혼 후 6개월 동안 5번이나 가출을 시도했지만 매번 애리의 전산망에 걸려 다시 집으로 잡혀오곤 했던 것이다. 형준을 숨겨주었던 친구들에게 칼을 휘두르거나 그 집 물건을 박살내는 등의 보복을 감행했으므로 형준이 눈물을 머금고 애리를 따르지 않을 수 없게 만든 것이다.

시애틀로 탈출지를 정한 이유는 2주전에 형준의 가출을 도왔던 직장동료 앞에서 애리가 머리핀으로 손목을 그어버렸기 때문이다. 가게는 순식간에 아수라장이 되어 버렸고 사장에게 호되게 질책을 받음과 동시에 2주 후에 그만두겠다는 약속을 해야 했다. 다행히 동맥이 끊어지지 않아 큰일은 면했지만 그런 여자와 한집에 있는 게 죽기보다 더 싫어졌다. 죽음을 불사하고 형준을 소유하려는 애리와 그녀의 집착에서 멀리 떨어져나가고 싶은 형준의 투쟁이 시작되었다.

'지수씨, 오늘 핸드폰 새로 했어요. 번호도 새로 바꾸었고요. 보고 싶어요.'

며칠 후, 형준에게서 보고 싶다는 문자를 받으니 가슴이 뭉클해진다. 곧이어 토니 형 부부의 주소가 도착했다. 퇴근하자마자 가겠다는 답변을 보내자 형준이 하트모양의 이모티콘을 보냈다.

"지수씨, 사표 냈다더니 무슨 좋은 일이 있나 봐요? 얼굴에서 미소가 떠나가질 않네?"

부사장의 예리함에 깜짝 놀라면서도 침착함을 잃지 않고 대꾸 없이 웃어 넘겨버린다.

퇴근 후 토니 형 부부한테 줄 초콜릿 한 박스를 사들고 처음 가보는 도시로 향했다. 죄인을 피신시켜놓고 몰래 만나러 가는 이 비정상적인 느낌을 애써 외면해 보려는 중이다. 형준이 아파트 입구에서 기다리다가 지수가 도착하는 것을 보고 기쁜 마음에 달려가 그녀를 맞이한다. 자기를 믿고 한 시간 거리를 달려와 준 여자가 아닌가. 토니 형 부부는 지수를 반갑게 맞이했고 정성스런 저녁까지 대접했다. 형준이 시애틀에서 자리를 잡으면 그곳에서 함께 식당을 오픈하자고 약속까지 한 상태라 대접이 극진했다.

"형준이 이놈. 바보 같은 놈이에요. 내가 그렇게 애리하고 결혼하지 말라고 했는데도 애리 아버지하고 약속했다고 꾸역꾸역 기어들어가더니 결국 이렇게 됐네요. 마음 같아서는 될 대로 되라고 내버려두고 싶지만, 뒤돌아서 생각하면 불쌍해서. 참나, 원. 별 이상한 여자를 다 만나서 사람하나 병신 만들고. 지 맘대로 안 된다고 자학을 하고 남편을 패는 미친 여자랑 어떻게 살겠어요, 정신 나가지 않은 이상. 하필 왜 애리는 임신까지 해 가지고."

'임신…?'

덜컹 내려앉은 가슴을 쓸어 올리기도 전에 지수는 형준 쪽으로 고개를 돌렸다. 형준은 고개를 푹 숙였고, 토니 형은 갑작스레 얼굴근육에 경련이라도 일어난 듯 두 입술에 힘을 주었다. 토니 형의 아내가 왜 쓸데없는 소릴 하냐는 투로 토니 형을 쏘아본다. 공든 탑이 무너질까봐 조바심을 내는 눈빛이다.

'토니 형이 없는 말을 한 건 아니니까 고맙다고 해야 하나?'

"형준씨, 나랑 잠깐 밖에서 얘기 좀 해요."

형준이 말없이 코를 훌쩍이며 밖으로 따라 나선다. 주위는 쥐죽은 듯 조용한데 오로지 지수의 또각거리는 하이힐 소리와 찍찍 끌어대는 형준의 슬리퍼 소리만이 깜깜한 밤을 휘젓고 있다. 두 사람은 아파트 내 어린이 놀이터 벤치에 나란히 앉았다. 지수가 팔짱을 낀 채 입을 열었다.

"임신이라뇨? 그래서 도망가려고 했던 건가요? 난 임산부와 싸울 생각은 없거든요!"

흥분하지 말자고 걸어오는 내내 다짐을 했건만 흥분이 가라앉지 않은 지수의 목소리가 파르르 떨리고 만다. 형준은 곧바로 대꾸하지 않고 두 다리 위에 올린 주먹에 힘을 주었다. 불끈 쥔 저 주먹으로 무엇이라도 깰 수 있을 것 같다. 그의 주먹은 이내 보자기로 바뀌었다. 주먹을 쥐었다 펴기를 번복하는 동안 머릿속으로 해야 할 말을 정리하는 듯하다.

"이혼하려고 변호사한테 미리 수수료를 내고 서류 준비시켰어요. 애리가 임신했다고 거짓말 한 게 한두 번이 아녜요. 이번에도 임신했다고 하길래 애 낳을 생각 말고 지우라고 했어요. 어차피 저랑 결혼 전에 낙태수술을 몇 번이나 했었던 여자예요. 설사 임신이라고 하더라도 애한테 그런 엄마를 만나게 해주는 건 죄라고 생각해요.”

지수는 말을 잊은 듯 띄엄띄엄 떠있는 밤하늘의 별과 별사이에 줄을 그어가며 깊은 생각에 빠져들고 있다.

‘아내가 임신을 했는데 아이를 지우라고 했다니.. 사람의 생명을 이렇게 하찮게 여기는 사람이었던가? 하지만, 죽도록 싫은 여자가 자기 아이를 임신했는데 둘 다 포기하면서까지 나를 선택했다면?’

지수도 이미 회사에 사표를 내고 1주 후에 퇴사를 하겠다고 통보를 했기 때문에 되돌리기엔 이미 늦었다. 원래는 2주의 여유를 줘야 하는 게 맞지만 다행히 신문에 구인광고를 낸 다음날에 적임자를 찾게 되어 1주로 줄일 수 있게 된 것이다.

‘죽기보다 더 싫다고 하는데 굳이 돌아가라고 말을 할 필요가 있을까. 어차피 내가 아니더라도 시애틀에 갈 사람이었어. 어차피 남이 될 사이인데 그 시간이 조금 앞당겨졌다고 해서 죄가 되진 않겠지.’

이성적인 방법은 아니지만 나름대로 합리화시키려는 자신이 비인간적이지 않아 보이도록 침착하고 싶어진다. 이성의 눈을 멀게 하는 이 위험한 사랑이 싫지만은 않다. 다시 주먹을 쥐고 마음을 졸이며 지수의 최종 판결만 기다리는 형준의 손을 꼬옥 잡아 주었다. ‘울지 말아요.’

〈 5 〉

출발할 당시만 해도 두 사람의 얼굴은 행복을 머금고 있는 밝은 표정이었지만 캘리포니아 경계선을 넘어 오리건 주로 들어서면서부터는 두 사람 다 말이 없다. 떠난다는 것이 실감나기 시작한 것이다. 아쉬움도, 미련도 없을 거라 생각했는데 생각보다 너무 쉽게, 그리고 빨리 온몸을 휘감 아버렸다.

형준은 미래를 약속한 지수와의 앞날을 고민하는 게 아니다. 직장과 보 금자리가 미리 준비되어 있지 않았다면 뒤를 돌아볼 겨를이 없었을지도 모른다. 사람들은 가진 많은 것보다 잃은 적은 것에 더 집중을 한다더니 이 두 사람이 바로 그 짝이다. 형준은 떠나온 K도시에 버리고 온 아내보 다는 그녀의 뱃속에 정말 있을지도 모를 아기가 신경이 쓰인다. 토니 형 의 와이프가 임신과 동시에 태명을 '대박이'로 지었을 때 형준도 훗날 태 어날 자신의 아기에게 '쑥쑥이'라는 태명을 지어줄 생각이었다. 물론 결혼 전의 이야기고, 애리를 만나기 이전의 이야기다.

'아빠도 없는데 정말 쑥쑥 커버리면 어떡하지?'

아기가 자라는 모습을 못 볼지도 모른다는 것이 두렵다.

'애리가 정말 낙태시키기라도 한다면, 내가 정말 아무렇지도 않을 수 있을까?'

부정할 수 없는 또 하나의 나. 자식을 죽인 살인자로 살 수 있을지 판단 이 서질 않는다. 지수도 내심 걱정이 되긴 마찬가지다. 변호사가 이혼서 류를 잘 처리해 줄지, 애리가 형준을 쉽게 포기할지, 그리고 가장 중요 한… 자신만을 사랑하며 살겠다고 철썩 같이 약속을 한 형준을 따라 나선 것이 잘한 것인지. 캘리포니아에 버리고 온, 남들이 다 부러워하던 직장, 사랑하는 가족, 친구들. 이 모든 것들을 만난 지 한 달밖에 되지 않은 남 자와 바꾼 것이다. 네 살짜리 꼬마한테 물어보면 어리석은 짓이라고 손가 락질 당할 것만 같다. 왠지 모든 일이 두 사람이 바라는 대로 잘 풀릴 거라 는 확신이 서질 않는다. 길게 생각하면 할수록 블랙홀로 빨려 들어가 버 리는 느낌이 들자 지수가 라디오를 켠다.

I am a woman in love

And I'd do any thing

To get you into my world~~

〈Woman in Love〉 바바라 스트라이젠드의 구슬픈 노래가 지수의 마음을 대변해 주는 듯하다. 지수는 노래가 끝날 때까지 같이 흥얼거렸다. 평소엔 별 생각 없이 부르던 노래. 가사 하나하나에 집중을 하게 되는 건 왜일까. 사랑을 얻기 위해서라면 무엇이든지 한다는 노래가사가 왠지 지수 자신보다 애리에게 더 적용이 되는 것 같다는 생각이 들자 온몸에 소름이 돋는다. 라디오 속에서 애리가 칼을 들고 튀어나올 것 같아 얼른 꺼버렸다.

'뭐지. 이 불안한 기분은… '

형준이 지수에게 병 물을 건네더니 뚜껑을 톡톡 두드렸다. 열어달라는 신호이다.

"지수씨 노래 덕분에 잠이 싹 달아났네요."

끝까지 부를 걸 괜히 끈 것 같아 다시 켠다. 노래의 마지막에 호소하는 듯한 그녀가 남긴 질문 한마디. 〈What do I do? 내가 어찌해야 하나요?〉

'주사위는 이미 던져졌는데… 노랫말 가사처럼 사랑에 빠진 저 여인이 묻는 질문에 답을 해줄 수는 없었던 것일까? 가사를 한 줄만 더 쓰면 좋았을 텐데..'

지금 이 순간 누구보다 더 질문에 대한 답이 듣고 싶고 궁금하기만 하다. 적어도 지수 자신이 지금 잘하고 있는 건지 아닌지 정도는 알 수 있을 테니까.

"마저 부르지 그랬어요?"

지수가 병물 뚜껑을 열더니 먼저 한 모금을 마신 후 형준에게 건넨다.

"음이 너무 높아서.. 더구나 지금은 새벽이라 목이 이미 잠겼어요."

형준이 미소를 씨익~ 지어보이더니 물을 들이켠다.

'무쇠도 단 몇 초 만에 녹여버릴 미소. 저 미소를 갖고 싶어 욕심을 낸다고 죄가 될까?'

타 죽을 것을 알면서 그의 환한 미소 속으로 날아드는 가엾은 불나방이 되어 위험한 사랑을 시작한 지수. 목숨을 건 혈투 끝에 여왕벌에 선택된 애리를 이길 수 있을지 의문이다. 아직은 목숨까지 내걸고 형준을 지켜낼 자신도, 의지도 분명치 않다. 절벽과 절벽사이에서 외줄타기를 하고 있는 심정이다. 매순간이 위태위태하다는 생각을 하다가 잠이 들었다.

〈 6 〉

오전 7시가 되어서야 형준의 차가 M식당 앞으로 들어섰다. 차를 주차 시킨 후 시동을 끄고 나서야 형준이 안도의 한숨을 푹 내쉰다. 정말 긴 여정이었다. 바로 옆에는 밤새 뜬눈으로 함께 하겠다고 우기던 지수가 미니 담요를 덮고 잠들어 있다. 형준이 잠든 지수의 얼굴을 가리고 있던 머리를 손으로 쓸어 올리자 차가운 손길이 느껴졌는지 지수가 억지로 눈을 조금씩 뜬다. 몸이 찌뿌듯한지 팔다리를 뻗어 기지개를 펴자 형준이 얼른 안전벨트를 풀어준다. 지수가 차의 움직임이 없음을 감지했는지 카시트를 똑바로 젖혀 올렸다.

"굿모닝~! 시애틀에 오신 걸 환영 합니다~"

삐져나온 머리카락을 귀 뒤로 살짝 넘겨주며 형준이 웃어 보였다.

"여기가… 도착했어요?"

손목에 걸어둔 머리끈으로 헝클어진 머리를 하나로 묶으며 사방을 신기하다는 듯 둘러본다.

"어머! 정말 왔네요? 미안. 운전하는데 옆에서 잠만 자고."

"미안하긴요. 옆에만 있어도 힘이 나는 걸요! 잠깐만 기다려요."

형준이 안전벨트를 풀고 운전석 차문을 열자 차가운 공기가 차안으로 밀려들어온다. 마치 커다란 냉동고에 들어가는 냉기가 느껴져 얼른 담요를 눈 밑까지 끌어올려 덮었다. 시애틀의 10월의 아침은 캘리포니아에선 느낄 수 없었던 체감온도로 이방인에게 텃세를 부리려는 것 같다.

형준이 M식당 입구 쪽으로 걸어간다. 문 양옆엔 커다란 알로베라 화분이 두 개씩 놓여있었다. 이 식당에선 뜨거운 데 데이거나 칼에 손을 베이는 일이 잦았던 것 같다. 알로베라 선인장 잎이 거의 기둥만 남다시피 많이 잘려나간 상태였다. 형준이 오른쪽 화분을 들어 올리고 밑에 깔려있던 Zip Lock 비닐봉투를 옆쪽으로 발로 툭! 차더니 화분을 다시 원위치로 내려놓는다. 비닐봉투 안에는 또 다른 하얀 봉투가 들어있었다. 그가 비닐봉투를 집어 들고 겉에 묻은 흙을 툭툭 털어내면서 차 안으로 다시 돌아왔다.

"그게 뭐예요?"

지수가 뒤집어쓰고 있던 담요를 반으로 접더니 둘둘 말며 물었다.

"우리가 살게 될 아파트 약도랑 열쇠예요. 여긴 앞으로 내가 일하게 될 식당이고요. 토니 형이 아시는 분인데, 사장님 부부가 미리 다 준비해 주시기로 했었거든요."

형준이 첫 약속을 지켰다. 시애틀에 가서부터는 말을 놓기로 했었다. 반말을 하자는 것이 아니라 군이 제가, 저는, 저를. 이런 것보다는 내가, 나는, 나를. 이정도의 단어변경이다.

"형준씨 능력 좋네요! 몸만 들어와서 일하라는 직장도 있고."

"능력은요 무슨. 여긴 일할 사람 찾기가 힘든가보죠 뭐. 하하하."

아파트에 도착하자마자 이삿짐센터에 배달주소를 문자로 보냈다. 아파트는 지은 지 얼마 되지 않은 듯 엄청 깨끗했고 소파세트, 식탁, 세탁기까지 구비되어 있었다.

"이래서 당장 필요한 것만 챙기라고 했군요?"

"지수 씨, 내가 뭐랬어요. 다 알아서 한다고 했잖아요. 이젠 우리 두 사람뿐이니까 맘 푹 놓고 앞일만 생각하면 돼요. 난 내일부터 당장 일 시작하려고요."

〈 7 〉

시애틀 날씨는 워낙 변덕이 심하고 비가 자주 내려서인지 일반 아파트인데도 캘리포니아와는 달리 커다란 실내 체육관과 실내 수영장까지 구비되어 있지만 늘 비어있다. 아파트단지 바로 앞에 커다란 골프장이 있지만 며칠 동안 산책을 하며 돌아봐도 골프를 치는 사람들은 눈에 띄지 않는다. 이곳에서는…사람 구경하기가 힘.들.다.

형준은 M식당에서 밤 9시까지 하루에 12시간씩 일을 했고 지수는 시애틀 다운타운에 위치한 SS수산무역회사에서 근무를 했다. 지수의 전 직장의 권 사장이 SS사의 김 이사와 대학교 동창이라 어렵지 않게 알선해준 자리였다. 마침 SS사의 전임자가 재혼으로 회사를 그만두어야 했기에 자연스럽게 매니저 자리를 꿰찰 수 있었다.

SS사엔 60대 중반의 월급사장인 진 사장이 있는데 별명이 대머리독수리라고 권 사장에게 얼핏 들은 기억이 있다. 전깃불에 반사되어 반짝거리는 대머리를 보려는 직원들의 시선이 그가 중절모를 벗으려고 손을 위로 뻗는 순간부터 마치 약속이라도 한 듯 그에게 쏠린다. 웃을 일이 별로 없 '

는 회사 내에서 유일하게 억지로라도 웃을 수 있는 몇 초를 놓칠 리가 없다. 매일 일어나는 진풍경이지만 상대가 사장인 만큼 질리지 않는가 보다. 직원들에게 호의적이지 않은 진 사장이기에 지수도 동료직원들과 마음 편히 함께 웃음대열에 동참할 수 있었다.

진 사장은 거래처 사장들하고 밥이나 먹고, 골프나 치러 다니는 김 이사의 빽으로 입사한 지수를 은근히 못마땅하게 생각했다. 은수저를 물고 태어난 무능력자인 김 이사와 일하는 것도 자존심이 상할 지경인데 인사 문제까지 관여하는 그가 곱게 보일 리 없다. 지수는 어쩌다 미운털이 박힌 김 이사의 라인이 되어버린 것이다. 보수적인 대머리 진 사장과 제멋대로 행동하는 김 이사의 관계가 원만하지 않다는 것을 직원들은 오래전부터 알고 있었다. 우울한 날씨에 익숙한 시애틀 주민들은 보수적인 성격과 동시에 속내를 잘 드러내지 않는 반면에, 캘리포니아 출신들은 자기 할 말을 다 한다는 편견이 있었다. 40대 중반인 김 이사도 캘리포니아 팔로스 버디스 출신이다. 진 사장에게 한마디도 지지 않고 꼬박꼬박 말대꾸를 하는 통에 중요한 일이 아닌 이상 대화 자체를 피하고 있다. 김 이사는 진 사장에게 있어서는 도려내고 싶은 혹 같은 존재였다. 혹을 잘못 떼어내려다 자신의 밥줄까지 끊겨 버릴까봐 몸을 사려야 한다는 것도 상처 난 자존심에 소다수를 붓는 것과 같았을 것이다. 김 이사에게 쌓인 불만을 지수에게 쏟아 부으려는 듯 대머리 사장은 뭔가 꼬투리를 잡으려 안달하는 듯했다.

"지수 씨, 엘에이로 다시 안 돌아 갈 건가? 시애틀엔 이방인들이 와서 오래 머무르기 쉽지 않은 곳인데? 전에도 타주에서 한 사람이 왔었는데 얼마 못 버티고 도로 가더군!"

"글쎄요, 지금은 계획이 없습니다. 사장님."

'살아보겠다는데 도와주지는 못할망정 왜 저러신담.'

속으로 투덜대는 걸 눈치 챘는지 베이글 빵을 사오라고 심부름을 시킨다. 단 한 번도 직장상사에게 커피심부름도 하지 않았던 지난날을 생각하면 SS사엔 아직도 현실을 직시하지 못하는 고리타분한 월급사장이 터줏대감 노릇을 하고 있는 것이다. 매니저에게 빵 심부름이라니!

"혜련 씨랑 같이 다녀올 게요."

어차피 오전에는 할 일이 별로 없다. 지수 혼자서 나가면 혜련을 앉혀놓고 미주알고주알 맘에 안 드는 직원들을 씹을 게 뻔하다. 지수의 보조직원인 혜련을 두고 지수에게 심부름을 시킨다는 것 자체가 지수를 하찮게 여긴다는 것을 보여주려는 비인간적인 태도가 아니던가. 혜련과 함께 다녀와도 되냐고 묻는 것도 아니고 일방적으로 함께 다녀오겠다며 일어서는 지수에게 할 말이 금방 떠오르지 않자 진 사장은 입맛만 쩝! 다시더니 시선을 창밖으로 돌렸다. 꼴 보기 싫으니까 빨리 시야에서 사라지라는 간접적인 표현이다.

머뭇거리는 혜련의 손을 잡아끌고 사무실을 나섰다. 혜련은 이 회사에서 근무한 지 5년차인데도 대머리 사장은 늘 잔심부름만 시켰다. 지수는 그동안 혜련을 지켜보면서 안쓰럽고 측은한 마음이 쌓인 만큼 대머리 사장이 곱게 보이질 않는다. 딸보다 훨씬 어린 혜련을 마치 몸종부리 듯 하는 게 너무 기분이 나빴다. 혜련을 소개하면서 굳이 그녀가 고아라는 말을 했어야 할까? 그가 점심식사 이후에 식곤증을 이기지 못해 의자를 돌려놓고 앉은 채로 졸 때 마다 의자위로 삐져나온 대머리에 '무개념'이라고 낙서라도 해버리고 싶다. 많이 배우고 점잖은 사업가처럼 행동을 하지만 침을 질질 흘리며 간교한 웃음을 짓는 늑대처럼 보일뿐이다. 직장에서 약한 자를 괴롭히는 악당들을 정의의 이름으로 물리치는 원더우먼 역할을 톡톡히 해내던 지수였다. 지금은 상대가 사장이다 보니 마음이 어려워진다. 얼굴표정에 변화가 없는 혜련의 속마음도 도무지 감을 잡을 수 가 없다. 혜련을 위한답시고 섣불리 나서면 안 될 것 같다.

다운타운 시애틀에서 가장 유명한 베이글 하우스라는 명성에 걸맞게 수많은 사람들이 줄지어 서있다. '심리학책에서 본대로 한번 해볼까?'

"미안하지만 제가 먼저 베이글 빵을 살 수 있도록 자리를 양보해 주실 수 있나요? 왜냐하면, 저는 지금 꼭 사야 하거든요."

시애틀 주민들한테 이 방법이 먹힐 거라고? 어림 반 푼어치도 없는 얘기다! 손가락질을 하며 "Go Back to LA!!"라고 욕이나 안 먹으면 다행이다. 그 책을 쓴 심리학자는 분명 시애틀에 와본 적이 없었을 것이다. 크림치즈가 탁월하게 맛있다면 몰라도 손에 쥐고 한입 베어 무는 순간부터 딱딱해지기 시작하는 베이글 빵이 뭐가 그리 맛있다고 줄을 지어 기다리는지 모르겠다. 베이글 빵 6개를 구입하는데 45분이 걸렸다.

"지수 씨 애인 분은 식당에서 일하시는 거 어떻대요?"

"원래 데리야끼 전문식당에서 오래 일을 해서 똑같대요. 메뉴도 더 적고."

"하긴. 시애틀은 데리야끼 천국이죠. 한국의 김밥천국처럼. 호호호~"

"그러게요. 그래도 우리 형준 씨가 일하는 식당은 닭다리 고기만 사용해서 고기가 더 쫄깃쫄깃하고 맛있다고 사람들이 몇 배나 더 북적이거든요."

사무실로 들어서자마자 혜련이 김 이사의 사무실 옆에 위치한 미니부엌에 들어가더니 대머리 사장에게 바칠 베이글을 서둘러 준비했다. 누가 알랴! 혜련이 베이글 준비를 기꺼이, 기쁜 마음으로 하는 이유를. 씻지 않은 손으로 토스트 된 베이글에 크림치즈를 바르는 혜련을 못 본 척 뒤돌아

나와 버렸다.

'혜련, 화이팅!'

〈 8 〉

지수가 제자리로 가려다가 김 이사의 사무실 문이 열린 것을 보고 인사를 건넨다.

"굿모닝 이사님~! 뭐 하세요?"

"아, 네. 곧 있으면 크리스마스잖아요. 제가 Y대 동문회에서 총무직을 맡아가지고 송년회초대장을 일일이 보내고 있어요."

적어도 대기업의 이사라는 분이 말단직원들이나 할 법한 일을 하면서도 신나 보인다.

"추수감사절도 아직 안 지났는데 벌써요?"

"다들 바쁜 사람들이라 미리 보내지 않으면 텅 빈 송년회가 될 것 같아서요."

"좀 도와드릴까요?"

"바쁜 일 없다면 저야 좋죠!"

사냥감을 찾아 헐떡이는 대머리 사장보다는 회사 일엔 거의 관심이 없는 재벌 2세를 돕는 편이 낫다. 적어도 김 이사와 있으면 대머리가 잔심부름을 시키거나 트집을 잡을 일은 없을 테니까.

시애틀엔 10월초에 왔는데 벌써 크리스마스를 앞두고 있다니. 세월이 참 쏜살처럼 빠르다는 생각을 하면서 Y대 동문회 초대장 목록을 훑어 내려가던 중 갑자기 풋! 하며 웃음이 터졌다.

"왜요? 뭐가 잘못 됐어요?"

같이 좀 웃자는 표정의 김 이사를 보니 웃음이 쉽게 가라앉질 않지만 일단 둘러댔다.

"아~ 아녜요. 재밌는 이름들이 있어서요."

"아, 우리 때는 이름을 가급적 촌스럽게 지어야 오래 산다고 믿는.. 우습죠? 하하"

사실 지수는 촌스런 이름들 때문에 웃은 건 아니다. 목록에는 이름, 전공, 학번, 연락처, 주소 등이 기록되어 있었다. 다른 동문들의 전공은 과학, 화학, 물리학, 수학, 영문학, 국문학, 정치학 등등. 이 수두룩한 반면, 김 이사의 이름 옆엔 체육과라고 되어있으니 웃을 수밖에.

'부잣집에서 입에 은수저를 물고 태어난 사람이 체육과라니. 그러니까 엉뚱한 사람이 와서 사장자리를 꿰차고 있지.'

회식 때 누군가 그의 와이프를 이화여대 출신이라고 소개를 했었다. 교양이 흘러넘치고, 아름답고, 날씬하고, 패션 감각도 김 이사처럼 탁월했다. 단 그녀는 미소만 짓고 있을 뿐인데도 김 이사는 아내 앞에선 얌전한 강아지처럼 순했다. 김 이사는 캘리포니아의 권 사장하고는 대학서클활동을 하다가 알게 된 사이라고 했다. 은수저인 김 이사는 공부로 인정은 받지 못했지만 누구든 은수저와 있으면 굶을 일은 없었을 테니까 친구 사귀는 데는 문제가 되지 않았을 것이다. 대머리독수리 진 사장도 은수저 덕분에 월급사장이지만 한 회사의 사장으로 목에 힘주며 살고 있지 않은가.

〈 9 〉

벌써 12월 달력과 마주한 지 2주가 지났다. 곧 있으면 크리스마스다. 해가 지면 밖에 사람들이 나가질 않으니 시애틀이 우울증의 대명사가 된 이유를 알 것 같다. 외식하러 식당엘 가도 텅 비어있다. 날씨가 늘 우중충

하고 비나 눈이 흩날리기 때문에 더 그런 것 같다. 형준이 식당 사장님과 얘기 좀 하느라 늦을 거라는 말에 지수는 혼자 저녁식사를 마치고 우체통에서 꺼내온 고지서들을 열어보기 시작했다. 평소 같으면 대충 액수만 확인하고 온라인으로 지불해 버리곤 했지만 아직까지는 형준이 오려면 먼 듯해서 고지서들을 꼼꼼히 읽어 내려가기 시작했다. 전기세는 언제나 병아리 눈물만큼만 내는 것 같다. 답답한 것을 싫어하는 지수 때문에 추운 시애틀의 날씨에도 불구하고 히터를 켜는 일이 없기 때문이다. 사건은 늘 예고 없이, 무방비상태일 때 일어난다. 전화비 고지서를 확인하던 지수의 동공이 점점 커지기 시작했다. 낯선 전화번호로 거의 매일저녁마다 전화를 주고받은 흔적들. 지역번호가 캘리포니아 것이다.

'토니 형 부부 번호는 아닌데… 누구 번호지?'

형준의 어머니나 작은누나 번호라고 단정 짓기엔 꺼림칙하다. 캘리포니아를 떠나기 전에 함께 식사를 한 적이 있었다. 어머니와 작은누나는 시애틀에 가서도 당분간 연락할 생각하지 말고 지내라고 했었다. 형준의 아내가 와서 아무리 난리를 쳐도 끝까지 모른다고 할 수 있는 유일한 방법이라고 했다. 정말 몰라야 모른다고 말할 수 있는 분들이었다.

'그러고 보니 지난달부터 좀 이상한 낌새가 있긴 했었어….'

지수가 저녁설거지를 시작할 때부터 샤워를 하고 나올 때까지 형준이 바깥에 나갔다 들어온다는 사실. 어딜 다녀왔냐고 하면 늘 차에 무엇을 두고 와서 가지러 갔었다 거나, 그냥 바람 쐬러 밖에 좀 서있었다거나, 담배피우고 왔다는 등으로 얼버무리는 말을 곧이곧대로 믿었었다. 하지만 지수의 손에 들린 전화비 고지서는 지수에게 뭔가를 말하려는 듯 꼬물거린다. 온갖 상상력이 동원되어 걷잡을 수없는 블랙홀 속으로 또 빠져들고 있다.

"으악!"

지수가 갑자기 비명을 지르며 몸을 뒤로 젖혔다.

"앗, 깜짝이야. 지수씨, 나예요! 초인종을 눌러도 대답이 없어서 내가 열고 들어왔어요. 무슨 생각을 하느라 사람이 들어오는 것도 몰라요?"

지수는 놀란 가슴을 빨리 진정시키려고 가슴을 손바닥으로 토닥거렸다. 그런 지수의 이마에 입맞춤을 한 형준이 샤워를 하고 오겠다며 돌아선다.

"저, 이것 좀 봐 줄래요…?"

지수가 전화비 고지서를 내밀었다. 지수는 제발 자기가 상상했던 그런 일들이 일어나지 않았기를 고대하며 형준을 바라본다. 형준의 표정이 바뀌는 데는 3초도 걸리지 않았다. 이런 날이 올 거라는 것을 예감이라도 한 듯, 그는 고지서를 손에 움켜쥐었지만 들여다보지 않았다.

"봤어요?"

'뭐지? 뭔데 나한테 도둑질하다가 들킨 표정으로 저런 말을 하는 거지?' 목소리가 커지지 않도록 최대한 낮춰서 물었다.

"고지서에 있는 전화번호. 어디다 매일 그렇게 전화를 한 거예요?"

형준이 갑자기 지수 앞에 무릎을 꿇고 고개를 떨군다.

"정말 미안해요, 지수씨. 애리가 이혼서류에 사인을 안 해줬어요. 그리고 애도 낳을 거니까 빨리 집으로 돌아오래요. 산부인과 의사가 그러는데 아기가 딸이라네요. 애리를 생각하면 화가 나고 답답해서 죽을 지경인데…"

형준이 말끝을 흐렸다. 답답해서 죽을 지경인데… 그 다음이 어떻다는 것인지 궁금하다.

"그런데요?"

마저 들어야 할 것 같아 흐리는 말끝을 다시 집어 올리는 지수의 얼굴에 경련이 일고 있다.

"우리 쑥쑥이, 아니, 아기를 생각하면 심장이 막 뛰어요. 아빠가 된다고 생각하니까 기분이 너무… 뭐라고 표현을 못하겠어요. 정말 미안해요 지수씨. 나 어떡하면 좋아요?"

쑥쑥이? 형준이 아기를 쑥쑥이라고 불렀다. 처음이라고 여기기엔 너무 자연스럽게 튀어나온 이름, 쑥쑥이. 평소와는 달리 그는 울지 않았다. 지수에게 죄스런 마음에 표정은 일그러져 있지만 곧 태어날 아기를 위해 눈물을 이미 다 쏟아 부은 듯 그의 눈물샘은 말라있었다. 기쁨의 표현을 못하는 게 아니라 지수 앞이라 참고 있는 것이다. 지수만 허락한다면 '야호!'라도 외칠 것만 같다. 눈이 없었다면 그가 기쁨을 억제하는 모습을 보지 못했을 것이다. 귀가 없었다면 쑥쑥이라는 이름을 목멘 소리로 부르는 그의 목소리를 듣지 못했을 것이다. 애리 앞에선 슬픔을 참고, 지수 앞에서 기쁨을 참아야 하는 이 남자. 전혀 예상하지 못했던 일은 아니었다. 이혼 서류가 잘 처리되었다는 소식도, 애리의 임신이 거짓이었다는 말도 듣지 못하고 지낸 3개월이다. 이런 날이 올지 모른다는 생각에 그동안 행복과 불행, 천국과 지옥에게 삶의 반을 내어주며 살지 않았던가. 지수는 그 자리에서 벌떡 일어나 밖으로 뛰쳐나갔다. 겨울밤에 뛰쳐나가는데도 형준은 지수를 잡지 못했다. 쑥쑥이가 형준의 발목을 잡고 있는 것이다.

"아빠! 따라가지 마세요!"

〈 10 〉

눈이 내리는 밤거리를 뚫고 근처 바닷가로 차를 몰고 갔다. 자갈이 유독 많은 바닷가. 얼마 전에 형준이 일하는 식당의 단골인 미국손님의 초대로 그의 배를 타고 낚시를 했었던 곳이다. 그 푸르던 바닷가는 어둠이 삼켜버려 출렁이는 소리만 낼뿐이다. 11시가 넘은 오밤중에 이 추운 겨울 바다에서 슬리퍼를 신고 눈보라를 온몸으로 맞으며 서있는 자신이 처량해서 울지 않을 수가 없다. 얼음장같이 차가워진 볼을 타고 내려오는 눈물마저 눈에 섞여버린다. 지수는 그 자리에 벌러덩 누워버렸다. 까만 밤하늘은 방향을 잃은 눈보라로 마구 어지럽혀지고 있다. 눈 속에 이대로 묻혀버렸으면 좋겠다는 생각이 들었다.

직장에서 능력을 인정받으며 탄탄대로를 걷던 지수. BMW 자동차, 명품 백, 교양 있는 말씨의 자신감 넘치던 커리어우먼. 화려한 싱글라이프로 동창들의 부러움을 한 몸에 받으며 살던 때가 바로 3개월 전이다. 무언가에 홀린 게 분명했다. 형준의 미소에 최면이 걸려 시작된 이 위험한 사랑. 모든 것을 다 버리고 따라온 이 남자. 나와 미래를 약속한 남자. 나만을 위해 살겠다고 맹세한 남자. 나만 있으면 행복하다던 남자. 진심을 믿어 달라고 했던 남자. 그런데 이 남자가 아직 태어나지도 않은 딸 쑥쑥이 때문에 내 앞에서 무릎을 꿇고 용서를 구한다. 용서란 어떤 의미로 해석이 되어야 하는 걸까. 용서란 곧 판결문을 낭독하는 것과 같은 게 아닐까. 어떤 판결을 내려야 하지? 탕! 탕! 탕! 망치를 세 번 내리치는 순간 모두가 제자리로 되돌아가야 하는 게 맞을까? 세 번 울리는 동안 3개월 전으로 되돌아갈 수 있는 요술망치면 얼마나 좋을까? 여자는 어리석게도 남자에게 전부를 걸지만 남자는 자신의 목적을 달성하기 위해 그 여자를 희생시킨다. 마치 불변의 법칙이라도 되는 것처럼.

'돌아가면 가족들에겐 어떻게 설명해야 하나. 평생 문제 한번 일으키지 않고 살아온 모범생의 이미지가 한순간에 추락하겠지? 정말 내게 닥친 이 일이 삼류 영화나 막장 드라마라면 내가 지금 저 검은 겨울바다로 뛰어들

어 형준에게 복수를 하는 게 맞지 않을까.'

갑자기 팔다리가 저려오자 비틀거리며 벌떡 일어섰다. 갑자기 제정신
이 든 걸까?

'아직은 살아온 날보다 살아갈 날들이 더 많아. 고작 4개월짜리 실수로
인해 인생을 포기한다는 건 너무 가치 없는 일이야. 운명을 거스를 수 없
다면 순순히 따르는 것도 운명이겠지. 이제라도 마법에서 풀려나와야 한
다고! 위험한 사랑은 어리석은 사랑이었어!'

슬리퍼를 바닷가에 벗어두고 왔다. 출렁거리던 추운 겨울의 밤바다처
럼 흔들리지 않겠다는 각오로. 쑥쑥이에겐 처음이자 마지막으로 주는 선
물이라는 마음으로.

〈 11 〉

12월의 마지막 날 아침. 며칠 동안 쉬지 않고 내린 비는 시애틀의 산과
들을 흰 눈으로 덮어버렸다. 눈의 무게를 견디지 못한 나뭇가지들이 여기
저기서 부러져 내리고 있고, 미처 눈을 치우지 못한 산길을 차들이 기어
가는 수준으로 서행하고 있다. 형준과 지수는 다시 캘리포니아로 되돌아
가고 있는 중이다. 3개월 전 캘리포니아에서 떠나올 때처럼 두 사람은 말
이 없다. 얼마 전 Y대 동문회 크리스마스파티를 다녀온 김 이사가 하와이
로 휴가여행을 떠난 사이에 대머리사장에게 사표를 냈고, 아파트 계약과
은행구좌 해지, 이삿짐 정리 등등 만 해결하는데도 꼬박 일주일이 걸렸
다.

'거봐라! 내가 시애틀에선 이방인들이 오래 못 배겨날 거라고 했었지?'

대머리 사장의 비꼬는 말투와 음흉한 표정으로 비웃는 얼굴이 떠올라
눈을 질끈 감아버렸다.

'네. 이번엔 당신의 말이 옳았네요. 늘 그렇게 변함없이 악담만 하며 사세요!'

형준이 오랜 침묵을 깨고 조심스레 입을 열었다.

"지수 씨, 정말 미안해서 입이 열 개라도 할 말이 없지만 이번에 내려가면 아파트 하나 얻어서 일단 살고 계세요. 애리가 아기 낳는 것만 보고 꼭 다시 올 게요. 이혼도 꼭 할 거예요. 지금 사는 집을 애리한테 위자료로 넘겨주고 포기각서만 써주면 돼요."

변함없는 그의 자신감은 어디서 나올까? 이틀 전에 토니 형이 전화가 와서 난리를 쳤었다. 이럴 거면 왜 힘들게 갔냐고. 다 버리고 너만 믿고 따라간 여자 인생은 어쩔 거냐고. 하지만 그의 진심 또한 알 수 없다. 토니 형이 화가 난 진짜이유는 미래의 사업계획이 틀어져서가 아닐까? 오히려 어젯밤에 걸려온 그의 어머니나 작은누나의 말에 더 신뢰가 간다. 무슨 일이 있어도 참고 내려오지 말라고. 아이는 크면 다 부모를 찾아오기 마련이니까 지금 오면 절대 안 된다고. 애리가 혼자 못 키우겠다고 아기를 데려오면 그때 데려가도 늦지 않는다고. 지금 오면 모두가 다 힘들어진다며 눈물로 호소하는 어머니의 목소리를 들었다. 형준이 화장실에 들어가서 전화를 받았지만 오히려 양측 통화내용이 더 또렷이 문틈으로 새어나왔다. 어머니나 형준의 일이라면 두 팔을 걷어붙이고 나서는 작은누나의 말도 안 듣는데 무슨 수로 이혼을 할 것이며, 무슨 수로 아기의 얼굴만 보고 온다는 것인지 모르겠지만 더 이상 귀담아 듣고 싶은 마음이 없다. 설상가상 애리가 집 명의를 넘겨받고, 이혼을 해주고, 딸을 형준에게 떠맡긴다면 형준의 딸이니까 대신 키워줄 수도 있다는 생각은 잠깐 했었다. 하지만, 포악한 행동을 서슴지 않는 애리보다는 이미 애리의 횡포에 길들여진 형준을 감당할 자신이 서질 않는다. 그는 아기를 위해서는 기꺼이 애리의 모진 매질에 몸을 내줄 것이다. 가정의 평화를 위해서 어쩔 수 없었다고 해도 과연 아이가 언제까지 그걸 이해할 수 있을까. 썩은 과일 옆에서 자라게 하기 보다는 과감한 가지치기를 할 지혜가 그에겐 정말 없는 것일까?

'형준 씨가 정말 부성애 때문에 저러는 걸까? 딸을 봐도 마음이 바뀌지 않을 수 있다는 말을 믿으라고? 그가 정말 나를 사랑했던 게 맞는 걸까?.'

겪어보지 않은 일에 대해 너무 단순히 생각하고 자신 있게 단언하는 경솔함이 있다. 그러다가 생각외의 결과를 맞게 되면 눈물, 무릎, 사과의 말로 사죄하면 된다는 논리도 갖추었다. 형준을 물끄러미 곁눈질로 바라보았다. 그의 표정이 똑바로 읽혀졌다. 지수를 잃게 될까봐 두려워하는 표정이 아닌, 곧 태어날 쑥쑥이를 만나게 된다는 기쁨에 찬 표정이다. 그 감출 수 없는 표정을 지수에게 들켜버린 것이다. 지수는 의자를 조금 뒤로 젖히고 미니 담요를 움켜쥐며 눈을 감았다.

〈 12 〉

'다시 홀로서기'에 2개월이란 시간이 소요됐다. 지수는 새 직장을 얻으면서 예전에 살던 곳에서 두어 시간 떨어진 동네로 이사를 했다. 적어도 3개월간의 행방불명에 대해 묻는 사람도 없고, 설명할 필요도 없어서 편하다. 새로 옮긴 교회도 적응이 되어가고, 조만간 주일학교 교사로 봉사를 하겠다고 신청을 해두었다.

따스한 봄바람이 부는 일요일 아침. 설교가 끝나고 새 신자 소개가 시작되었다.

"김형준 성도님과 안진경 성도님! 환영 합니다~!"

목사님의 소개에 온 교인들이 환영의 박수를 치자 지수가 놀라서 뒤를 돌아보았다. 이층 예배 석에서 손을 맞잡고 일어서서 인사를 하는 두 사람. 대형스크린에도 김애리가 아닌 안진경이라고 쓰여 있다. 쑥쑥이로 보이는 여자아기도 없다.

'또 가출을 했단 말이야?'

지수가 굳이 교회를 옮길 필요는 없을 것 같다. 방금, 형준과 눈이 마주치자 여자를 데리고 급히 나가버렸으니까. 형준의 손을 잡고 위험한 사랑을 시작한 또 한 명의 어리석은 여자의 뒷모습이 사라질 때까지 지수는 눈을 떼지 못했다.

*2018 미주소설가협회 소설집 제 6권

소토로 오가와

〈1〉

Sotoro Ogawa. 대학교 1학년이자 교환학생. 일본 오사카 출생. 아버지는 일본인, 어머니는 한국인 2세. 아버지는 오키나와 태생으로 오사카대학에서 수학교수로 재직 중이시고, 어머니는 뮤지컬 배우로 활동 중이시래. 어머니는 한국말을 잘 못한다고 하더라고. 하긴, 일본인들은 미국에서도 지국의 언어를 지키려고 하진 않아. 내가 만났던 일본인들 중에서 일본어를 하는 사람들을 본 적이 없거든. 아주 당당하고 떳떳하게 "나는 영어밖엔 할 줄 모른다."라고 하지. 사무라이 정신과 투철한 애국심으로 자랐을 것 같은 일본인들이 일본을 떠남과 동시에 가장 먼저 잊는 게 그들의 모국어인 것 같다는 느낌을 많이 받았어. 이유야 나도 모르지. 관심 갖고 물어 본 적이 없으니까.

내 생각엔 소토로 어머니는 한국말을 잘 하실 것 같아. 일본에서 태어나 자라고, 전문 활동까지 해야 하다 보니 감춰야 할 부분들이 많았을 거라고 생각해. 24세에 결혼과 동시에 남편을 따라 미국에 이민 오셨다는 그의 이모는 한국말을 잘 하신다고 들었거든. 한국 교회를 다니고, 성가대원으로 활동하고 한국방송을 보고 한국음식을 먹으면 한국 사람이지. 일본인들은 자식들에게 '남에게 폐 끼치지 말'라고 가르친다잖아. 그 말은 참 좋게 생각해. 폐 끼치지 말라는 말에는 수많은 뜻이 내포하고 있을 테니까. 일본인이 말하는 건 이웃에 대한 폐 끼침을 얘기하는 것 같아. 국가적인 차원이 아니고.

소토로가 아버지의 교수직 명함을 보여준 적도 없거니와, 그의 어머니의 사진이나 뮤지컬 공연관련 정보를 인터넷이나 그 어떤 매체로도 확인시켜 준적은 없어. 그냥 소토로가 그렇다니까 그렇구나 하고 뇌 속 어딘가에 저장해둔 것뿐이야. 나도 평소에 사람들이 아버지 직업이 뭐냐고 물으면 귀찮아서 'painting' 하신다고 했었거든. 한국 사람들은 집이나 빌딩을 페인트칠 하는 노동직으로 당연히 이해를 하지. 그런데 외국인들은 '화가'로 잘못 이해하더라고. 아버지께서 언제쯤 작품전시회를 하시냐고 묻곤 해서 내가 당황한 적이 많아. 문화차이가 가장 심한 나라가 미국인 것 같아.

소토로는 암산을 못하더라고. 아버지를 닮은 건 혈액형과 인내심이 없는 거래. 수학교수인 아버지가 인내심이 없는 게 아니라 아버지로서 인내심이 없다는 말이겠지. 소토로는 음치야. 노래를 부르면 이상하게 쉰소리가 많이 나는 것 같아. 부모로부터 좋은 유전자를 물려받지 못한 것이 불만족스러워 보였어. 나 같아도 그랬을 거야. 그래도 비교대상이 되는 형제가 없는 것도 복이라고 얘기해 줬지. 좋은 유전자만 물려받은 형제가 태어났을지도 모르잖아. 내가 상상을 해봐도 끔찍했을 거 같아. 소토로는 외동아들치곤 가정교육은 잘 받은 것 같아보였어. 내가 아는 한 적어도 남에게 폐를 끼치는 말이나 행동은 하지 않았거든.

〈 2 〉

　내가 소토로를 만난 곳은 L대학에서였어. 내가 다니는 대학은 아니지만 동네 친구들하고 주말마다 L대학의 도서관으로 공부를 하러 다녔었거든. 집에서 가깝고, 주말에는 주차도 무료로 할 수 있으니까 몰려다니기 딱 좋았지. 도서관은 5층짜리였는데 우린 4층을 아지트로 정했어. 머리를 맞대고 공부를 하다보면 장난치고 시간을 많이 낭비하게 되잖아. 4층은 1인 칸막이 책상으로만 되어있는 곳이라 옆 사람한테 방해받지 않고 공부할 때만큼은 열중할 수 있어서 좋았어. 다른 친구들도 만장일치로 내 의견에 찬성했고. 친구끼리는 죽고 사는 일이 아닌 이상 동의해 주는 게 편하거든.

　한국학생들은 외국 학생들하고 잘 안 어울리려고 하는 것 같아. 못 어울리는 것일 수도 있겠고. 나름 미국학생들한테 인종차별을 당해서 그럴 수도 있지만 한국 사람들 차별도 무시 못 하지. 외모, 학력수준, 빈부차이. 그리고 주는 것 없이 미워하는 심보까지. 외국인 동양친구들하고 어울리는 한국사람, 즉, 나 같은 사람도 싫어했거든. 그러거나 말거나. 나는 그걸 차별로 받아들이지 않고 콤플렉스라고 단정 지었어. 그건 자신이 스스로 해결해야 하는 거야. 내가 어떻게 해줄 수 있는 게 아니고. 미국에서 인종을 가려가면서 친구를 사귀고 싶진 않았거든. 몇 달만 어울리다보면 떨어져 나갈 사람은 가고, 끝까지 갈 사람만 남게 되는 거지. 못 견디는 사람은 더 빨리 사라질 수도 있고.

　소토로는 L대학의 기숙사에 머물고 있었어. 주말엔 도서관에서 공부를 해왔던 것 같아. 어차피 혼자 공부할 텐데 그룹스터디 환경인 3층엔 왜 갔냐고 물은 적이 있어. 3층엔 한국학생들이 많이 몰려있어서 마음이 편했다나. 안쓰럽더라고. 솔직히 외국생활을 혼자 한다는 건 쉽지 않잖아. 외로웠겠지. 비슷하게 생긴 사람들 주위를 맴돌면서 외로움을 달랬을 테고. 소토로가 우리를 만나기 전까지도 한국 친구가 한 명도 없었다면 말 다한 거지?

1층에서 엘리베이터를 같이 올라타도 소토로는 늘 3층 버튼을 눌렀지. 얼굴이 익숙해진 후부터 간단한 인사를 나누게 되고 나니까 우리를 따라 4층으로 오더라고. 한국, 중국, 타이완, 베트남 사람들이 섞여있는 그룹이라서 영어로 대화를 나눴는데 그게 좋았나봐. 3층 도서실에서 매일 들어도 귀에 안 들어오는 한국어보다는 조금이라도 이해 가능한 영어가 편했을 테니까. 교환학생이라 기본적인 영어는 할 줄 알더라고. 문법 면에서는 우리보다 더 실력이 좋을 수도 있고. 우리가 사용하는 생활영어가 아닌 교과서 위주의 영어를 많이 사용해서 분위기를 딱딱하게 만들긴 했지만 서로 조금씩 익숙해져 가더라고.

친구 미정이가 소토로를 안다는 거야. 경제학이랑 영문학반에서 봤다고. 소토로는 키가 작지만 늘 맨 뒤에 앉는다고 했어. 미정이 때문에 소토로가 일본사람이란 걸 알게 됐지. 도서관에서도 그와 얼굴이 마주친다고 해서 대화로 이어지진 않았었거든. 소토로가 곧바로 고개를 숙이거나 다른 곳으로 시선을 피해버려서 말이지. 나는 그렇게 쭈뼛쭈뼛 하는 성격은 나약해 보여서 별로거든. 솔직하게 표현하고 시선도 피하지 않는 사람이 좋아. 사람한테 눈빛이 얼마나 중요한데. 소토로가 힐끗 거리는 걸 보면 컨닝하려고 눈치작전을 펴는 것 같다니까. 풋~! 도서관에서 컨닝이라니!

〈 3 〉

그러던 어느 날, 소토로가 우리 그룹에 발을 들여놓게 되었지. 도서관에서 오후 1시부터 4시까지 공부를 하고 5시부터는 학교 내에 있는 모래

배구장에서 배구시합을 했거든. 고등학생 때부터 방과 후에 취미로 해오던 거야. 적어도 20명 정도가 있어야 하고 한 팀에 5명씩 4팀으로 나눠서 놀고 있으면 여자 몇 명은 근처에서 음료수 서빙을 했어. 그런데 그날따라 친구 한 명이 갑자기 일이 생겨서 일찍 집에 가버린 거야. 내가 대신 하려고 했지만 남학생들이 너무 과격해서 옆에 있다간 다친다며 말렸어. 모래위에서 하다 보면 몸을 사리지 않거든. 전에 David하고 서로 공을 받아내려다 부딪혀서 내 왼쪽 어깨가 덜그럭거려 엄청 고생을 했었지.

"그럼 어떻게 해? 그냥 한 사람이 빠질래?"

내 말이 끝나기가 무섭게 누군가 나섰어.

"내가 하면 안 될까?"

다들 소리 나는 쪽으로 고개를 돌렸어. 북극펭귄 떼가 한쪽 방향으로 동시에 고개 돌리는 거 TV에서 본 적 있지? 우리가 그랬다니까. 소토로였어. 미정이 옆에서 배구시합 구경을 하려고 했었나봐. 혹시라도 거절당하면 어쩌지 하는 걱정을 꾹꾹 눌러 담고 있는 표정이었어.

"너 한국말 할 줄 알아?"

나도 놀랐지만 미정이도 놀란 표정으로 소토로를 쳐다보고 있더라고.

"응, 아주 조금. 마자(mother)가 한국 분이셔."

"아, 그랬구나. 이름 때문에 일본사람인 줄 알았잖아."

우리 20명 중 6명이 한국 사람이거든. 몇 초 동안 빨리 기억력을 재생시켜야 했어. 소토로의 생김새에 대해 친구들이 수군댄 적이 있었거든. 소토로의 표정을 보니까 다행히 못 들었던 거 같아. 아니면 못 들은 척 하고 있었을지도 모르고. 어찌됐든 소토로는 그렇게 우리 배구팀에 들어왔어. 친구하고 싶다는데 싫다고 할 순 없거든. 사귀자고 했다면 몰라도. 연인이 되는 순간 친구 하나를 잃는 거니까.

소토로는 여자들보다 키가 작아. 웬만한 한국남학생들하고 같이 서있으면 어깨는커녕 가슴 정도에 머리가 닿았다고 해야 할까? 머리가 컸어. 그 큰머리에 뽀글이 파마까지 해서 키높이 구두를 신은 것과 같은 효과를 봤겠지. 앉은키는 1미터라고 자랑을 했으니까. 대단하다 소토로~! 패션감각 또한 우리 중 아무도 따라잡을 수가 없었지. 뒷목을 가리는 옷깃과 뽀글 머리에 대해 개인적인 의견을 말해주고 싶었지만 아무도 입을 떼지 않았어. 말수가 별로 없는 애들이 더 무섭거든. 깃을 세운 연분홍색 폴로셔츠와 흰 바지, 그리고 얇은 스웨터를 어깨에 두르고 다녔어. 어두운 색을 입고 다니는 걸 못 본 것 같아. 좀 있어 보이는 애들이 멋을 낼 때 그러고 다니잖아. 책상의자나 학교벤치에 앉아도 땅에 닿지도 않는 발이거든. 배구를 할 때도 절대 반바지를 입지 않았어. 차려입은 그대로 더운 날에도 늘 어깨에 두르고 다니는 얇은 스웨터만 벗어둘 뿐이었지. 아무도 소토로의 개성에 대해 농담으로라도 탓하지 않았어. 친구끼리는 자존심을 건드리는 게 아니니까.

내 생일날 친구들하고 노래방을 갔어. 소토로에게 마이크를 주면서 노래하라고 했더니 자기는 클래식음악만 듣고 살아왔다고 뻥을 치잖아. 이왕 함께 왔으니까 아는 노래 찾아서 한곡은 불러야 한다고 했어. 그런데 이 친구… 생일축하 송을 부르더라고. 쑥스러워서 그랬는지 노래방 화면만 뚫어지게 쳐다보며 전주와 후렴까지 합한 그 짧은 노래를 1분 만에 끝냈어. 생일날 축하송 불러주는 친구가 최고라고 두 엄지손가락을 치켜 세워줬지. 1936년에 밀드레드와 페티힐이 작곡해서 현재까지도 로열티를 받고 있다는, 세계에서 가장 많이 불리는 노래라잖아.

소토로가 그의 명석한 아버지의 뇌도, 뮤지컬배우 어머니의 음악적 재능도 물려받지 못했지만 신도 나름대로 그의 할일은 했더라고. 타고난 재주 대신에 물질의 축복을 주셨거든. 돈 씀씀이가 소고기로 깍두기를 담가 먹는 집의 아들 같았어. 고등학생 시절에 미국친구를 사귀려고 선물공세를 퍼붓던 한국여자애가 있었어. 부잣집 애들을 따라다니며 종노릇을 자처하는 애도 봤었고. 난 그때 결심했지. 누구에게도 비굴하게 아부 떨지 않기로. 나쁜 짓도 자꾸 하다보면 습관이 되거든. 내 친구들은 빈부격차가 심한 편이지만 드러내지 않았어. 친구의 우정에는 자존심도 포함되니까.

〈 4 〉

소토로는 주말이 기다려지기 시작했대. 우릴 만날 일이 없었다면 이모네 가야 했다거든. 이민법 변호사인 이모부와 소프라노 가수로 활동 중인 이모. 조수미나 신영옥처럼 유명하진 않아. 성가대에서 봉사를 하고, 가끔 교회에서 헌금 특송을 부르거나, 여기저기 행사에 초대되는 것 같았어. 동네를 벗어나고 싶어 하지만 이모부가 혼자 보내는 걸 극도로 싫어하신대. 이모 부부가 너무 자주 싸우신다나 봐. 말빨 센 이모부랑 목청큰 이모랑 집안이 떠나갈듯 싸우기 시작하면 강아지 두 마리도 덩달아 짖고 난리도 아닌가 봐. 기껏 찾아가도 저녁도 제대로 못 얻어먹거나, 이모부와 단둘이 나가서 외식을 하면서도 언짢은 얘길 다 들어주다 보면 소화가 잘 안 된다는 거야. 하긴 나도 식사만큼은 내가 좋아하는 사람들과 먹는 걸 선호하니까. 소토로가 주말에는 기숙사에 있거나 도서관에 가서 게임하며 시간을 때웠던 이유였어. 가끔 학교 내 영화관에서 영화를 단돈 $1불에 상영할 때도 있지만 늘 혼자 가는 게 싫었겠지. 갑자기 친구가 스무명 이상이 생겨버리니 얼마나 기분이 좋았겠어. 소토로의 초대로 우린 한꺼번에 몰려가서 007 영화를 본 적이 있지. 끝나고 기숙사 로비에 몰려가서 컵라면을 먹고 TV보며 잡담하다가 관리인한테 경고를 받은 적도 있고. 너무 늦은 시각까지 시끄럽게 떠드니까 잠 못 드는 누군가가 신고를 했겠지만.

소토로의 배구실력? 물론 별로지. 맨날 폼만 잡고 다니던 교환학생이라 그런지 운동신경이 전혀 없더라고. 소토로는 배구시합을 한 게임만 하고나면 힘들어서 캑캑거리다 헛구역질까지 하던 걸. 건강한 폐도 물려받지 못한 거 같아. 폐가 열리려면 시간이 좀 걸리잖아. 그래도 모래를 뒤집어 써가며 열심히 했어. 그게 좋아보였던 거야.

배구게임이 끝나면 함께 저녁을 먹으러 가거든. 몇 대의 차에 나눠 타고 베트남식당에 갔어. 싸고 맛있고 양이 많은 이유도 있지만 베트남 친구들이 내가 해물요리를 좋아하는 걸 알거든. 같은 종류의 음식을 여러 개씩 시켜서 먹는데도 먹성이 좋은 우리는 금방 뚝딱 비워냈지. 먹고 뒤돌아서면 금방 또 배고플 나이잖아. 소토로는 일본태생답게 돼지고기와 기름진 라면을 좋아했어. 매운 건 전혀 못 먹더라고. 무슨 요리든 무조건 간장을 찍어먹으려고 했으니까.

소토로가 베트남식당 얘기만 꺼내면 벌벌 떠는 사건이 있었어. 베트남 친구 Khanh(칸)이 애피타이저로 이상한 걸 주문했어. 접시에 빨간 젤로가 깔리고 볶은 깨를 그 위에 뿌린 음식이야. 멕시칸 나쵸처럼 생긴 과자와 함께 서빙되더라고. 나도 처음 본거라 신기해서 눈을 떼지 못했지. 그런데 과자로 그 빨간 걸 떠먹는 친구의 입술을 보니까 마치 피처럼 보이는 거야. 내가 웃으면서 놀렸어.

"칸! 너 꼭 드라큘라 같아. 입술에 묻으니까 피처럼 보여! ㅋㅋ"

칸이 날 보며 씨익 웃는데 그의 입술과 앞니에도 빨간 게 묻었더라고.

"피 맞아~!"

"! ! !"

순간 소름이 쫙 끼치면서 등골이 오싹하더라고. 더 이상 웃음도 안 나오고 말이지. 경직된 얼굴로 다른 친구들을 봤는데 재밌다는 듯 웃고 있었어. 나는 절대 먹지 않지만, 한국 사람도 육회를 먹잖아. 육회 먹는 사람을 보고 놀라는 사람은 없겠지? 만약 그런 사람이 있다면 나도 재밌다는 듯 웃으며 쳐다봤을 거 같아. 음식문화차이도 극복하기 쉽지만은 않더라고.

오리 피였대. 피가 굳어서 젤리처럼 보였던 거야. 과자로 약간 굳은 오리피를 떠먹는 거였어. 아무리 그래도 나는 피… 싫어. 돼지피를 순대 소에 붓는 걸 본 후로 순대도 못 먹거든. 선짓국은 먹냐고? 알면서 묻는 건 실례지! 소토로는 베트남 친구들이 오리피를 앞 다투어 떠먹는 걸 보더니 고개를 숙이고 쳐다도 안 보더라고. 나도 그랬으니까. 왠지 그날 주문한 모든 음식에서 피 냄새가 나는 것 같았거든.

미안했던지 한 베트남 친구가 우리에게 찐 달걀을 하나씩 건넸어. 몸에 좋은 거라고. 아무려면 우리가 찐 달걀도 못 먹고 살았겠냐며 속으로 웃었지. 베트남에서는 달걀이 귀한가보다 하고 말야. 그런데 수진이가 꺅! 소리를 지르며 손에 쥔 찐 달걀을 테이블 중간으로 던지는 거야. 맞은편에서 같은 찐 달걀을 먹고 있던 베트남 친구 David을 보고 비명을 질렀던 거였어. 보통 달걀이 아니라 부활직전의 병아리였어. 나는 먹던 새우를 접시에 도로 내려놓고 벌벌 떠는 손가락만 뚫어져라 쳐다보았어. 너무 징그럽잖아. 달걀 윗부분만 살짝 깨서 깃털을 뽑더니 아깝다고 국물을 쪽쪽 빨아먹는 걸 처음 보는데 기절하지 않은 것만도 다행이지. 수진이가 비명을 지를 때 David이 놀라서 먹던 달걀을 꼭 쥐지 않은 게 오히려 고맙더라고. 나도 소리만 안 질렀지 놀라서 입을 다물지 못했다니까. 심장이 벌렁거렸어. 오리 피는 처음부터 봤으니까 그나마 덜 놀랐지만 달걀 안에 털 달린 병아리가 삶아진 채 죽어있는데 안 놀랄 사람이 있겠냐고. 주위에서 키득거리는 소리가 들렸어. 옆을 돌아봤지. 소토로가 없어졌어. 여자인 나도 참고 있는데 겁쟁이가 무서워서 식당 밖으로 도망친 거야. 일본에선 날생선만 먹고 살았을 텐데 피를 보고 도망치다니! 소토로는 우리가 나올 때까지 식당 옆 리커스토어에서 게임자판기에 동전깨나 잃었을 거야. 게 임에 집중을 못했을 테니까. 특별한 음식을 소개하려던 베트남 친구들도 뻘쭘했던 날이야. 베트남 친구들은 생선회나 초밥을 못 먹더라고. 요리하 지 않은 날것을 어떻게 먹냐고 하면서 말야. 아까까지만 해도 걸쭉하게 굳은 오리피를 퍼 먹던 거. 잊은 거야 설마? 우린 베트남국수를 만나기 전 까지는 숙주나물도 익혀먹었다고! 나한테 익숙한 것이 다 편하고 좋은 건 국적을 막론하고 어디에나 존재하는 진리 인가봐. 우리 오빠가 "한국 사 람들이 보양식으로 얼마나 이상한 걸 많이 먹는지 리서치해서 그 친구들 한테 알려줘 봐"고 그러더라고. 놀라 자빠질지도 모른다고 말이지. 리 서치 하다가 내가 먼저 놀라 자빠질지도 모를 텐데? 오빠가 제대로 몰라 서 하는 소리야. 베트남마켓에 산더미처럼 쌓인 돼지코나 동치미 김치병 안에 무 대신에 족발이 둥둥 떠 있는 걸 봤다면 말이지. 친구가 되려면 우 정이라는 보따리에 친구의 음식문화도 꾹꾹 눌러 담아야겠더라고. 편견 도 함께 말야. 식인종만 아니라면 난 얼마든지 눈감아 줄 수 있을 것 같거 든.

소토로는 그나마 나랑 대화를 많이 하는 편이었어. 여자임에도 친구들 을 몰고 다니니까 내가 짱으로 보였나봐. 실은 나도 일본인 이모부가 있 거든. 사촌동생들이 반 일본인이라 소토로가 왠지 모르게 낯설지 않게 여 겨졌던 거 같아. 그냥 잘해주지는 못할망정 편견을 갖고 대하기는 싫더라고. 눈이 유난히 작아서 미국학생들한테 놀림을 좀 받았었나봐. 태어나면서부터 쌍꺼풀을 달고 나온 애들하고 게임이 되겠냐고. 소토로한테 신경쓰지 말라고 해줬지. 미국사람들이야 말로 어려서부터 머리염색은 물론, 쌍꺼풀이 있어도 또 쌍꺼풀수술을 하고, 콧대가 높은데도 코 높임 수술을 하고, 입술, 귀. 상상을 초월하는 성형천국은 한국이 아니라 미국이라고 말이지. 내 말이 위로가 안 됐었나봐. 얼마 뒤 도서관에 떡하니 쌍꺼풀 수술을 하고 나타난 거야. 그나마 작가 허지웅의 눈과 비슷해 보일 때가 더 나았어. 매력이라도 있잖아. 물론 얼굴 사이즈는 그의 두 배였지만. 쌍꺼풀이 너무 커서 마라토너 이봉주 선수 같더라고. 머리통도 크고, 여전한 뽀글 머리에 작은 키. 게다가 쌍꺼풀. 더 이상 아무 말도 하지 않기로 했어. 재수술이라도 받게 되면 잘 때 눈을 못 감을 것 같아서 말이지. 말에 상처를 쉽게 받는 예민한 친구에겐 특히 말조심을 해야 하거든.

〈 5 〉

누군가 고개를 푹 숙인 채 도서관빌딩 앞 벤치에 앉아 있었어. 멀리서 봐도 소토로였어. 다른 때 같았으면 소토로가 먼저 우리를 알아보고 인사를 했거든. 그런데 우리가 가까이 다가갈 때까지 인기척을 느끼지 못하는 거야. 순간 느낌이 좀 이상했어.

'무슨 일이 있는 걸까? 물어봐야 하나?'

일단은 아무 눈치 못 챈 척 해보기로 했어. 다른 친구들한테 먼저 올라가라고 손짓을 하고 소토로 옆에 한 뼘 간격정도 떨어져 앉았지. 내가 앉는 걸 봤으면 어깨에 두르던 스웨터라도 풀어서 깔아줬을 텐데. 그의 어깨를 툭 건드렸어. 소토로가 그제서야 팔짱을 풀면서 나를 쳐다보더라고. 울었나봐. 눈이 부어서 쌍꺼풀이 더 커보였어.

"괜찮아 소토로?"

소토로는 조심스레 묻는 내게 고개를 끄덕거리려다가 가로젓더라고. 나한테는 괜찮은 척 하기가 싫었나봐. 아마도 많은 친구들에 둘러싸였다면 괜찮다고 억지 미소를 띠며 혼자 슬픔을 삼켰겠지.

소토로는 아버지를 화자(father), 어머니를 마자(mother)라고 불렀어. 파덜, 마덜 발음이 안 되는가 보더라고. 화자랑 마자랑 별거중이라는 거야. 소토로 생각엔 마자가 또 화자에게 잘못을 했을 거라고 했어. 처음 있는 일이 아니었나봐. 그동안은 외아들 소토로 때문에 참아오던 화자가 더 이상 참을 수가 없었다는군. 사회적으로 성공해서 잘 나가는 부잣집도 문제가 많나봐. 전 세계 고금을 막론하고 어느 집이나 삐걱대는 결혼생활이 존재한다는 거지. 삐걱대지 않는다는 것은 남남이라서 그러는 거라고 누가 그러더라고. 난 소토로에게 별로 해줄 말이 없었어.

아주 어려서부터 우리 부모님도 따로 사셨거든. 아빠는 한국에, 엄마는 미국에. 오빠랑 나는 엄마와 지냈어. 고등학생이 되어서야 그게 별거라는 걸 알았지. 기러기아빠라고 생각하며 지낼 때랑 별거라는 것을 알게 되었을 때랑 느낌의 차이가 많이 나더라고. 말이 좋아 별거지, 아빠는 이미 다른 여자와 살고 계셨대. 난 그래서 나를 끝까지 지켜준 엄마를 위해 속 썩이지 않고 열심히 공부했지. 오빠는 책임감이 강해서 아빠의 빈자리를 채우는데 부족함이 없었어. 아빠와는 연락을 끊고 살았고.

내가 고등학교 졸업반 때 아빠가 심장마비로 사망했다는 연락을 받고 엄마가 한국엘 다녀오셨지. 법적으로는 엄마가 배우자였기 때문에 사망 보험금을 수령하셨고. 아빠는 돌아가셨지만 덕분에 우리 남매는 엄마가 간병인으로 일하지 않아도 돼서 좋았어. 엄마가 허리가 안 좋으셔서 고생을 많이 하셨거든. 비록 아빠의 정을 모르고 자랐지만 오빠가 잘 대해줘서 남자에 대한 증오심이나 반감은 생기지 않았어. 생전에 아빠노릇을 못하고 가신 것에 대해 원망하지 않기로 결심한 것도 다 오빠 때문이고.

소토로가 가여웠어. 동병상련 뭐 그런 거지. 다행히 소토로의 부모님은 부자잖아. 두 분 모두 살아계시고. 그렇다고 해서 덜 슬프다고는 말할 수 없지. 암환자 앞이라고 해서 감기 걸린 사람이 고통을 일부러 참을 필요 없잖아. 암이든 감기든 아픈 건 아픈 거니까. 난 소토로의 어깨를 툭툭 치며 말했어. 어른일은 어른들이 알아서 하게하고 우린 가서 공부하고 놀자고. 그래도 네겐 스무 명이 넘는 친구들이 있잖냐고. 소토로가 웃었어.

〈 6 〉

드디어 소토로도 잘하는 게 있다는 걸 알게 됐어. 특기가 있었어. 골프야. 어려서부터 아빠의 손에 끌려 다니며 골프를 배워서 상도 많이 받았었나봐. 소토로가 퍼팅에 자신이 있다고 하더라고. 골프에서 쇼트게임이 가장 중요하다고들 하잖아. 키가 작고 땅에 가까워서 그럴 거라고 농담하는 친구도 있지만 난 그렇게 생각하지 않아. 골프를 모르는 무식한 말이라고 쫑크를 줘버렸거든. 소토로에게 함부로 말하는 게 싫어졌어. 친구니까.

Thousand Oaks에 있는 골프장에서 타이거 우즈가 참가하는 골프대회가 열린 적이 있어. 난 그때까지는 마이크 슈가 선수의 팬이었지. 소토로가 타이거 우즈의 경기를 보는 게 소원이라고 해서 한번 가주기로 했어. 다른 친구들에게도 가자고 했었는데 둘이 잘 다녀오라고 하더라고. 가기 싫다는 거지. 어차피 소토로가 구입한 티켓은 두 장이었어. 대신 운전은 내가 했어. 내 차니까. 난 Thousand Oaks가 우리 집에서 두 시간 이상 떨어진 거리인 줄 몰랐어. 알았다면 좋은 변명거리를 찾아 빠져나갔겠지. 다른 친구들처럼 말야. 한 시간 이상 장거리 운전을 하면 졸음이 쏟아져서 힘들거든. 아침 일찍 빈속에 떠난 덕분에 졸지 않고 잘 도착했어. 사람들이 무지 많이 왔더라고. Buick Open골프대회라서 경품차도 텐트아래에 주차되어 있었어. 타이거 우즈의 스폰서잖아. 같이 가준 것까지는 해줄 수 있는데 18홀을 따라다닐 생각하니 앞이 캄캄하더라고. TV에서 골프게임을 봐도 끝까지 본 적은 없거든. 정 궁금하면 나중에 누가 1위를 했는지 확인하면 되니까. 소토로가 눈치는 빨해. 나한테 18홀 근처에서 쉬고 있으라고 하더라고. 샌드위치랑 냉커피를 사다 주고 나서 사라졌어. 기다리는데 지루해서 죽는 줄 알았지. 여기저기서 와우~하는 환호소리가 들렸어. 한국 부모들이 아들, 딸들을 데리고 와서 코치해대는 모습이 극성스러워 보인 건 나만의 생각은 아니었을 거야. 자기 자식들도 중요하지만 공공장소에서는 공중도덕을 좀 지켰으면 좋겠어. 눈살 찌푸리는 외국인들을 보면 괜스레 내가 더 미안해지거든.

땡볕에서 오래 앉아있으려니까 잠이 오더라고. 햇볕이 정말 강렬했거든. 게임은 결국 타이거 우즈의 우승으로 돌아갔어. 소토로는 매 홀마다 따라다니며 노트에 빼곡히 뭔가를 적었더라고. 나중에 집에 돌아가서 재방송을 보면 될 텐데도 나름대로 추억하고 싶었나봐. 시상식을 시작할 때 그 자리를 떴어. 안 그러면 주차장을 빠져나오는데 한 시간이상 걸릴 테니까. 집으로 돌아오는 내내 소토로는 노트를 펼쳐들고 매 홀마다의 상황을 설명해 주더군. 난 고개를 끄덕거리며 듣는 척만 했지. 안 그랬으면 졸릴 수도 있었거든. 그날 이후로 Thousand Oaks엔 절대 가지 않아. 내겐 너무나 먼 달나라야.

〈 7 〉

소토로가 여친이 생겼대. 직접 만난 적은 없어. 히토미라고 했지 아마.

암튼, 그 정도밖엔 몰라. 소토로에게 도서관에 한번 데려오라고 친구들이 그랬어. 그런데 시간이 안 맞아서 번번이 못 데려오더라고. 소토로는 여전히 도서관에 와서 함께 공부를 했고, 배구시합까지는 열심이었지만 저녁은 함께 먹지 못했어. 입이 짧아서 매번 깨작거리며 먹던 친구가 옆에 없으니 허전하더라고. 그래도 뭐. 여친하고 데이트하겠다는데 이해 못할 내가 아니지.

소토로가 또 고민이 생겼다고 연락이 왔어. 히토미가 전화를 안 받는대. 여자하고는 웬만하면 길게 다투지 말고 져주라고 했어. 남녀가 다투면 눈치 없는 남자들 잘못이 대부분이거든. 적어도 내 생각은 그래. 실수한 거에 대해 인정하고 사과하면 용서해 줄 거라고 그랬지. 그래도 안 풀어지면 싸이의 말 춤을 춰버리던가. 그런데 문제가 생각보다 좀 심각하더라고. 히토미가 여호와증인이었나봐. 거긴 규제가 많잖아. 결혼도 같은 종교끼리만 해야 하고, 목숨을 잃더라도 수혈을 못 받는다지. 종교의 자유가 수정헌법에 있는 이상 의사들도 종교적인 이유로 수혈을 거부하는 것을 어쩌지 못한다잖아.

소토로의 종교를 들은 적은 있는데 너무 생소해서 기억이 안나. 일본은 미신이 많잖아. 나는 기독교이고. 기독교인이 나와 친구할 수 있냐고 물은 적이 있지만 난 그냥 웃었어. 종교를 이유로 친구를 하고 말고 그런 걸 성경에서 배운 적이 없거든. 소토로가 기독교인을 핍박한 것도 아니고 말야. 그런데 여호와증인은 다른가봐. 히토미가 소토로한테 여호와증인으로 개종하라고 강요를 했대. 소토로는 종교에 대해서는 강요하지 말라고 했고. 두 사람의 문제이기에 나는 뭐라고 말할 수 없었어. 내가 도울 수 있는 일이 아니었으니까. 얼마 후 히토미와 헤어졌다고 하더라고. 나는 그때도 소토로의 어깨를 토닥거려주면서 위로하고 말았어. 받아들이라고. 그게 네가 믿는 신의 뜻이라면. 소토로가 믿는 미신이 운명의 여신이었을까? 운명이 허락 치 않은 만남이라 그랬는지 히토미에 대한 얘긴 일절 꺼내지 않았어.

〈 8 〉

여름방학이 왔어. 우린 차 4대로 샌프란시스코에 놀러가기로 했어. 1번 도로를 타고 올라가면서 중간에 사진도 찍고 Rest Area(휴게소)에서 라면도 끓여먹기로 했지. 대학생은 큰돈이 없잖아. 인원도 많고 해서 각자 먹을거리를 조금씩 가져와서 밥값이라도 아껴보려고 낸 아이디어였지. 소토로가 '이찌반'이라는 일본라면 3박스를 가져왔어. 나도 이찌반 라면을 좋아해. 생으로 먹어도 맛있거든. 집에서 김치를 병째 들고 온 친구도 있었어. 무리를 지어 다니면 밥값 이외엔 크게 드는 돈은 필요치 않아. 같이 있다는 것 자체가 즐거우니까.

내가 탄 차는 베트남 친구 David이 운전을 했어. 조수석엔 그 친구의 여친이 앉았지. 나는 운전석 바로 뒤에 앉았는데 내가 미정이와 수진이에게 내 옆에 타라고 손짓을 했거든. 그런데 소토로가 내 옆자리에 뛰어들어 앉는 바람에 수진이밖엔 못 탔어. 덕분에 나는 자세를 무장해제하지 못했지. 다리를 쭉 펴고 창문에 머리대고 낮잠을 자려고 했었거든.

소토로가 갑자기 샌프란시스코의 난타공연 얘기를 꺼냈어. 언젠가 이모네 부부랑 구경 다녀왔었나 봐. 너무 재밌었대. 티켓 값도 싼 편이고, 그룹할인도 있다고 계속 얘기를 하는 거야. 순간, 같이 가서 보자는 거구나 했지. 성격 참 희안해. 그냥 직설적으로 "가서 볼래?"라고 물어보면 우리가 응, 아니,라고 대답정도는 빨리 했을 거 아냐? 그런데 너무 빙빙 돌려서 얘길 하니까 끝까지 듣다보면 이미 귀가 지쳐있을 때가 많아. 나만 그런 줄 알았어. 아니더라고. 대답을 빨리 안하니까 이미 난타공연 내용을 다 얘기해 버려서 더 이상 흥미가 생기지 않았어. 결국 난타공연얘긴 거기서 끝났지. 나는 시끄러운 걸 원래 안 좋아하거든. 나이 들어도 보청기는 절대 필요 없을 거 같아.

미국 휴게소엔 화장실 사용 이외엔 별다른 건 기대하지 않는 게 좋아. 한국의 휴게소를 상상했다간 굶어죽기 딱이라고. 가끔 뱀도 기어 다니는데 공격적이진 않지만 생명의 위협을 느끼곤 했어. 소토로는 자기가 무슨 보디가드가 된 양 나와 수진이를 여자 화장실로 안전하게 데려다줬어. 검정양복만 갖춰 입었다면 완전 보디가드였다니까. 우리가 반대방향으로 나와서 보니까 여자 화장실 앞에서 꿈쩍 않고 기다리고 있더라고. 참 착하다는 느낌을 받았지. 휴게소의 돌 테이블 위에서 소토로가 우리 차 멤버들을 위해 라면을 끓이는 동안 다른 차 멤버들도 꽁치통조림하고 스팸을 넣은 김치찌개를 끓였어. 김도 가져왔더라고. 밥은 커다란 냄비에 금방 지어냈어. 밥이 설어서 고슬고슬한데도 시장이 반찬이라고 잘들 먹더라고. 장거리 여행에는 밥, 김치, 김, 라면만 있으면 진수성찬이야. 달걀 후라이 생각이 조금 나긴 했어. 그것까지 바라면 욕심이겠지?

샌프란시스코에 도착하니까 해가 막 지더라고. 금문교에 들러서 사진은 찍었는데 다들 추워서 얼굴 표정이 하나같이 굳어 있었어. 나중에 포샵을 해야 할 판이야. 원래는 바닷가에서 모닥불 피워놓고 자려고 했었거든. 바람이 귀를 얼마나 때리는지 바로 앞사람 말을 듣기도 힘들더라고. 여름이라도 바닷가에서 자는 건 무리라고 판단되었어. 모닥불 피워놓고 자려고 한 생각 자체가 잘못된 거지. 한 끼 정도는 제대로 먹어야 할 것 같아서 차이나타운에 갔어. 중국레스토랑에 갔는데 화교분들이 운영하는 중화요리점과는 완전 다르더라고. 밥도 따로 주문을 해야 했으니까.

"요리를 주문하면 밥도 주는 거 아닌가? 어떻게 반찬만 먹냐고! 요리는 무슨. 한국 사람에겐 밥 이외엔 다 반찬이거든!"

오랜만에 소토로가 옆에서 옳다고 맞장구를 쳐주었어. 반 일본인이 한국인 편을 드니까 기분이 좋던 걸?

미정이가 체기가 있다고 해서 야경도 못보고 모텔을 찾아 들어왔어. 우리 팀은 차 안에서 한국과자를 스낵으로 먹었거든. 미정이는 베트남 친구들이 건네준 이름 모를 스낵을 먹었다나봐. 뭘 먹었냐고 물었는데 묻지 말라고 하더군. 스낵을 먹고 체한 게 아니라 먹은 스낵 이름을 알고 체한 게 분명했어. 끈질기게 물어봤는데 '카레양념 육포'라더라고. 난 그거 정말 좋아하는데. 누군가 장난을 친 게 분명해. 소고기가 아니라 사람고기라고 했겠지. 생각만 해도 얼마든지 속이 뒤집어질 수 있거든.

방을 2개 빌려서 남자 여자 나눠서 들어갔지. 여자는 겨우 6명이라서 편했지만 남자들은 좀 많이 불편했을 거야. 짐을 풀고 곧바로 수영장에서 모였어. 수영복을 준비해온 사람이 없어서 남자들이 반바지를 입고 물속에서 노는 동안 여자들은 지쿠지에 발만 담그고 수다를 떨었지. 소토로는 우리하고 있었어. 수영을 못한다고. 섬나라 사람들은 다 수영을 잘한다고 생각했는데 그것도 아닌가 봐. 하긴, 대한민국은 삼면이 바다잖아. 도대체 무식의 한계는 어디까지인지 정말 모르겠다니까.

다음날 아침엔 모텔에서 무료로 제공하는 브런치를 먹었어. 대학생들은 애도 아니고 어른도 아닌 어중간한 피 끓는 청춘인가 봐. 눈치가 없다니까. 공짜라면 웬만한 아줌마들 못지않거든. 우리가 쓰나미처럼 휩쓸고 간 간이식당에 남은 음식이 별로 없었을 것 같아. 다음 손님들이 들어오기 전에 얼른 자리를 뜨길 잘한 거 같아. 덕분에 몇 명의 가방이 볼록해졌지만 말야.

알카트라즈 섬을 한 바퀴 도는 크루즈를 타러 갔어. 웬일로 소토로가 배 값을 지불하겠다는 거야. 물론 우리 일행 다섯 명 것만. 평소에 소토로는 아침을 안 먹는대. 대학기숙사 식당에서 무료로 주는 아침도 안 먹고 지냈나봐. 그 시간에 조금이라도 더 자는 게 좋다나. 소토로가 모텔식당에선 아무것도 먹지 않았어. 그런데 크루즈가 있는 항구로 향하는 차안에서 갑자기 배가 고프다고 하는 거야. David의 가방에서 모텔식당에서 챙겨온 바나나랑 빵 냄새가 흘러나왔나봐. 내가 가방을 집어 들고 소토로에게 이것저것 꺼내 주었어. 바나나를 먹더라고. 바나나를 먹으면 행복해진다더니 그래서 소토로가 배 값을 내겠다고 한 것 같아. 나중에 티켓 구입을 할 때 보니까 이모부가 준 크레딧 카드를 쓰더라고. 옛날 영화 빠삐용에서 나왔던 그 악명 높은 알카트라즈. 배위에서 소토로는 아무 말이 없었어. 상어도 출몰하는 깊은 바다라고 하니까 더 무섭고 춥더라고. 죠스가 나오는 영화를 제일 싫어하거든. 캐비아도 공짜로 줘도 안 먹을 거고. 내 몸 안에 상어의 그 어떤 부위도 허락하고 싶지 않아. 주위경치를 둘러보다가 소토로와 얼굴이 마주쳤는데 그냥 씨익 웃고 말았지. 넓은 바다를 바라보는 소토로의 눈이 울적해 보였어. 일부러 장난을 쳤지. 좀 웃으라고. 배가 알카트라즈를 빙 돌 때 내가 중심을 못 잡아서 기우뚱거렸어. 소토로가 내 등을 잡고 밸런스를 유지하게 도와주더라고. 키는 작지만 손힘은 대단하던 걸. 배에서 내리자마자 기념품가게에서 오빠한테 줄 선물로 파란 돌고래를 샀어. 손가락 두 개만한 사이즈야. 오빠는 물건 관리를 잘 못하니까 아주 저렴한 걸로 성의표시만 하려는 거였지. 소토로도 똑같은 걸로 하나 사줬고. 배 값에 비하면 초라하지만 정성이 갸륵하잖아. 선물은 가격에 상관없이 동서고금을 막론하고 남녀노소 누구나 다 좋아하는 것 같아. 소토로가 파란돌고래를 손에 계속 쥐고 다니면서 들여다보더라고.

"그 돌고래, 널 많이 닮았다 소토로~!"

〈 9 〉
샌프란시스코 여행에서 돌아온 얼마 후 소토로가 이별을 통보했어. 소토로를 알게 된 지 10개월째였지. 1년 기한으로 왔는데 교환학생프로그램 연장시기를 놓쳤다는 거야. 어떻게 그런 일이. 우린 몰려다니면서 공부하고, 배구하고, 밥 먹으러 다니고, 여행 다니면서도 나름 일도 하며, 해야 할 일을 미루진 않았거든. 그런데 교환학생이 연장시기를 놓쳤다는 게 이해가 안 갔어. 소토로는 일본으로 돌아갔지. 좀 아쉽긴 하더라고. 그런데 얼마 후 소토로에 관련된 얘기를 들었어. 친구인 헨리가 엄마를 통해서 들었다며 알려줬지. 헨리 엄마가 소토로 이모랑 같은 교인이라나봐. 소토로에 대해서 잘 알고 있더군. 물론 이모가 조카얘기를 자랑삼아 한 거겠지만. 소토로가 집안일로 일본으로 돌아간 거래. 게다가 소토로는 여자친구가 없었대. 헨리의 엄마가 여호와증인이었어. 그 말인즉슨. 소토로의 이모가 여호와증인이었다는 거잖아! 그럼 뭐지?

히토미가 소토로를 여호와 증인으로 개종을 하라고 강요를 한 게 아니라 이모가 그랬다는 거였어. 맞아. 히토미는 이모의 이름이었어. '히토미 감'. 소토로의 이모 부부가 늘 싸웠던 이유 또한 종교문제였던 거야. 변호사인 이모부가 종교에 얽매일 리 없었겠지. 소토로가 왜 나한테 말을 돌려서 했었는지 모르겠어. 아, 맞다! 소토로는 원래 직설적으로 말하는 친구가 아니잖아. 늘 말을 돌려서 하더니 이젠 캐릭터까지 바꿔서 말을 한 거였어. 없는 여친까지 만들게 뭐람! 어떻게 보면 소토로가 일부러 교환학생 프로그램 연장신청을 하지 않은 것 같아. 일본으로 돌아가야 할 일이 생겼고, 고민을 오랫동안 했던 거지. 물론 소토로의 화자와 마자일 때문이겠지. 두 분이 결국은 이혼이라도 하셨나 걱정이 되었어. 만약 이혼을 하셨다면 소토로가 많이 힘들어 할 텐데. 부모가 이혼을 한다는 건 자식에겐 세상이 반으로 쪼개지는 것 같은 일이거든. 소토로에게 두어 번 이메일을 보내봤지만 답장이 없었어. 〈힘내라, 소토로!!〉

헨리에게 연락이 왔어. 소토로 이모한테 연락이 와서 헨리 엄마가 그 댁에 다녀오셨다나 봐. 소토로의 화자가 돌아가셨대. 소토로가 학교문제를 해결할 겨를이 없었던 건 갑자기 소토로의 화자가 교통사고를 당해서 중환자실에 있었기 때문이었어. 학교문제를 해결하고 가려던 소토로는 며칠 동안 발을 동동 굴렸겠지. 결국 시간대가 맞지 않아 학교를 포기하고 간 거고. 소토로가 도착하기 3시간 전에 화자가 운명하셨대. 소토로가 사망한 화자 앞에서 마자에게 죽을 듯이 고함을 지르며 난리를 쳤다는 거야. 병원에서 의사와 간호사가 달려와서 소토로를 붙잡고 진정시키느라 엄청 애를 먹었다고 해. 그의 마자는 의자에 앉아 눈물만 뚝뚝 흘리고 있고. 소토로가 왜 마자를 그렇게 싫어했는지 알게 됐어. 화자가 수혈을 받아야 하는데 마자가 보호자 승인에 사인을 안 해줬다는 거야. 맞아, 이모와 마찬가지로 마자도 여호와증인이었어. 사람을 살리는 종교가 아니라, 사람이 살아나는 것을 막는 종교라며 미친 듯이 울부짖었대. 화자가 외아들인 소토로를 엄청 사랑했었나봐. 소토로가 조금만 더 일찍 도착했더라면 화자를 살렸을 수도 있었겠지. 그게 억울하고 분했던 거 아니겠어.

언제 읽을지는 모르겠지만 소토로에게 이메일을 보냈어. 언제든 다시 돌아오라고. 친구들이 기다리겠다고 말이지. 우린 아직 대학을 졸업하려면 2년이나 남았으니까. 헨리와 소토로를 기독교로 전도하고 말겠어. 친구를 피가 모자라 죽게 할 순 없으니까!

샌프란시스코 여행할 때 휴게소에서 이찌반 라면을 끓이던 소토로와

순발력게임을 하던 때가 생각나. 그날 내가 지는 바람에 벌칙으로 점심 설거지를 했었거든.

나　　: 소토로, 내가 질문을 하면 3초안에 대답을 해야 해 알았지?

소토로: 응!

나　　: 팔칠은? (8x7)

소토로: 56!

나　　: 칠육은? (7x6)

소토로: 42!

나　　: 이상형은?

소토로 : 너!

나　　: -,,-;;;

　　　　〈꼭 돌아와라, 소토로 오가와. 나의 친구, Blue Dolphin!〉

슈퍼맨 in Malaysia

〈1〉

-핸드폰 벨이 울린다.

'누구야, 이 새벽에.'

"여보세요?"

"아빠 저에요~."

"누구?… 보람이냐?"

"네~."

"어이구. 여보, 지금 몇 시야?"

"6시 막 지났네요."

옆에서 엄마의 목소리가 들린다.

"새벽부터 아니지, 미국시간이면 퇴근하려면 아직 멀었을 텐데 웬일이냐? 무슨 일 있냐?"

당황한 나머지 아빠가 말까지 더듬으신다.

"아냐 아빠. 나 지금 인천공항이에요."

"뭐뭐. 뭐라고? 연락도 없이 웬 인천공항에?"

"말레이시아에 친구 만나러 가는 길이라 연락 안 하고 왔어요. 근데 여기서 네 시간을 기다렸다가 비행기 갈아타야 한다고 해서 전화했지."

"말레이시아엔 무슨 일로? 아니다. 너 거기서 기다려. 아빠가 지금 데리러 갈께!"

나이 드신 부모님을 놀래키려고 한 건 아닌데 일이 이렇게 돼버려서 죄송스런 맘이 앞선다. 아빠는 나를 보자마자 반갑게 인사를 할 겨를도 없이 내 손을 잡고 서둘러 주차장으로 향했다. 딸이 말한 네 시간이 마치 폭탄에 초시계를 장치해 놓은 상황으로 생각되셨나보다. 집에 도착하니 엄마가 아침상을 차리고 계셨다.

'그 와중에 예쁘게 화장까지. 역시 우리 엄마!'

"에고 이것아, 오면 온다고 미리 연락을 해야지. 그리고 네 시간이 뭐야. 이제 세 시간도 안 남았네!"

"엄마 미안! 이렇게 될 줄 몰랐어."

여행 가방을 들고 집으로 들어가는 것을 이웃집 아줌마가 봤는지 엄마에게 방금 들어간 아가씨가 누구냐는 전화가 걸려왔다.

"너 누구냐고 옆집 오식이 엄마가 연락이 왔네. 미국에서 딸이 출장 가다가 잠깐 들렀다고 둘러댔어."

이럴 줄 알았으면 선물이라도 바리바리 준비해 왔을 텐데 너무 죄송하다. 일주일 휴가를 받아서 친구 만나러 가는 중이라고 말씀드렸다. 물론 부모님은 펄쩍 뛰신다.

"네가 뭐가 아쉬워서 말레이시아까지 가서 사람을 만난다는 거야? 그 넓은 미국 땅엔 남자가 없다니?"

철없는 딸의 행동 때문에 답답하시겠지만 이미 엎질러진 물이다. 가서 얼굴만 보고 오겠다고 안심을 시켜드렸다. 다 큰 딸이지만 엄마는 밥숟가락 위에 반찬을 얹어주시며 금방 또 보내야 할 딸의 왼손을 꼭 잡고 있다. 꼭 가야 하냐는 엄마의 걱정스런 눈빛에 얼굴이 간질거린다.

"채팅인가 뭔가 하더니. 엄만 너무 걱정이 된다. 잘 알지도 못하는 사람한테 해코지 당할까봐."

이렇게 걱정을 끼쳐 드릴 줄 알았으면 공항에서 쉬다가 떠날 걸 그랬다. 심장도 약하신 엄마가 걱정된다.

"엄마, 그냥 바람 쐬러 다녀오는 걸로 생각해. 나도 궁금해서 가보는 거야. 내 성격 알잖아. 내가 남자한테 질질 끌려 다니는 거 봤어? 엄마 딸 그렇게 호락호락하지 않으니까 걱정 마세요."

공항에 다시 데려다 주시는 내내 아빠의 걱정이 끊이질 않는다. 안되겠다 싶어서 가방을 열고 여행자수표 세 권중 한 권을 아빠한테 건네 드렸다.

"가서 쓸데없이 돈 안 쓸 게요. 이건 아빠가 환전해서 용돈 쓰세요. 그리고 이건, 지금 만나러 가는 사람한테 미리 우편으로 받아둔 호적등본인데 나중에 아빠가 집에 가서 좀 봐주세요. 한문으로 되어있어서 난 도통 뭐가 뭔지 모르겠어."

"누굴 닮아서 그렇게 고집이 센지 모르겠다."

"아빠 닮았지 누굴 닮아~ ㅎㅎ."

아빠는 그렇게 딸의 애교 섞인 말에 마음이 풀어지신 듯 여행 가방을 내려주고 가셨다. 아빠가 그렇게 가시고 나니까 갑자기 허전함이 밀려온다. 더 이상 씩씩해 보이지 않는 아빠의 발걸음에 모래주머니를 달아드리는 불효를 저지르지 말아야겠다는 각오를 다져본다.

〈 2 〉

부모님이 미국생활에 적응을 못하셔서 한국으로 역이민을 하신 뒤 남동생 하람이와 둘만 남아서 지낸 지 3년쯤 되던 어느 날. 새로 입사한 지 7개월 된 직장동료가 알려준 채팅 사이트에 가입을 했다.

"보람언니, 그렇게 매일 혼자 지내면 수명도 더 짧아진대요. 더 늦기 전에 빨리 연애 시작하세요."

처음엔 채팅이라는 자체에 대한 인식이 좋지 않았었다. 상상속의 그 누군가를 세뇌시키다가 결국 슬픈 엔딩으로 끝나는 사례를 종종 봐왔기 때문이다. 아름답게 끝나는 채팅만남은 영화 속에서나 가능한 일이다. 만난 적 없어도 서로 남친, 여친, 애인 노릇을 하게 되는 dream world를 추구하는 cyber space. 채팅과 예수님은 보이지 않는 것을 믿는다는 공통점이 있다. 단, 채팅은 응답을 해준다. 예수님은 노 답도 답이라고 하지만…

채팅으로 만난 사이라고 하면 일반적으로 곱지 않은 시선으로 바라보지만, 채팅만남이 아니더라도 인간은 현실적으로도 만남과 헤어짐을 번복하며 살고 있다. 즉, 속이려면 얼마든지 속일 수 있는 건 채팅이나 현실이나 마찬가지라는 것이다.

'2030방'. 20대에서 30대 사이의 나이제한이 있는 채팅방엘 찾아 들어갔다. 별명이나 가명을 사용하는지 몰랐던 나는 본명을 사용했다. 방장의 이름은 김유진. 29세라 했다. 게다가 본명이라고 했다. 다른 사람들의 별명은 재미있는 것부터 변태적인 것들까지 있었는데 김유진은 채팅방의 물을 흐리게 하는 이름이나 채팅내용을 올리는 사람은 즉각 퇴출시켰다. 마치 악의 무리를 대신 물리쳐주는 슈퍼맨 같은 존재였다고나 할까. 첫날부터 나는 이 챗방(채팅방)에서 낯선 이들과 대화를 나누는 재미에 푹 빠져버렸다.

"이 방에 처음 들어오신 분들은 본인의 사진을 올려주셔야 합니다. 2030방이니까요."

방장 김유진의 말이 떨어지기 무섭게 여러 사람들이 사진을 화면상에 올렸다. 포샵 처리한 사진들도 여럿 있었지만 모두 미남 미녀들만 모인 방 같았다. 나도 각도와 조명을 신경 써서 찍어두었던 사진을 올렸다. 거주지가 미국이라는 것과 사진의 융합이 한몫을 한 것 같다. 챗방의 남자 멤버들의 관심이 온통 내게 쏠리는걸 보아 한국, 중국, 말레이시아에 비해 미국이 절대 강세인 듯 했다. 그중에서도 가장 큰 관심을 보인 건 슈퍼맨 방장이었다. 부탁하지도 않았는데 "처음부터 너무 사적인 질문을 해오면 보람님이 부담을 가질 게 아니겠냐?"라며 남성들의 수많은 질문을 깔끔하게 교통정리해 주었다. 부담이 된 건 맞지만 슈퍼맨의 보살핌에 기분이 좋아진 것도 사실이다. 슈퍼맨은 말레이시아에서 6년째 유학중이라고 했다. 미국에 올 실력이 안 돼서라고 했지만 HTML을 이용해서 챗방에 활기를 불어넣는 솜씨를 봐서는 보통 수준이 아닌 듯 보였다. 유치하지만 챗방에서 나는 슈퍼맨의 여친 라나 랭으로 자리매김을 조금씩 해나갔다.

〈 3 〉

채팅을 시작한 지 두어 달이 넘었다. 늘 그렇듯이 직장에서 칼 퇴근 후 집에 도착하자마자 컴퓨터를 켜고 채팅을 시작한다. 밥을 먹을 생각도 없다. 남동생 하람이가 장을 봐야 한다고 하면 지갑에서 신용카드를 꺼내가라고 대답할 뿐이다. 알아서 장을 보고, 알아서 밥을 해먹고, 눈치껏 방해하지 말라는 뜻이다. 컴퓨터 앞에서 정신 나간 사람처럼 웃지를 않나, 채팅내용을 읽어가며 타이핑을 하질 않나, 갑자기 시스템오류로 화면이 정지라도 되면 짜증을 내는 누나가 걱정되기 시작했는지 하람이가 결국 한국 부모님께 전화를 걸었다.

"엄마, 누나가 채팅중독에 빠져서 큰일 났어요. 퇴근하면 집에 와서 밥도 제대로 안 먹고 잠도 안자고 채팅만 해요. 저러다 병나겠어요!"

내게 수화기를 내미는 하람이를 보며 길게 한숨을 내쉰다. 한창 채팅방에서 재미있는 대화를 나누고 있는데 방해를 하는 동생이 곱게 보일 리가 없다.

<잠시 만요, 한국에 부모님 전화통화…>

이렇게 채팅창에 메시지를 띄워야 예의다. 그래야 대꾸가 없어도 오해가 없다.

"응, 엄마. 하람이가 괜히 오버하는 거야. 지 여친하고 데이트할 땐 날거들떠도 안 보더니 왜 요즘 나한테 저러는지 몰라. 엄마가 누나한테 까불지 말라고 혼 좀 내줘!"

하람이가 억울한 듯 목청을 높였다.

"누나! 술, 담배, 마약만 중독 있는 것 아니거든? 누난 채팅중독자야. 잠을 못 자서 눈이 쑥 들어간 거 안 보이냐고!"

엄마껜 일단 자제하겠다고 둘러댄 뒤 전화를 끊었지만 하람이가 아직화가 안 풀린 듯 보였다. 하나밖에 없는 동생한테 너무 무심한 것 같아 미안한 마음이 든다.

"하람아, 누난 채팅방 사람들이 좋아. 예의도 바르고, 말도 함부로 하지 않고. 오히려 주위 사람들보다 누나 속마음을 더 잘 이해해주는 걸? 왔다 갔다 하면서 누나가 채팅방에서 무슨 대화를 주고받는지 들여다보면될 거 아냐. 나쁜 짓 안한다고! 다른 사람들은 번개팅도 하고 그러는데 누나는 그냥 집에서 채팅만 하는 거잖아. 취미생활 한다 생각하고 이해해줘. 누나가 앞으로 조절할게."

하람이는 대화내용이 빠른 속도로 올라가는 채팅화면을 힐끔 노려보더니 방으로 들어가 버렸다. 누나라면 끔찍이 생각하는 동생이라 만약 내가 약기운이 떨어진 마약쟁이처럼 반응을 했다면 컴퓨터 모니터를 박살냈을지도 모른다.

'나는 그래도 절제력이 있는 편이라고⋯ '

〈 4 〉

하람이에게 번개팅을 하지 않겠다고 말한 지 3개월 뒤 '2030방' 방장인 슈퍼맨을 만나러 가기로 했다. 유진이 나에게 정식으로 교제를 하고 싶다며 비밀 챗방에서 그의 마음을 고백했기 때문이다. 그가 한 번 만나자고 제안을 해왔다. 그가 미국에 올 수 있는 입장이 아니라는 말에 내가 휴가 여행 삼아 가기로 했다. 언제까지나 상상만 하면서 지낼 수는 없었다. 몇 가지 안 되는 데이터만으로 그를 슈퍼맨이라고 단정 짓기보다는 현실적인 그를 파악하는 것이 우선이다. 유진은 자신이 범죄를 저지르고 말레이시아에 도피중이 아니라는 증거로 호적등본을 미리 우편으로 보내왔다. 전과자의 빨간 줄은 그 호적등본엔 없었다. 아쉽게도 그게 내가 읽을 수 있는 전부였다.

그동안 유진과 나는 거의 하루도 빠지지 않고 채팅방에서 만났고, 가끔씩 전화통화도 주고 받아왔다. 그에게서 받은 건 전신사진 한 장뿐. 그가 사진 찍기를 싫어한다는 이유였다. 그의 사진을 칼라로 프린트해서 교회 친구들한테 보여준 적이 있다. 친구들은 이구동성으로 나에게 정신 차리라고 했다. 나도 정신 차리고 싶다. 시간이 지날수록 보이는 걸 믿는 게 아니라 믿는 대로 보이는 느낌이 들어서이다. 타의에 의해서 마음을 접는 것보다는 그를 직접 만나보고 결정하고 싶었다. 확인사살 없이 무조건 연락을 끊어버릴 이유도 없었거니와 두고두고 생각나거나 후회를 하고 싶진 않다. 처음엔 말리던 하람이도 한번 만나봐야 환상에서 벗어날 거라며 비행기표 구입을 도왔다. 추수감사절 연휴를 포함해 1주일 휴가를 받고 말레이시아로 가려는데 성수기라 그런지 직행으로 가는 항공편이 없었다. LAX – 한국 – 태국 – 쿠알라룸푸르 말레이시아, 아주 고된 여행이 될 것 같다.

하람의 친구들 중에도 채팅에 빠졌다가 단 한 번의 만남을 끝으로 관계를 정리한 경우가 많았다. 그들의 말에 의하면 상대방에 대한 호기심과 환상이 첫 만남과 동시에 100% 깨진다고 했다. 그런 짧은 만남과 짧은 이별에 적응된 사람들은 또 다른 상대를 찾아 나선다. 환상이 깨지면서 받은 충격과 이별의 아쉬움을 또 다른 만남으로 치료받고자 하는 것이다. 만남과 이별을 다람쥐 쳇바퀴 돌 듯 되풀이 하며 산다고 하니 이 얼마나 비현실적인가. 복권이 당첨될 때까지 복권을 재구입하는 것과 별반 다르지 않다. 걱정이 많이 되겠지만 내가 가벼운 마음으로 잘 다녀오길 바라는 동생의 마음을 모르지 않는다.

〈 5 〉

한국을 떠나 태국공항에 도착하니 사람들이 별로 보이지 않았다. 화장품 케이스를 들고 영어간판이 쓰여 있는 곳을 여기저기 휘젓고 다니다가 40여분 만에 말레이시아행에 올랐다. 한국 항공기와는 달리 기내 직원들의 세련미를 찾아 볼 수가 없다. 저렴한 항공비를 간접광고라도 하려는 듯 보인다.

드디어 저녁시간에 쿠알라룸푸르에 도착을 했다. 그의 사진을 왼손에 쥐고, 여행 가방을 끌고 앞서 걷는 탑승객들을 따라 계속 걸었다. 탑승객

인원보다 약간 많은 사람들이 게이트 앞에 몰려 있었지만 피부색이 다른 그를 찾는 데는 몇 초도 걸리지 않았다. 짙은 브라운 톤의 얼굴들 사이에 약간 덜 짙어 보이는 톤의 얼굴이 눈에 띄었다. 순간! 저 남자가 아니길 마음속으로 빌었다. 하람이가, 환상은 〈만나자마자〉 깨질 거라고 했지만 〈보자마자〉인 것을 보아 나의 경우는 조금 더 심각한 것 같다. 좋은 감정이 생기기 전에, 나와 교제를 하고 싶다고 고백하기 전에 만났어야 했다. 기대치가 높을수록 실망감이 더 크다고 했던가. 채팅에 대한 편견의 벽을 과감하게 넘어서고 싶었는데. 5개월 동안 쌓은 상상속의 슈퍼맨에 대한 이미지가 그에게 시선이 닿는 순간 와르르 무너져 내렸다. 아니, 와르르 무너지는 건 그나마 몇 초의 시간이 걸린다. 방을 나가면서 전기스위치를 내리는 그 〈찰나의 순간〉이라고 표현하는 것이 더 정확했다. 현실은 생각보다 너무 차갑고 잔인하고 솔직했다. 나와 시선이 마주치자 웃으며 손을 흔드는 저 남자. 사진 속의 김유진, 아니, 슈퍼맨이 반갑다고 손을 흔드는데 왜 나는 투명인간이 되고 싶은 걸까? 비행기 안으로 되돌아가고 싶다. 걸음속도가 느려지자 안내 승무원이 친절하게 나의 등을 살짝 밀어준다. 승무원의 유니폼이라도 잽싸게 뺏어 입고 슈퍼맨 모르게 공항을 빠져나가고 싶다.

시계를 3분만 멈춰준다면 가능할 수도 있을 텐데. 머릿속이 복잡하다. 방향감각을 잃은 듯 걸음걸이가 부자연스럽기만 하다.

〈거봐 누나, 내가 뭐랬어!〉

환상은 그렇게 공항에서 그를 처음 본 순간부터 깨져버렸다.

사진 속의 길쭉길쭉한 다리는 컴퓨터에 능숙한 그의 기술이 만들어낸 작품이었다. Cyber space에서 나에게 최면을 걸어 말레이시아까지 오게 한 포샵의 달인에게 박수라도 쳐주고 싶다. 〈You Win, 슈퍼맨!〉

"어서 와요, 보람 씨! 고생 많았죠?"

'고생은 지금부터 시작일 것 같은데요?'

뭔가 사기를 당한 듯한 기분에 그와 채팅을 했던 시간이 무색할 만큼 서 먹해진다. 남자는 내가 지난 5개월 동안 상상해오던 '2030방'의 슈퍼맨이 아니었다. 슈퍼히어로 캐릭터로 따지자면 오히려 'Mr. Incredible'에서 악역으로 나오는 '신드롬'과 많이 닮았다. 스물아홉의 나이에 불룩한 배, 발목 길이의 헐겁고 색 바랜 데님기지바지, 때 국물이 빠지지 않은 흰(?) 양말과 낡은 남자용 샌달, 커트시기를 놓친 듯 보이는 장발까지. 미국 엘에이에서도 흔히 볼 수 있는 노숙자의 행색이다. 밖에 나가지 못하게 하려고 부모님에게 가위질을 당한 듯한 머리 스타일이라니! 나에게 호감이 있다면 적어도 첫 만남의 자리엔 깔끔하게 하고 나왔어야 했다. 만약 지금 저 모습이 나를 마중 나오기 위해 갖춘 최선의 옷차림이라면? 뭔지 모를 불길한 예감이 나의 여행 가방을 질질 끌고 앞서가는 그의 등에서 뿜어져 나오는 듯 했다. 도살장에 끌려가는 듯 발이 천근만근 무겁게 느껴진다.

그가 짐을 트렁크에 싣는 동안 택시에 먼저 올라탔다. 택시기사를 비롯하여 공항에서부터 봤던 모든 사람들은 동양인처럼 생겼지만 짙은 브라운 톤의 피부였다. 열대지방이라 그런 것 같다. 길이 좁아서 차가 시원하게 달리질 못했다. 엄청난 수의 소형오토바이가 교통마비의 주원인이다. 빈틈을 골라 행해지는 시민들의 무단횡단으로 인해 한순간도 긴장을 풀 수가 없었다. 교통사고로 인명피해라도 난다면 말레이시아가 나의 발에 족쇄를 채울 것만 같았다. 퀴퀴한 냄새가 역겨워 택시 안을 환기시키려고 창문을 열다가 오토바이에서 나오는 매연이 눈과 코에 파고들어서 도로 닫아버렸다. 택시운전사와 유진은 웬만한 공해에 익숙해 진 듯 표정에 아무런 변화가 없어 보였다.

〈 6 〉

유진이 미리 예약해둔 호텔에 도착했다. 말레이시아에서 손꼽히는 최고급 호텔이라고 했었지만 후하게 마음을 먹고 둘러봐도 3성급정도로 보인다. Check-in desk에 다가가면서 그의 손에 들려있던 여행 가방을 살짝 낚아채자 약간 당황한 듯 나를 돌아보는 그에게 억지미소를 지었다. 나는 여기서 기다릴 테니까 혼자 가서 체크인을 하라는 무언의 미소였다. 그가 내게 뭐라고 하기도 전에 그의 가슴이 안내 desk에 닿아버렸다. 유진을 맞이하는 두 호텔직원은 안면이 있는 듯 보였다. 예약을 확인하던 직원이 일그러진 표정과 퉁명스런 말투로 갑자기 유진에게 돈을 미리 내라며 다그쳤다. 유진이 나중에 check-out할 때 지불하겠다고 하자 너는 왜 매번 그런 식 이냐며 언성을 높였다. 그 직원이 나와 눈이 마주쳐도 아랑곳하지 않는 것을 보며 이미 각본된 콩트 같다는 느낌을 잠깐 받았다.

이 호텔. 유진이 여자랑 자주 오는 곳이라는 것을 직감했다. 나는 못 알아들은 척 로비에 걸린 그림으로 시선을 돌렸다. 아빠한테 여행자수표를 미리 드리지 않았다면 선심 쓰는 척 호텔비를 지불했을지도 모른다. 유진이 호텔비 걱정은 하지 말라고 했던 이유도 있었지만, 그와는 금전적으로 엮이는 것도 피하고 싶다. 공항에서 그를 만난 순간부터 시간과 돈이 아깝다는 생각이 들기 시작한 터라 어쩔 수 없다. 호랑이 굴에 들어가기 직전에 제정신이 든 것이 오히려 고맙다. 물리거나 잡혀 먹히지 않고 탈출하려면 정신을 바짝 차려야 한다는 생각만 들고 있다. 유진과 호텔직원의 짜증 섞인 대화가 오고간 뒤 가까스로 호텔방 카드를 넘겨받았다. 얼핏 들으니 방 카드를 주지 않으면 밀린 돈을 주지 않겠다고 반 협박을 하는 것 같았다. 미국에서는 상상도 할 수없는 일이다.

유진은 내심 섭섭했다. 대화 내용을 다 알아들었으면서도 모른 척 하고 딴청을 피우는 보람. 유진이 카톡방이나 전화상으로는 느끼지 못했던 냉정함이었다.

'아무리 호텔비는 걱정 말고 오라고 했지만 저 정도 실랑이를 벌여줬으면 지갑이 열리고도 남았을 텐데. 이번엔 좀 만만치 않네.. '

호텔방으로 향하는 내내 유진이 말이 없다. 그의 속내를 눈치 채지 못할 내가 아니다. 이제부터는 가능한 두뇌를 최대한 빨리 회전시켜가며 그와 심리전을 벌여야 한다.

'비행기 삯에 비하면 호텔숙박비는 아무것도 아니지. 어차피 이렇게 된 거.. 공과 사 구분을 확실히 하는 게 정상 아닌가? 시간, 돈, 그와 함께 들어가는 호텔방까지. 이럴 줄 알았으면 부모님하고 제주도 여행을 다녀올 걸 그랬어.'

하지만, 어리석은 발은 이미 말레이시아 호텔방을 들어서고 있다. 여행 가방 안의 옷들을 옷장 안에 걸고 있는 동안 유진이 어딘가에 전화를 걸었다. 번호를 한참 누르는 것을 보니 외국, 한국, 그의 엄마? 나의 예상은 10초 만에 적중했다. 그의 엄마 목소리가 얼마나 큰지 구석옷장 앞에서도 다 들릴 정도였다. 장거리 전화 통화 중에 목소리에 힘을 싣지 않는 부모는 없는 것 같다. 유진이 그의 엄마에게 오늘 하루일과에 대한 보고를 시작했다. 비행기 도착시간과 유진의 공항도착 시간, 나를 한 시간 가량을 기다렸다는 것과 만난 소감까지. 내일 모레면 서른이 되는 아들이 엄마와 나누는 대화로 보기엔 너무 디테일했다.

"우리 엄마가 보람 씨 목소리 듣고 싶다고 좀 바꿔달라는데요?"

어른과의 통화는 단어하나에도 신중해야 해서 선뜻 내키진 않지만 이미 핸드폰이 나의 손에 옮겨져 있었기에 목소리를 가다듬고 인사를 했다.

"여보세요? 안녕하세요?"

"아~ 안녕하세요, 우리애기~! 잘 도착했어요?"

'???… 우리? 애기?'

놀란 표정으로 유진을 돌아보자 그가 코를 찡긋하며 농담이니까 그냥 넘어가라는 제스처를 취했다.

"우리 병식이가 얼마나 자랑을 하는지 내가 목소리라도 꼭 듣고 싶었다니까!"

아래턱에 힘이 빠져 내리는 듯하다. 병신이가 누구냐고 물었다. 어느 지방 사투리인줄은 모르겠지만 분명 서울 말씨는 아니었다. 〈병식〉이 〈병신〉으로 들릴 정도의 억양으로 그녀가 다시 아들의 이름을 알려준다.

"병신이가 아니고, 병~!식~! 김! 병! 식!"

유진이 보충설명을 하러 내 옆으로 다가왔다. 호적상의 이름이 김병식인데 말레이시아에 와서 김유진으로 이름을 바꿨다고 했다. 이미 과하게 포샵 처리된 사진으로 뒤통수를 한방 맞은 터라 가명에 대해선 놀랄 일도 아니다. 아니, 이름을 바꾸든 말든 더 이상의 관심도 없다고 해야 맞다. 오히려 이 남자는 김유진보다는 김병식이라는 이름이 더 잘 어울린다. 그의 엄마가 말을 이어갔다.

"초면에 실례되는 말이지만, 우리 병식이하고 빨리 결혼해서 미국 가면 집에 돈 좀 보내줘야 쓰겄어. 병식이 형도 직장도 없이 집에서 빈둥대고, 나도 여기저기 몸이 안 좋아서 일도 못하는데, 명훈이는 어쩌냐.."

순간 현기증이 났다.

'내가 지금 무슨 말을 들은 거야? 명훈이는 또 누구?'

유진, 아니 병식이 나의 손에서 전화를 낚아챘다. 화가 많이 난 듯한 표정이다.

"엄마! 쫌!!! 내가 알아서 한다고 했지!!"

"아니, 언제까지 기다리냐! 이번에는 제대로 할 수 있겠어? 엄마랑 명훈이, 굶어죽게 생겼다고!"

확실히 인내심의 한계를 이미 넘어선 목소리였다.

"엄마! 지금 당장 나보고 어쩌라고? 정말 도움이 안 되네!"

병식은 씩씩대며 엄마랑 한바탕 주거니 받거니 떠들더니 일방적으로 전화를 끊어 버렸다. 너무 다행인 것은 이 모자 사기단의 통화내역을 다 들어버린 것이다. 호텔방이 너무 고요했던 탓이다.

한국에 들렀을 때 아빠가 하셨던 말씀이 떠오른다.

"한국에서 죄짓고 동남아시아로 많이들 도망가서 산다는 것만 알거라."

그때 나는 웃으며 말했었다.

"에이, 그렇게 따지면 엘에이도 마찬가지잖아 아빠. 거기도 죄짓고 온 사람들 천지라는데."

내 말을 들으면서 아빠는 담배를 꺼내 무셨다. 가족 앞에서는 담배 피우는 모습을 보이지 않는 아빤데. 내가 왜 아빠의 진심을 알아채지 못했을까? 담배 한 개비보다 못한 딸이라니, 아빠의 답답했던 마음을 읽지 못한 게 너무 죄송스럽다.

전화통화가 끝나고 병식은 아무 표정 없이 물건을 정리하는 나에게 엄마대신 사과를 한다고 했다. 너무 성격이 급해서 우물에서 숭늉을 찾는 통에 자신과 성격이 맞지 않는다는 변명이다.

'그런 엄마한테 허황된 꿈과 희망을 실어주는 효자를 뭐라고 부를까?'

짐 정리가 얼추 끝나가자 그가 후배들이 기다리고 있으니 나가서 저녁을 먹자고 했다.

"알겠어요. 그런데, 어떤 후배들인데요?"

얇은 자켓을 하나 꺼내들고 따라 나서면서 그에게 물었다. 이젠 호기심이 아니라 매사에 진실여부를 가려내는 형사 콜롬보 놀이가 시작되려나 보다.

"그냥 여기서 만난 동생들이에요~."

'그냥 아는 동생들이라고 하면 되지 굳이 후배라고 그들을 지칭할 필요가 있을까?'

"형, 동생 사이라고 하면 친숙하긴 한데 할 일 없이 몰려다니는 동네건달로 볼까봐서요. 선후배 사이라고 하면 뭔가 사회적 레벨이 업 되는 느낌이랄까? 남자들끼리는 그런 게 있어요. 하하하."

'그런 게 있다는 게 뭐지? 사회가 인정하지 않는 사회적 자존심?'

하람이가 언젠가 새로 만난 동갑내기 친구와 생일까지 따져보다가 결국 동생이 되었다며 씩씩거렸던 일이 떠올랐다. 남자들의 세상은 정치판처럼 돌아가는 것 같다. 갑과 을이 정해지면 적응도 엄청 빨리 잘한다. 그들이 만든 룰이니까 친숙하기도 하겠지만 여자들에겐 딴 나라 이야기일 뿐이다.

〈 7 〉

일곱 명 정도의 학생들이 모여 있었다. 약간 단란주점 같은 느낌이 나는 작은 한국술집이다. 병식의 뒤를 따라 들어오는 나를 보더니 사전 연습이라도 한 듯 〈일동, 차렷, 경례〉에 한 박자로 다 같이 움직였다. 외국에서 병식의 손님이 방문하면 이런 식으로 한 번씩 모이는 듯 보였다.

"누나 환영해요!" "누나 반갑습니다!" "오시느라 많이 피곤하시죠? 유진형 말대로 정말 미인이시네요!"

한 사람씩, 어떨 때는 여럿이서 한꺼번에 얼마나 칭찬세례를 퍼붓는지 정신이 없다. 술값은 내가 내야할 것 같다.

어느 술자리를 가든지 물주와 바람잡이는 쉽게 가려낼 수 있다. 바람잡이는 분위기를 최고조로 띄우기 위해 내내 분주하다. 잔이 비는 즉시 술 따르기, 재밌는 유머로 사람들 웃기기, 칭찬으로 어깨에 힘을 실어주기. 등등, 현대판 기생 역할이다. 반대로, 부어라 마셔라가 끝나고 최종 지불 고지서를 받아들고 지갑을 열어야 하는 물주는 표정이 밝지 않다. 눈치 없는 바람잡이가 추가로 술과 안주를 주문할 때마다 심기가 더욱 불편해지는 물주는 술에 취할 수가 없다.

아직 여행자수표를 말레이시아 링깃으로 환전하지 않았기 때문에 일단 신용카드로 지불해야 할 것 같다. 대학생들이라는데 정말 술을 잘 마신다. 오늘밤은 술에 취해서도 안 되지만 아무리 마셔도 취하지 않을 것 같다. 피곤하다는 이유로 내 잔에 자꾸 술을 따르려는 학생들을 저지시킨 후 질문을 시작했다. 제일 말이 많은 세민이라는 바람잡이 학생에게 먼저 물었다.

"무슨 공부해요?"

"영어요, ESL."

"아, 그래요? 학교는 어딜 다니는데요?"

"옥스포드요."

옥스포드 대학생이었다. 방학이라 놀러 왔을 거라는 생각을 해버렸다. 칭찬해 줘야지!

"옥스포드? 와우~ 대단해요~!"

칭찬을 하니까 살짝 민망해 하는 얼굴이다.

"대단하긴요 뭐. 누난 UCLA 졸업하셨다면서요?"

갑자기 바람잡이 세민 옆에 앉아있던 동수라는 학생이 깔깔대며 웃었다.

"누나, 참 순진하시네요."

"왜요?"

이럴 때 순진하다는 표현은 바보 같다는 말을 미화시킨 것이라는 것쯤은 알고 있다.

"세민이가 말하는 곳은 옥스포드 아카데미에요. 여기서 10분 거리에 있어요."

옥스포드라는 이름을 가진 영어 학원이었다. 어떤 반응을 보일지 궁금했는지 다들 나를 쳐다봤다.

"어디서든 열심히 배우는 게 중요하죠. 꼭 영국에서 영어를 배워야 하는 건 아니니까."

"누나 정말 쿨~하시다!"

학생들이 일제히 물개박수를 쳤다. 지금 모여 있는 이 무리들의 진짜 정체가 궁금했지만 더 이상 묻지 않았다. 잠깐 스쳐가는 인연에 더 이상의 관심을 갖지 말아야 한다. 학생들의 만장일치로 (물론 나는 아무 말 하지 않았지만) 2차를 근처 노래방으로 갔다. 밤인데도 길거리에 많은 사람들이 걸어 다녔다. 바로 길 건너 슈퍼에 아이스크림 한 통을 사러 갈 때도 차로 가야 하는 미국과는 많이 다르다. 캘리포니아에서는 경험할 수 없는 끈적거림이 너무 싫고 불쾌하다.

노래방에서도 이상한 냄새가 났다. 엘에이 노래방에서 맡던 담배냄새가 아닌 무슨 좀약 같기도 한 케케묵은 냄새였다. 최신곡을 완벽하게 꿰고 있는 젊은 학생들답게 마이크가 쉴 틈이 없다. 스물아홉의 김유진, 아니 김병식과, 아는 한국노래가 거의 없는 스물다섯의 나는 최신곡 하나 따라 부르지 못하고 꿔다놓은 보릿자루처럼 열심히 박수만 쳤다. 처음 만난 사람들 앞에서 팝송이나 불러대고 싶지도 않거니와, 그들은 내가 노래를 부르든 말든 신경을 쓸 틈이 없어 보였다. 노래방을 두시간만에 나선 뒤 내가 묵을 호텔 커피숍으로 향했다. 인원수가 여전히 줄지 않는 것을 보아 이런 모임이 자주 있는 것 같아 보이진 않았다. 두꺼운 검은 안경테 때문에 꺼벙해 보이는 동수가 뜬금없이 물었다.

"누나, 유진이형 줄 선물 뭐 사오셨어요?"

"인마! 이번엔 3차까지 얻어먹으면서 뭐가 그렇게 궁금해? 그쵸, 누나~."

바람잡이 세민의 갑작스런 애교에 등골이 오싹했다. 이전에 왔던 여자들은 선물전달식을 가장 먼저 했나보다.

"글쎄? 왜 궁금한지 물어봐도 될까요?"

내가 선물을 사왔든 말든, 선물을 주든 말든, 그대와는 상관없는 일이니 관심 끄라는 뜻으로 되물은 것인데, 역시! 동수에게 그런 눈치는 없었다.

"전에 왔던 누나는 형이 원하는 모델로 컴퓨터 자판기를 사왔었거든요."

"아, 그래요? Made in USA?"

"아뇨~ 그 누나는 캐나다에서 왔던 것 같은데?"

컴퓨터 자판기가 미국산이냐고 물었을 뿐인데 바람잡이 세민이가 잘못 이해하고 끼어들었다. 기밀이 줄줄 새고 있는 것을 보면 병식이 어머니와 후배들에게 입단속을 시킨다는 걸 깜빡한 모양이다.

"아냐, 인마. 플로리다였어. 항공학과였는데."

가만 놔두면 동수의 입에서는 끝도 없이 말레이시아를 거쳐 간 여자들의 프로필이 나올 것 같다.

"쉿! 형 온다~!"

동수가 막 입을 떼려는 세민에게 눈치를 주는걸 보니 이제서야 제정신이 돌아온 모양이다.

화장실에 갔던 병식이 자리로 돌아왔다. 그가 들고 다니는 가방이 볼록해져 왔다. 가방의 지퍼를 끝까지 닫지 않은 탓에 구멍으로 손 냅킨이 보였다. 아까 한국술집에서도 숟가락 세트를 몰래 가방에 넣더니, 이젠 호텔커피숍 화장실까지 털고 있다. 눈이 손보다 더 빠르다는 것을 모르는 것 같다. 조만간 사라질 테이블 위의 일회용 설탕과 크림에 눈이 간다.

'호텔직원들이 재촉했던 밀린 비용엔 호텔숙박비 뿐만 아니라 사라진 수건, 샤워가운, 베개 값도 포함된 건 아니었을까?'

"무슨 얘기들 하고 있다가 내가오니까 쉬쉬 거리냐?"

바람재비 세민의 입은 바람처럼 가볍고 뇌보다 더 빠르게 반응을 했다.

"어, 형~! 저번에 컴퓨터자판기 사온 누나, 캐나다에서 온 거 맞죠?"

당황한 병식이 세민을 노려본다. 나는 이 상황극이 점점 재밌어져서 살짝 웃었다. 내가 동생들의 짓궂은 장난으로 받아들였다고 생각했는지 내 표정을 확인한 뒤, 다시 세민을 노려본다.

"너 술 취했냐 지금?"

눈치도, 염치도 없는 세민은 술은 이미 노래방에서 다 깼다며 씨익~ 웃었다.

"에이 씨, 엄마도 그러고, 너도 그러고. 왜 다들 나한테 이러냐? 오늘따라!"

병식은 이미 땀에 떡진 머리를 두 손으로 긁어대며 동생들에게 짜증을 냈다. 세민의 뒤통수라도 한 대 갈기고 싶지만 나 때문에 참는 듯했다. 학생들은 병식의 눈치를 보며 서둘러 각자의 음료수를 꿀꺽꿀꺽 마셔댔다. 이제 집에 갈 때가 된 것을 안 것 같다.

"오늘은 이만 헤어지죠. 나도 너무 피곤해서 좀 쉬어야 할 것 같아요."

내가 가방을 들고 일어서자 병식의 표정이 어두워진다.

〈네놈들 입방정 때문에 다 된 밥에 코 빠뜨렸잖아~!!〉

'입은 삐뚤어졌어도 말은 똑바로 해. 김! 병! 식! 입방정은 2030방에서 부터 시작된 거라고!'

말레이시아에 오길 정말 잘했다는 생각이 들었다. 안 그랬으면 앞으로 얼마나 더 채팅방에서 슈퍼맨과 비현실적인 대화를 나누며 지냈을지 생각만 해도 끔찍하다. 채팅방의 슈퍼맨은 허구일 뿐이다. 떡 진 머리와 너덜너덜한 옷차림, 헤진 신발을 신고, 호텔숙박료 하나 시원하게 턱턱 내지 못하는 남자에게 붙여준 별명조차 아깝다.

〈 8 〉

밤새 잠자리도 뒤숭숭했다. 꿈속에서 긴 줄을 선 여자들이 병식에게 선물을 바치고 있었다.

"니 선물 Made in USA야?"

병식은 미국산 제품이면 오른쪽으로, 미국산 제품이 아니면 왼쪽으로 여자들을 보냈다. 마치 천국과 지옥으로 나뉘는 듯 했다. 다행히 나의 차례가 되기 전에 눈을 떴다. 유치찬란했지만 악몽은 악몽이다.

호텔 레스토랑으로 내려갔다. PB&J 샌드위치와 바나나 반개를 블랙커피와 함께 먹고 있는데 옆 테이블에서 노신사가 굿모닝 인사를 건네 온다. 나에게 명함을 건네주었지만 앉아도 좋다는 말을 하지 않자 그의 테이블로 되돌아갔다. 테이블이 크지 않았기 때문에 그와의 대화는 얼마든지 가능했다. 미국 켄터키 주에서 온 플라스틱 회사의 부사장이라며 말레이시아엔 플라스틱제품전시회 참석차 왔다고 했다. 그가 나에게 여행 왔냐고 묻는 바람에 갑자기 정신이 번쩍 들었다. 만나서 반가웠다는 가벼운 인사를 한 뒤 호텔 로비 끝에 위치한 컴퓨터실에 들어가서 항공사와의 1:1 채팅창을 연결시켰다.

<가장 빨리 미국으로 돌아가고 싶은데 언제가 가능하죠?'>

인터넷 스피드가 미국처럼 너무 느리다. 한국에서는 달리는 지하철 안에서도 인터넷이 된다던데..

<내일 오전 11시 반에 가능합니다. 고객님.>

<당장 예약해 주세요.〉

가능하면 오늘 당장이라도 되돌아가고 싶다. 자동차로 갈 수 있는 곳이면 택시를 잡아타고 가면 되겠지만 하늘을 날아야 하고 바다를 건너야 한다. 김병식이 그의 어머니와 무슨 계획을 꾸몄는지는 모르겠지만, 만약 내가 스케줄보다 일찍 돌아가는 것을 알면 어떤 돌발 상황이 생길지 예측할 수 없으나 느낌상 좋은 일이 일어날 것 같지는 않다. 따라서, 돌아가는 날짜를 철저히 속여야만 안전하게 집으로 갈 수 있다. 당장이라도 미대사관으로 달려가서 신변보호요청을 하고 싶기도 하지만 일을 크게 만들고 싶진 않다. 채팅상대를 만나러 왔다고 하면 나를 한심한 눈으로 볼 뻔할 테니까.

병식에게서 오전엔 컴퓨터 수리점에 갔다가 호텔 쪽으로 점심쯤에 오겠다는 전화가 왔다. 호텔 직원에게 근처에 은행이 있냐고 물으니 걸어서 5분 거리의 외환은행 위치를 알려주었다. 외국인 투숙객들이 묵는 호텔이니만큼 주위에 은행은 물론 명품매장도 즐비하지만 쇼핑객은 손가락으로 꼽을 정도로 없다. 은행 안은 사람들로 꽉 차있었다. 밝은 갈색의 긴 생머리, 흰 가죽미니스커트, 달라붙는 티셔츠, 그리고 하이힐 샌들 차림으로 줄을 서는 나를 사람들이 신기한 듯 쳐다본다. 은행 안의 모든 여성들은 말레이시아의 전통의상으로 잘 알려진 바주꾸롱과 함께 투둥이라고 불리는 숄을 머리에 착용하고 있었다. 1대 20정도의 눈싸움이지만 볼거리는 내가 더 많았고, 호기심 가득한 내 눈을 슬금슬금 피하는 느낌이 든다.

여행자수표 두 권을 몽땅 환전했지만 생각보다 액수가 크지 않았다. 미국 달러를 한국 돈으로 바꾸면 대충 계산해도 1대 1000인데 비해 말레이시아에선 1대 4였다. 은행 오던 길에 봐둔 명품매장으로 갔다. 남자 옷 가격도 미국과 별반 다르지 않다. 여친과 골프레인지에 들락거리는 것을 알고 있었기에 하람이에게 줄 선물로 골프셔츠와 골프 장갑을 구입했다. 내일 아침 택시비와 팁, 그리고 브런치를 먹고 남은 돈은 공항면세점에서 모두 지출해버릴 생각이다.

〈 9 〉

병식이 호텔 직원들을 피해 다니는 것을 알고 있기에 점심시간에 맞춰 호텔 정문 앞에서 그를 만났다. 집 밥을 먹게 해주겠다며 택시를 잡아타고 떠난 지 10여분 만에 깨끗한 고층아파트단지 앞에 도착했다. 그가 엘리베이터 안에서 9를 눌렀고, 엘리베이터에서 내리자마자 바로 보이는 906호의 초인종을 눌렀다. 새로 지은 아파트라서 그런지 고급 대리석과 금색 기둥들이 〈이곳엔 부자들만 거주하는 곳〉이라는 듯 번쩍거렸다. 네~하는 소리와 함께 40대 여자와 할머니가 우리를 반갑게 맞이했다.

"선생님, 어서 오세요. 이분이 전에 말씀하시던 미국 애인 맞죠? 반가와요!"

'미국 애인? 도대체 이 사람이 떠벌리고 다닌 범위가 어디까지야?'

달갑지 않지만 오늘만 넘기면 된다. 병식은 여자의 말이 싫지 않은 듯 실실 웃었다. 집이 남향이라 그런지 병식의 니코틴이 낀 누런 이가 햇살에 더욱 도드라져 보인다. 점심 메뉴가 콩국수란다. 위가 좋지 않아 먹지 않는 음식 중 하나가 바로 콩국수이다. 여러 가지 음식을 차리지 않는 이상 초대 손님의 입맛을 미리 묻지 않는 건 실례인 것 같다. 한국 사람이면 누구나 삼겹살을 즐겨먹고, 콩국수를 좋아하며, 김치가 없으면 밥을 못 먹는 건 아니기 때문이다. 집밥은커녕 나의 체질과는 궁합이 맞지 않는 콩국수를 먹어야 한다는 게 부담이 됐지만 예의상 어쩔 수 없이 국수만 꾸역꾸역 씹어 넘겼다.

이 집은 여자의 두 아들에게 컴퓨터 과외를 하는 병식의 유일한 파트타임 직장이었다. 중2와 초등학교 6학년인 두 아들은 병식을 잘 따르는 것 같았다. 내가 미국에서 왔다고 하니까 학생들이 신기한 듯 나를 쳐다본다.

"이 누나는 영어를 미국사람처럼 잘해. 한번 영어로 질문해 봐."

병식의 어깨에 힘이 들어간 듯 보였고 여자도 아이들에게 눈치를 주며 다그쳤다.

"그래, 여기 살면서 갈고 닦은 영어솜씨 좀 들어보자!"

아이들을 긴장시키고 짜증나게 하는 이 상황. 내가 먼저 긴장을 풀어주려고 쉬운 질문을 했다.

"What's your favorite subject?" (좋아하는 과목이 뭐야?)

"My favorite subject is math." (내가 좋아하는 과목은 수학입니다.)

그냥, 〈Math〉라고만 답해도 될 텐데 교과서 주입식 영어교육이 말레이시아에서도 자행되고 있는 듯하다. 학교 영어시간에 생활영어를 먼저 가르치면 좋겠다는 생각이 들었다. 문법은 영어와 먼저 친숙해진 다음에 익혀도 늦지 않을 테니까. 아이들이 쉬운 질문만 하는 내가 고마웠는지 부엌에서 기다렸다가 엄마가 준비한 과일을 직접 테이블로 서빙을 했다.

"선생님이 좋은가 보네요. 우리 애들이 안하던 일까지 돕는 걸 보니. ㅎㅎㅎ."

여자가 흡족해 하는 모습에 나도 뿌듯해진다. 여자에겐 대화내용은 중요하지 않았다. 그저 아이들이 영어로 쏼랑 대며 엄마를 무식의 혼란 속으로 빠뜨리면 되는 거였다.

"그럼 컴퓨터 과외를 마저 하겠습니다."

병식이 두 학생들을 데리고 공부방으로 들어갔다.

기다리는 동안 나는 여자의 행복에 겨운 넋두리를 들어줘야 했다. 남의 가정사에 대한 얘기를 듣고 있는 것만큼 따분한 일도 없다.

"남편이 K건설회사에서 부장인데요, 말레이시아로 발령 와서 얼마나 행복한지 모르겠어요. 한국에서는 무슨 날만 되면 시댁에 가서 궂은일 하느라 몸살이 떠날 줄 몰랐는데 이렇게 떨어져 사니까 세상 편해요. 나만 그런 게 아니고 다들 살판났어요. 여기는 주재원용 아파트 단지거든요. 애들 학교 보내고 나면 개인시간도 갖고, 옆에서 누가 잔소리 하는 사람도 없고, 월급에 보너스까지 따박따박 나오고, 게다가 한국처럼 밤늦게까지 일하지도 않아요. 술 접대도 없고요. 말레이시아에서 아예 눌러 살고 싶다니까요. 미치지 않고서야 나이 들어서까지 시집살이를 하고 싶은 여자가 어딨겠어요."

천년만년 본인은 늙지도 않고, 며느리도 없을 것처럼 착각하는 여자의 말을 듣고 있다. 제 3자의 입장으로 바라보면 한심해 보이는 사람들이 너무 많다. 지금은 나도 그들과 한패이지만.

여자의 말을 잘라먹기라도 하듯 할머니가 과일 몇 조각만 남은 쟁반을 가져가고 대신 커피를 내오셨다.

'여태 이 여자가 시집살이가 싫다고 투덜거린 거 맞지? 그럼 저 할머닌 누구시지?'

"아 참. 저분은 우리 집안일을 봐주시는 분이에요."

다 큰 아들 둘을 키우면서 살림이 힘들다고 할머니를 고용해서 부려먹는 이 여자의 뇌 속에는 뭐가 들어있을까. 한국이면 모를까, 미국에서는 보기 힘든 풍경이다.

더 이상 여자의 배부른 투정을 들어주고 싶지 않아서 화장실 다녀오는 길에 병식이 있는 방에 노크를 하고 문을 열었다. 나란히 앉아 모니터를 마주보고 있는 두 아이들에게 무언가를 설명하다가 답답한지 두 손 놓고 한숨을 내리쉬고 있던 차였다.

"왜요, 뭐가 잘 안돼요?"

"아이들한테는 수준이 너무 높아서 이해하기 힘들어 하네요."

병식이 차오르는 열을 꾹꾹 누르고 있었는지 눈이 벌겋게 달아올라 있었다.

"뭘 가르치는데요?"

"HTML"

컴퓨터를 켜면 게임만 한다는 아이들에게 프로그래밍 언어를 가르친다니 어이가 없다. 병식이 잠시 나가서 5분만 쉬다가 오라고 하자 이이들이 기다렸다는 듯이 우당탕탕 뛰어나간다.

"어쩌려고 HTML을 가르치는 거예요? 응용프로그램도 있잖아요. Microsoft Office같은 거."

"솔직히 말해서 나도 HTML은 조금밖엔 몰라요. 책을 사서 조금씩 독학하며 가르치는 거라 아이들 수준에 맞게 설명할 방법을 잘 모르겠어요. 응용프로그램은 나도 한 번도 안 해봐서…"

'오 마이 갓!'

간이 배 밖으로 나오지 않은 이상, 남의 돈을 날로 먹는 것도 유분수지 무슨 자격으로 컴퓨터 과외선생으로 이 집을 들락거리는 건지 모르겠다.

"오늘만 보람씨가 좀 가르쳐 볼래요?"

마침 아이들이 다시 돌아왔다. 귀찮다고 안 해도 되는 상황이 아니다.

"오늘은 내가 Microsoft Excel과 Word를 가르쳐 줄게."

"yeah~~!!"

다행히 아이들이 좋아한다.

여자가 주스와 간식쟁반을 들고 방을 들락달락 했기에 일부러 쉬운 영어로 수업을 진행했다. 아이들이 나의 말을 알아듣고 영어로 대답하는 모습에 여자의 입가에 미소가 가시질 않는다. 수업은 1시간 25분 만에 끝났다. 5분의 쉬는 시간을 빼면 20분은 병식이 아이들과 입씨름을 하며 날려버린 시간이었다.

〈 10 〉

컴퓨터 수리점에서 수리가 끝났다는 연락이 왔다면서 저녁시간에 다시 호텔 앞에서 만나기로 하고 헤어졌다. 호텔방에 들어오자마자 항공사에 전화를 걸어 내일 비행기 출발시간을 재확인했다. 절대 변경되면 안 되는 스케줄이었기에 심장이 두근거렸다. 미국에 전화를 했지만 하람이가 전화를 받지 않아서 자동응답기에 메시지를 남겼다. 이렇게 초조해본 적도 없었던 것 같다.

〈하람아 누난데, 나 여기서 내일 오전 11시 반 비행기로 떠나거든? LAX에 일요일 오후 7시에 도착할 거야. 상황이 그렇게 됐어. 그런 줄 알고 누나 데리러 와. 5번 터미널로 와야 해. 오케이? 땡큐~ !〉

밝은 목소리로 메시지를 남기긴 했지만 속마음까지 그랬으랴. 지금 이 순간 내가 믿을 사람은 세상에 하나밖에 없는 내 동생뿐이다.

미국에서 수요일에 출발, 한국과 태국을 거쳐 말레이시아에 금요일에 도착. 슈퍼맨 유진. 아니, 병식과의 첫 만남, 호텔직원과 병식과의 언쟁, 병식어머니와의 황당한 전화통화, 학생들과의 만남, 주점, 노래방, 커피숍. 그리고 악몽까지. 토요일엔 호텔 레스토랑에서 잠깐 만났던 노신사, 항공사, 은행, 옷 쇼핑, 주재원 아파트에서 먹은 콩국수, 여자의 수다, 컴퓨터 응용프로그램 과외. 짧은 시간에 정말 많은 일이 있었다. 하나하나 되짚다보니 헛웃음이 실실 새는 소리가 들린다. 웃프다.

잠시 침대에 누워서 쉰다는 것이 깜빡 잠이 들었나보다. 호텔방문을 세게 두드리는 소리에 깼다.

문을 열었다. 김병식이 씩씩대며 서있다.

"아니, 벨을 그렇게 눌러도 대답도 안하고, 전화도 안 받고. 무슨 일 생긴 줄 알았잖아요!"

'멍청한 거 아냐? 그렇게 다급한 일이 생겼다고 느꼈으면 프런트에 신고를 할 것이지 왜 문을 두드리고 난리냐고! 아니지. 프런트에 가면 또 밀린 숙박비 때문에 옥신각신 하기가 싫었던 거겠지. 속물!'

"잠깐 졸았어요. 걱정해줘서 고맙긴 한데. 계속 그렇게 서있을 거예요?"

그가 호텔방 안으로 들어서더니 커피테이블 의자에 풀! 하는 소리를 내면서 걸터앉았다.

"오늘 저녁엔 내가 다니는 교회에 들러서 목사님부부께 인사드릴 거예요. 우리가 도착하기 전에 내일 주일예배 설교준비를 다 끝내두신다고 했거든요. 원래 토요일엔 설교준비로 다른 일정을 잡지 않으시는 분인데 내가 특별히 부탁드려서 함께 저녁식사를 하기로 했어요. 내일 주일예배는 12시에 시작하니까 내가 호텔에 11시 50분까지 올 게요. 교회까지 5분이면 가거든요.”

‘미안하지만 11시 50분이면 나는 이미 하늘을 나르고 있을 겁니다, 슈퍼맨님!’

“그리고. 월요일 오전엔 나랑 미국대사관엘 좀 갔으면 하는데요.”

“네? 무슨 일로요?”

“나중에 우리 결혼하게 되면 어떤 절차를 밟아야 하는지, 서류는 뭐가 필요한지 좀 알아볼까 해서요. 보람 씨 오기 전에 혼자서라도 가보려고 했는데 내가 영어가 짧아서…”

‘결혼이라니? 누구 마음대로?!’

병식을 어이없다는 표정으로 쳐다보지 않을 수가 없다.

〈당장 귀싸대기를 한대 갈겨버려! 쓰러진 그의 머리를 잡고 헤드락을 거는 거야. 그다음엔 슬리퍼를 벗어서 사정없이 후려갈겨! 그가 어지러워 비틀거릴 때 호텔방문을 열고 밖으로 뻥 차버리면 돼!〉

정말 그러고 싶다. 그와 함께 하는 오늘 하루도 얼마나 길게 느껴지는지 모른다. 그러나 참아야 한다. 내일 이곳을 탈출할 때까지는 그 어떤 문제도 일어나면 안 되니까.

“아니, 난 그냥 알아보기만 하자는 건데.”

아무 말 없이 그를 빤히 쳐다만 보는 내가 당황스러운지 말을 바꾼다.

“그 얘긴 나중에 다시 해요.”

프런트 데스크 직원이 다른 외국인 투숙객들을 해맑은 표정으로 돕는 동안 병식과 나는 호텔을 유유히 빠져나왔다. 마치 무슨 숨바꼭질이라도 하는 듯하다. 더 정확히 말하면, 몰래 도망 다니는 쥐 꼴이다.

〈 11 〉

교회는 아주 작았다. 목사님의 아내인 사모님이 화장기 없는 얼굴로 우리를 먼저 맞이했다. 병식이 목사님을 모시러 사무실로 간 사이 사모님이 내게 물었다.

"저 실례지만 두 분 결혼할 사이인가요?"

"네? 아뇨. 저는 그냥 어떤 사람인지 만나보러 잠깐 들른 거예요."

사모는 안심이 된다는 표정을 짓더니 좀 더 편한 자세로 고쳐 앉았다.

"네에. 당연히 그러셔야죠. 채팅으로 만났다고 들었는데 직접 만나보고 결정하는 게 현명하겠죠."

"네, 그럼요~."

사모가 내게 더 바짝 다가와 앉더니 목소리를 아까보다 더 낮추며 말했다.

"사실 좀 걱정스럽긴 했어요. 김유진 성도님은 제가 알기로도 특별한 직업도 없이 여기서 6년째 살고 있는데 벌써 다녀간 아가씨들이 꽤 되거든요. 한국엔 못 돌아간다고 누구한테 그랬대요. 사기를 치고 도망 왔다는 소문도 있고요. 목사인 제 남편도 걱정을 하더군요. 이번에 오는 아가씨와는 내일 예배가 끝나고 친교시간에 언약식을 하고 싶다고 그랬대요. 내가 봐도 너무 성급한 것 같았어요. 미국에서 좋은 직장에서 근무를 하신다고 들었는데. 우리 부부가 기도는 하겠지만, 모쪼록 현명한 선택을 했으면 좋겠어요."

"무슨 말씀이신지 잘 알겠어요. 걱정 끼쳐 죄송하고요. 제가 지금 드릴 수 있는 말씀은 아무것도 준비하지 마시고, 아무것도 염려하지 마시라는 것뿐이에요. 제가 다 알아서 할 게요. 정말 고맙습니다."

사모님이 미리 준비한 육개장으로 저녁식사를 했다. 목사님은 식사 내내 말레이시아가 어떤 곳인지와, 갑자기 달리던 차에 뛰어든 원숭이 때문에 놀랐던 이야기, 현지인들의 생활 등에 대해 말씀하셨지만, 병식이 부탁한 언약식에 대해선 언급을 하지 않았다. 식사준비를 하면서 사모님이 목사님한테 귀띔을 한 것 같았다. 식사 후, 미리 챙겨온 선물을 목사님께 드렸다. 슈퍼맨에게 주려고 미국에서 사 온 손지갑이었지만 좋은 주인을 찾아가는 것 같아 기쁘다. 병식이 속삭이듯 손으로 입을 가리며 물었다.

"내 껀요?"

병식의 속삭임을 들은 내 왼쪽 귀에 두드러기가 날 것만 같아 나중에 주겠다고 얼른 대답해 버렸다.

호텔에 도착하니 밤 9시 반이 막 지나고 있었다. 선물을 준다고 했으니 받으러 오려는 것인지 병식이 호텔 안으로 따라 들어오려는 눈치가 보인다. 사모님이 선물로 주신 성경액자를 얼떨결에 병식에게 건네며 잠시 맡아 달라고 했다. 그에게 정말 필요한 평생의 선물이 될 것이다.

<마음이 청결한 자는 복이 있나니 저희가 하나님을 볼 것임이요.

-마태복음 5장 8절>

마침 엘리베이터 옆에 위치한 프런트 데스크에 병식을 너무나 잘 아는 직원들 세 명이 머리를 맞대고 쑥덕이고 있었다. 이번에 병식이 그들에게 걸리면 그냥은 못 지나칠게 뻔해 보인다.

"알죠? 내일 아침 11시 50분. 여기 이 자리에서 기다려요."

병식은 액자를 가방에 넣을 새도 없이 손에 쥐고 서둘러 발길을 돌렸다.

〈 12 〉

LAX에 무사히 도착을 했다.

마중 나와 있는 하람이를 보는 순간 눈물이 핑 돈다. 며칠 동안 납치되었다가 풀려난 기분이랄까. 예정일보다 빨리 돌아오는 누나에게 무슨 일이 있었을 거라고 예감을 했나보다. 여행가방을 받아들고 앞서 걷는 뒷모습이 아빠와 흡사하다. 기내에서는 긴장이 풀린 탓인지 오는 내내 잠을 잤지만 아직까지는 몸이 천근만근 무겁다. 차 안에서 보는 엘에이의 야경이 이렇게 아름다웠던가!

"누나 괜찮아? 거기서는 별일 없었고? 갑자기 온다고 해서 걱정했잖아."

"응, 네 말이 맞았어. 그래도, 다녀오길 잘한 거 같아. 빨리 끝낼 수 있었으니까."

집안에 들어서니 온몸에 전율이 좌악 흐르는 게 느껴진다. 돌아온 탕녀처럼 감격스럽다. 자동응답기의 빨간불이 계속 깜빡거리고 있다. 하람이가 전화벨소리를 무음으로 해둔 것 같다.

"누나, 그냥 놔둬. 누나가 자기한테 말도 안하고 토꼈다고 전화를 해서 얼마나 난리를 치는지.. 누나 도착하면 전화해 달라고 계속 저렇게 전화해서 메시지 남기고 있어. 내가 전화 좀 그만 하라고 했더니 네가 뭔데 이래라 저래라 하냐고 버럭 화를 내던 걸. 누나가 왜 가자마자 돌아오려고 했는지 이해가 가더라니까. 완전 또라이야!"

"미안! 다 나 때문이지 뭐. 채팅이라는 게 정말.. 희안하더라고. 너무 쉽게 아무나 좋아하게 되고, 기대고, 빠지게 만드는 힘이 있어. 근데 그게 다 내 스스로 만드는 거더라. 이젠 정신 차려야지."

하람은 누구나 다 그럴 수 있고, 나 정도면 빨리 현실로 돌아온 편이라며 위로를 해준다. 고맙다.

"참, 아빠가 누나한테 연락 오면 빨리 한국 집에 전화하라고 하셨어. 지금 해봐. 중요한 일이래."

한국에 전화를 걸자 첫 신호음이 끝나기도 전에 아빠가 받으신다.

"아빠! 나 보람이에요~."

아빠는 지금 어디냐고 먼저 물으셨다. 미국이라고 하자 안도의 한숨을 내쉬는 소리가 생생하게 들린다.

"아빠 죄송해요. 앞으로는 이런 일 없을 거예요."

"그놈 이름, 김병식 맞지? 5살짜리 아들까지 있어. 성이 다른 형도 있고! 아빠가 말했잖아. 죄짓고 도망간 게 분명하다고. 네가 한자를 모르니까 맘 놓고 호적등본을 떼서 미국으로 보내준 거 아니겠냐. 빨리 잘 돌아왔다. 아빤 이제 발 뻗고 자련다."

'사기꾼에 애까지?'

그의 어머니와의 통화 중에 얼핏 들었던 명훈이라는 이름이, 바로 병식의 아들이었던 것이다.

전화를 끊고 한동안 멍하니 앉아서 흐트러진 머릿속을 정리하고 있는데 전화벨이 울린다. 하람이에게 전화를 받으라고 눈짓을 했다.

"한번만 더 전화하면 한국에 계신 아버지한테 드린 호적등본으로 변호사 통해서 신고하겠다고 해. 인터폴이 말레이시아에서 너 잡는 건 시간문제라고."

하람의 반 위협적인 메시지가 먹혔는지 김병식은 더 이상 전화를 걸어대지 않았다.

그 채팅방엔 처음부터 슈퍼맨이 존재하지 않았다. 오로지 꼬질꼬질하고 허름한 슈퍼맨 유니폼을 입고 미국행을 꿈꾸는 어설픈 김병식이 기생하고 있었을 뿐.

여권분실 소동

〈1〉

정확히 몇 년도였는지 기억도 가물가물한 때의 일이야. 근무하던 회사에서 몇 년 만에 휴가를 받고 한국에 계신 부모님을 뵈러 갔었지. 그 당시엔 내가 업무상 매순간 결정할 일들이 많았었거든. 그만큼 책임감도 무거웠고. 나중에 문제가 터지면 뒷수습도 내가 해야 하니까 휴가를 간다는 것이 쉽지 않았던 거야. 지금 생각하면 다 부질없는 짓이었지. 내가 퇴사한 후에도 그 회사는 잘 돌아가고 있으니까.

한국에 가서 3주 동안 뭘 하며 지냈는지 생각나는 게 별로 없어. 부모님이 연로하셔서 여기저기 다니자고 할 수도 없었고 나도 너무 오랜만에 가서 아는 데가 있어야 말이지. 난 고소공포증이 있어. 자전거랑 자동차 이외엔 속도를 내는 건 다 무서워하는 편이라 놀이공원은 피해 다니지. 고등학교 때 친구들하고 낫츠 베리팜에 갔다가 가방 지킴이만 하다 온 후로는 놀이공원에 발을 끊었다니까. 그 유명한 매직 마운틴을 한 번도 가본적이 없다고 하면 사람들은 나를 불쌍한 눈으로 쳐다보곤 해. 디즈니랜드

169

도 어렸을 때 두세 번 갔었나? 물론 거기서도 천천히 구경하며 탈 수 있는 놀이기구에만 올라탔으니까 비싼 입장료가 아깝긴 했지.

아빠는 딱히 할일도 없으시면서 동네 목재상 사무실에 매일 출근을 하셨어. 새로 뽑은 짐차를 목재상 주인여자한테 헐값으로 파셨더라고. 우리 아빠의 마음을 약하게 만든 사람이 어떻게 생겼나 궁금하지 뭐야. 아빠 보러 잠깐 들른 척하고 목재상에 가보았지. 칠순을 바라보시는 나이에도 늘 꾸미고 다니는 우리 엄마에 비하면 그냥 동네아줌마였어. 그 집도 장사가 잘 안 돼서 사정이 안 좋았나봐. 우리 아빠는 어려운 형편에 처한 사람을 보면 기부천사가 되시거든. 정작 우리가 도움을 받아야 할 형편에 있었을 때도 그러시니까 엄마가 속이 많이 상하셨겠지. 아빠는 목재상에 출근하는 게 아니었어. 사무실을 마치 동네 노인회관처럼 사용하고 있더라고. 옥상이 있어서 담배도 마음대로 필 수 있고 가끔 남자들끼리 음식을 해 드시기도 하나봐. 치매에 좋다는 화투도 치고 장기도 두고 말이지.

내 동생이 한국에서 유명한 헤어디자이너한테 신기술을 배우러 1년 동안 연수차 와있지 않았다면 3주도 나에겐 길었을 거야. 동생 덕분에 88올림픽 경기장에서 축구경기도 보고, 홍대 근처에 식당도 가보고, 노래방에서 이상한 가발을 쓰고 노래도 하고, 옷 쇼핑도 갈 수 있었지. 난 방향감각이 둔해서 길 찾는 일이 고역스럽거든. 바둑판같은 미국 길도 헤매고 다니는데 한국에선 오죽하겠어. 누가 데리고 다니지 않으면 방콕하고 있어야 했지. 네비게이션 사용 안 하냐고? 있으나 마나야. 내가 길을 잃는 건 항상 딴 생각을 해서 그렇거든. 네비게이션에서 송중기 목소리가 나온들 들리겠냐고.

TV는 하루 종일 나오긴 하지만 웬 광고가 그리 많은지 뭘 시청하고 있었는지 잊을 정도라니까. 미국에선 한국방송을 다운받아서 보면 되니까 광고는 피할 수 있었거든.

집에 있으면 엄마는 뭘 자꾸 만들어 먹이려고 부엌에서 나올 생각을 안 하셔. 계속 얼굴 맞대고 대화할 소재가 떨어진 거지. 그건 나도 인정해. 국제 전화통화를 할 때면 한두 시간 가량 수다를 떨어도 시간가는 줄 몰랐 었거든. 물론 중간 중간 엄마는 전화요금 많이 나온다고 끊자는 말씀을 많이 하시지만 정말 끊고 싶어서 하는 말은 아니잖아. 농담이라도 "그래 엄마, 전화요금 많이 나오니까 그만 끊자!"라고 했다면 어땠을 거 같아? 전화 끊고 얼마 안 있으면 언니들이나 동생들한테 연락이 올 걸? 돈 아까 워서 엄마랑 통화도 못하냐고 말이지. 어려서야 철이 없어서 그랬다지만 나이 들어서까지 엄마 일시키는 게 마음에 걸려. 그래서 나는 자꾸 밖에 나가서 외식을 하자고 했어. 아빠는 좋아하시는데 엄마는 돈 많이 쓴다고 걱정이시지. 엄마한테 그러지 말라고 짜증을 내기도 하지만 엄마의 마음 을 모르진 않아. 모르면 딸이 아니지.

〈 2 〉

집 앞 슈퍼에서 종류별로 사다가 냉동고를 꽉꽉 채워둔 아이스크림 바 가 거의 떨어질 즈음 떠날 날이 되었어. 동생도 배웅해 준다고 전날 밤 부 모님 집에 와서 함께 잤지. 밤늦게까지 TV켜놓고 앞으로의 계획에 대해 서 서로 의견을 주고받다가 어떻게 잠이 들었는지도 모르겠어.

아침 일찍 눈이 떠지더라고. 알람이 울리기 전에 잠이 깨니까 신기했 어. 엄마는 이미 아침식사 준비를 하고 계셨고. 오전 10시 비행기라서 마 음이 급해졌나봐. 시간에 쫓겨서인지 식사하면서 아무도 말도 없었지. 마 음의 여유가 없으니까 그런 거 같아. 이별의 아쉬움을 밥으로 누르고 있 었을 수도 있고. 내가 그랬으니까. 아빠가 택시 잡으러 나가신 후에도 엄마는 내 여행 가방에 며칠 동안 사들인 김, 마른멸치, 쥐포, 마른오징어, 마른문어, 고추 가루까지 챙겨 넣기 바쁘셨어. 미국에도 대형 한국마켓들이 많거든. 다 있으니까 필요 없다고 해도 바다 건너서 간 거랑 질 자체가 다르다 시며 꾹꾹 눌러 담으셨지. 나는 음식물을 여행 가방에 바리바리 넣어가지고 가는 게 내키지 않았어. 그런 건 아줌마나 할머니들이 즐겨 하시는 일이라고 생각했거든. 양이 엄청 많아도 미국에 있는 언니, 오빠, 동생들하고 1봉지씩 나누면 금방 없어지는데. 나는 우리 입에 뭘 넣어주시는 것보다는 엄마가 힘들지 않았으면 좋겠거든. 그 무거운 걸 무릎도 성치 않으신 엄마가 들고 다녔다고 생각하면 마음이 아파. 엄마는 그렇게라도 사랑을 표현하려고 하셨겠지만 말야. 그래도. 그냥 감사하다고, 잘 먹겠다고, 꼭 똑같이 나누어 먹겠다고 말씀드리는 게 맞는 거 같아. 그래야 기뻐하실 테니까.

아빠가 현관문을 여시더니 택시 기사가 오래 기다리지 않게 서둘라고 하셨어. 딸이 떠나는 게 마음이 안 좋으셨을 거야. 얼굴 한 번 더 보려고 올라오신 거지. 또 언제 만날지 모르니까.

"네, 아빠! 금방 나갈 게요~."

나는 억지로 웃는 표정으로 아빠를 안심시켰어. 엄마가 내 여행가방 지퍼를 닫고 손잡이에 파란 끈을 묶으셨어. LAX에 도착 후 회전식 원형 컨베이어에서 가방 찾느라 헤매지 말라고. 손은 바쁘셔도 준비물 확인도 잊지 않으셨어. 미국에서 함께 사는 동안에도 엄마는 외출하는 딸들에게 빠진 거 없는지 늘 확인시키셨거든.

"여권 어디에 뒀는지 미리 확인해 둬야지? 공항에 가서 찾지 말고."

아무생각 없이 여행가방 앞 작은 소품지갑을 열었어. 여권을 거기에 넣었거든. 그런데 여권이 없는 거야. 순간 얼굴에 작은 경련이 일었어. 당연히 있어야 할 것이 없으니까.

"엄마, 혹시 내 여권 봤어? 여기 없는데?"

엄마도 놀라시더군. 이미 열려있는 소품지갑에 손까지 넣더니 훑어보셨어. 손바닥만 한 사이즈의 지갑이라 눈으로도 확인이 가능했지만 믿기지가 않으니까 손을 넣으신 게 아니겠냐고. 내가 한국에 도착하던 날 엄마가 내 여행 가방에서 옷가지를 꺼내어 4단짜리 서랍에 차곡차곡 넣어두시는 걸 봤거든. 혹시 그때 여권도 따로 챙겨 두신 건 아닌 가해서 물었지. 엄마는 옷 이외엔 만진 거 없다고 하시면서도 기억을 더듬느라 천장을 올려다보셨어. 순간, 떠오르는 장면이 있었어. 인천공항에서 나오기 직전에 환전을 했었거든. 미국에서 떠나기 전날 엄마한테 도착시간을 알려드리려고 전화를 했었지. 그때 엄마가 아는 달러아줌마가 있으니까 따로 환전하지 말고 그냥 오라고 당부하셨어. 도착일이 한국시간으로 토요일이라 당장 필요할거 같아서 먼저 천달라만 환전을 했던 거야. 내 여행가방 위에 여권을 올려 두었었는데 소매치기를 당했을지도 모른다는 생각이 들었어. 엄마 말을 안 들은 게 후회되더라고. 몇 달만 있으면 27살인데 아직도 엄마 말을 안 들어서 실수를 저지르는 꼴이라니. 한심했지.

엄마, 동생, 나. 얼굴표정이 굳어 버렸어. 문제는 분실된 여권이 아니었거든. 밖에는 택시를 기다리는 아빠가 계시잖아. 이 사실을 알면 아빠가 뭐라고 하실 지가 더 두려웠던 거야. 솔직히 아빠의 잔소리는 듣고 싶지 않았어. 아빠는 잔소리 하는 방법을 잘 모르셔. 사랑도 받아 본 사람이 잘한대. 외동아들로 태어난 우리 아빠는 잔소리는커녕 〈오냐오냐〉라는 관대한 법안에서 보호받으며 자라셨지. 남한테 베푸는 건 좋아하셔도 남한테는 싫은 소리 하는 걸 즐겨 하시지 않아. 신선의 성품을 지니셨냐고? 아니! 자식들한테는 조금 다르거든. 적절한 말로, 적절한 시간 안에 효과

173

적인 잔소리 할 줄을 모르시는 거지. 호통은 치시는데 정확히 초점을 어디에 두신건지 애매할 때가 많거든. 잘못해서 혼나다가도 왜 혼나는지 헷갈릴 정도야. 그러니 옆에서 엄마가 아빠한테 쉬쉬하며 딸들 커버 해주기 바쁘셨지. 그래야 가정의 평화가 유지됐거든.

적어도 우리 집은 그랬어. 이런 아빠가 칠순이 코앞이라고 해서 바뀌시진 않겠지? 우린 굳이 말하지 않아도 어떻게 해야 할지 너무 잘 알고 있었어. 깊은 숨을 두어 번 내쉬었지. 목소리가 떨리면 안 되니까. 현관문을 열고 아래층에서 담배를 피고 계시던 아빠한테 말했지.

"아빠, 방금 미국에서 사장님한테 연락 왔는데, 거래처에서 돈 받아가지고 오래. 대신 일주일 더 있다가 오라고~."

엄지손가락을 치켜들어 보이니까 다행히 웃으시더라고.

"그래? 일단 알았다~."

마침 택시가 도착했어. 아빠는 택시기사에게 돈을 줘서 보내고 들어오셨지. 이 상황이 뭐랄까… 시한폭탄을 폭발 5초 전에 제거한 느낌? 맞아! 십년감수했지 뭐야.

"우리 딸이 회사에서 중요한 일을 맡긴 했네. 그래 이렇게 된 거 일 잘 보고 더 쉬었다 가거라~."

아빠는 정말 심플하셔. 한 번도 꼬치꼬치 캐묻는 일이 없으시니까. 딸들이 하는 말을 액면 그대로 다 믿으시거든. 너무 디테일하고 꼬장꼬장하면 남자답지 않잖아. 아빠는 목재소로 친구들을 만나러 나가셨어. 우린 그제서야 휴우, 하고 안도의 한숨을 쉴 수 있었지. 엄마는 그 와중에도 지혜롭게 잘 대처했다고 날 칭찬하셨어. 가정의 평화를 지켜냈잖아! 서둘러 항공사에 연락을 했고, 적은 비용으로 항공스케줄 변경이 가능했어. 회사엔 이메일로 상황설명을 하고 1주일 휴가 연장 요청을 했고. 거절당할 수 없는 일이었지. 다른 것도 아니고 미국으로 돌아가려면 없어선 안되는 게 여권이니까.

엄마가 목이 타는지 매실엑기스를 꺼내서 주스를 만드셨어. 그사이 동생은 인천공항 분실물센터에 전화를 했지. 내 여권은 없더라고. 순간 걱정이 되는 거야. 내 여권을 개조해서 범죄에 사용하면 어쩌나 하고. 엘에이에선 그런 일이 많잖아. 사회보장카드 번호를 임의적으로 만들어서 팔고 있거든. 누가 봐도 가짜인 걸 금방 알 수 있을 만큼 허술한 것도 많지만 전문적으로 만든 건 구별하기 어렵고 또 번호도 진짜인 경우가 많아. 실종된 사람이나 이미 사망한 사람들 번호를 어떻게 알고 쓰는가봐. 어쨌든, 나는 멀쩡히 살아있는 사람이니 내 여권으로 사기를 쳐서 문제가 생기면 수습하기가 너무 힘들어져. 더군다나 미국여권은 없어서 못 팔정도라거든. 사회보장카드 번호가 왜 필요한 줄 알아? 은퇴 후 정부에서 연금을 받을 때 필요한 번호이기도 하지만 먹고살려면 일을 해야 하잖아. 월급을 받기 전에 세금을 먼저 떼야 하거든. 국세청에 세금을 낼 때 필요한 번호야.

미 국세청에선 오래전부터 가짜 사회보장카드번호로 지불된 세금을 어마어마하게 거둬들였을 거야. 진위여부가 의심되는 번호가 발견됐을 땐 고용주들한테 편지를 보내더라고. 납세자의 이름이나 사회보장카드번호가 정부시스템과 일치하지 않거나, 아예 없으니 다시 확인해 보라는 게 다야. 세금을 낸다는데 안 받는다고 하진 않거든. 납세자가 불법체류자여도 신분문제는 국세청이 아닌 이민국에서 할 일이라고 생각하는 거지. 대신, 납세를 했어도 미국시민이 받는 동일한 혜택은 절대 주지 않아. 억울하지만 현실이야.

〈 3 〉

한숨 돌리고 난 후 우리 세 모녀는 다시 집안을 샅샅이 뒤지기 시작했어. 공항 환전소에서 소매치기를 당한 거라는 심증은 있지만 그래도 혹시몰라서 말야. 여행가방 속은 엄마의 손에 의해 파헤쳐진 지 오래야. 엄마는 양말까지 펴보시면서 너무 잘 둬서 생각이 안날 수도 있으니까 찬찬히생각해 보라고 하시는데 너무 죄송하더라고. 나 때문에 심장도 약한 엄마가 땀을 삐질삐질 흘리며 손바닥만 한 여권을 찾고 계시잖아. 공항까지배웅하겠다고 먼 길 달려온 동생한테도 미안하긴 마찬가지고.

"우리 이러지 말고 일단 경찰서에 가서 분실신고부터 해두자!"

내가 방에 다시 들어가려는 동생을 말렸어. 그래야 엄마도 멈출 것 같았거든. 엄마를 쉬게 해 드릴 방법은 우리가 빨리 집에서 나가는 거였어. 엄마가 대충 알려준 대로 동생하고 일단 집을 나섰어. 한참을 걸어도 경찰서가 안 보여서 주위사람들한테 물어물어 찾아갔지. 늘 운동 삼아 걸어다니시는 엄마에겐 엎어지면 코 닿을 거리였겠지만 차로만 다녔던 내겐엄청난 거리였어. 약 3마일은 걸은 것 같아.

"어떻게 오셨죠?"

이런 질문을 받으면 옛날에 유행하던 조크가 생각이 나.

"무슨 일로 오셨어요?" "어떻게 도와 드릴까요?"라고 해야지 "어떻게 왔냐?"고 물으니까. "걸어서 왔다!"고 대답하고 싶어지거든. 푸른 경찰복의대한민국 경찰이야. 딱딱하고 권위적으로 느껴지는 엘에이의 남색경찰복에 비해 친근한 느낌이었다고 할까. 미국교포라고 하니까 경찰 한 분이더 와서 우리와 마주 앉았어. 교포의 방문은 처음이라 신기해하는 눈치였어. 그건 우리도 마찬가지였거든. 가까이서 한국경찰을 언제 보겠냐고. 미국여권을 분실했다고 했어. 2주전에 인천공항 환전소 앞에서 잃은 것 같다고. 여행 가방이 엄마네 안방으로 들어간 후 나온 적도 없었고 안방은 몇 번을 뒤져도 없었으니까.

두 명중 더 어려보이는 경찰이 이름, 부모님 주소, 연락처 등을 물으며 컴퓨터에 입력을 하더군. 경찰서엔 우리 네 사람 이외엔 없었어. 한 시간 가량 있었던 것 같은데 전화 한 통 안 오더라고. 범죄신고 없는 동네에서 부모님이 사신다고 생각하니까 안심이 되는 거야. 분실물 신고 접수하는데 10분 정도밖엔 안 걸렸어. 그런데 왜 한 시간 가량이나 있었냐고? 있었다기보다는 붙들려 있었다는 표현이 맞는 거 같아. 세상엔 공짜가 없는 것 같아. 나이 든, 그러니까 두 명중 나이든 경찰이 우리한테 묻는 게 많았어. 딸을 미국에 유학 보내고 싶은가보더라고. 유학원에서 알아서 잘 알려줄 텐데 일반인한테 왜 묻는지 모르겠더라고. 지금도 그렇지만 난 유학에 대한 전문지식은 없었거든. 나와는 상관없는 일에 대해선 별로 관심 갖지 않게 되잖아. 그런데 그 경찰관은 미국에서 살면 미국에 대해서 다 아는 줄 알았던가 봐. 그럴 수도 있겠다 싶었어. 모르니까.

놀랍게도 한국에서 사는 사람들이 미국에 대한 정보를 더 많이 알고 있더라고. 관심이 많은 거겠지. 나중에 듣다보니 경찰관은 몰라서 묻는 것보다는 자신이 얼마나 미국에 대해 많이 알고 있는지 자랑하고 싶었던 것 같아. 옆에 앉은 젊은 경찰관 앞에서 으스대고 싶었을지도 모르고. 우린 맞장구만 열심히 쳐주기만 했어. 틀렸다 해도 굳이 고쳐줄 필요도 없고. 누구에게도 도움이 되지 않으니까. 선약이 있다고 말하지 않았다면 점심도 못 먹고 힘들었을 거야. 한국경찰이 미국경찰보다는 더 친절하고 정이 많은 건 사실이지만 오래 앉아있고 싶지는 않았거든. 경찰서를 나오고 나서야 긴 한숨을 또 내쉬었어. 아침에 아빠한테 선의의 거짓말을 한 뒤 내 쉰 것보다 더 길게 말이지.

"용건만 간단히 묻는 미국경찰에 비해 너무 사적인 대화를 하려는 거 아냐?"

비생산적인 일에 시간투자 하는 걸 꺼려하는 편이거든. 그런데 동생이 웃으며 하는 말이 가관이었어.

"언니, 한국에선 다들 그래. 남의 사생활에 얼마나 관심이 많은지 몰라. 자기네가 갖고 있는 정보는 웬만하면 쉬쉬 하면서 말야. 여기서 7개월째 있지만 정말 입이 딱 벌어지게 하는 사람들 많아."

〈안 주고 안 받기〉 정도는 이해가 가지만, 〈받고 안 주기〉는 좀 그렇지 않나? 동생이 7개월 동안 어느 부류의 사람들을 상대했는지는 묻지 않았어. 보나마나 경쟁이 심한 소수의 무리였을 테니까. 6살부터 25살까지 미국생활을 한 동생이 이해하기엔 너무 살벌한 사회구조라는 것도.

〈 4 〉

동생 덕분에 한국에 있는 동안 길을 잃고 헤맨 적이 없었어. 7개월 동안 이정도 지리 익히느라 혼자 고생도 많이 했을 거 같아. 지금 이 순간, 동생이 옆에 없었다면 아마도 여권분실을 알게 된 순간부터 엄청 당황했을 지도 몰라. 나는 그렇다 쳐도 심장이 약한 엄마 때문에 더 신경이 쓰였거든.

부모님이 미국에 사셨을 때 엄마랑 단둘이 어딜 다녀온 적이 있어. 어디였는지는 생각은 안 나지만 집으로 돌아오는 길에 프리웨이에서 길을 잃었어. 나야 늘 있는 일이라 크게 당황은 하지 않았지만 바로 옆에 엄마가 계시니까 신경이 쓰이더라고. 엄마는 운전을 해본 적이 없으니까 나보다 더 길을 모르실 거 아니겠어? 당연히 내가 길을 잘못 들어선 걸 아실 리가 없는데도 등골에 땀이 나더라고. 나중에 집에 도착한 다음에야 엄마가 그러시는 거야. 내가 길을 잃고 헤맨 걸 눈치 채셨다고. 내가 표정관리를 잘 못했나 봐. 나 때문에 마음 졸이신 걸 생각하면 지금도 죄송한 거 있지.

집으로 돌아오는 길에 동생이 던킨도너츠 숍에 가자더라고. 엄마가 미국에서 십여 년 동안 사셨을 때 던킨도너츠를 좋아하셨다는 거야. 난 엄마가 좋아하는 건 팥보채랑 참외로 알고 있었거든. 그 외에도 좋아하시는 게 왜 없었겠어. 그냥 나한텐 말씀을 안 하셨던 거지. 나는 엄마한테 직접 들은 게 팥보채랑 참외였던 거고. 아빠는 몸에 좋은 건 무조건 다 좋아하셨는데 특히 고기종류를 평생 드셨어. 내가 고기를 좋아하지 않게 된 이유야. 질리게 보고 질리게 먹었거든.

일반적으로 자식들은 〈엄마 아빠〉라고 하잖아. 나는 〈아빠 엄마〉라고 순서를 바꿨어. 편지든 엽서든 카드든 늘 〈아빠〉를 먼저 쓰지. 왜냐고? 엄마가 그렇게 하라고 시켰거든. 엄마를 먼저 찾는 자식들 때문에 소외감 드실까봐 현명한 우리엄마가 그렇게 하라고 하신 거지. 아빠와 동갑내기이신 엄마는 순서가 바뀐들 개의치 않으셨어. 아빠는 일순위로 불리는 걸 좋아하셨고. 남자들은 나이가 들면 동심의 세계로 돌아간다는 말이 맞나 봐.

던킨도너츠 한 박스를 들고 걷는 것도 일이더라고. 더운 날씨에 걷는 것도 힘든데 도너츠에 묻은 설탕이 녹을까 봐 속도를 내야 했거든. 택시를 타기에는 너무 짧은 거리라서 기사아저씨한테 욕먹을 것 같아 걸었던 거지. 도너츠를 보시더니 엄마가 무척 좋아하셨어. 보통 때보다 일부러 한 개를 더 드신 것 같아. 나보다 양이 적다는 걸 알거든. 그냥 우리 기분 좋으라고 과식을 하신 거야. 입술에 설탕이 묻은 지도 모르고 웃는 엄마를 바라보는데 왜 마음이 울컥했는지 모르겠어. 어려서 우리도 그랬어.

엄마가 잘 먹어서 착하다고 좋아하시니까 배가 불러도 더 먹었었지. 위대 (胃大)한 사람이 될 때까지 말이야.

한국에선 하루에 한 가지 이상의 일을 보기가 쉽지 않은 것 같아. 걷는 데도 시간이 많이 걸리고, 지하철을 타려면 엄청난 계단을 오르내려야 하 다보니까 너무 힘이 들어서 말이야. 택시를 타면 엄마가 신경 쓰여서 자 주 못 타겠더라고. 미국에 비하면 택시요금이 아주 저렴한 편인데도 한국 물가로 따지면 안 그런가봐. 한국에선 급하지 않은 이상은 버스나 지하철 을 탄다고 하더라고. 그건 엄마 생각이지. 돈만 있으면 택시를 탈수도 있 잖아? 자가용을 살 수도 있고. 미국에는 자가용이 발이라서 엘에이에도 버스나 전철에 사람이 꽉 차는 경우는 거의 없거든. 내가 못 봤을 수도 있 겠지만 출퇴근길에도 못 봤다면 어느 정도 신뢰성 있는 정보 아니겠어?

다음날 가보려고 인터넷에서 주한미국대사관 홈페이지를 찾아 여권신 청에 대한 정보를 봤어. 구비서류를 보니까 신청서를 먼저 다운받아 작성 해야 하고, 여권사진과 수수료정도만 있으면 되더라고. 여권사진 때문에 또 나가야 했어. 외출만 하고 오면 몸이 끈적거려 샤워를 해야 해서 또 나 가려니까 약간 귀찮긴 하지만 가야지 어쩌겠어. 엄마의 말이 점점 안 믿 어지기 시작한 날이야. 길 건너에 사진관이 있다고 했는데 생각보다 또 멀더라고. 길을 건너야 하는 것만 맞았어. 여권사진은 미 대사관 안에서 도 찍을 수 있는 건 알지만 왠지 지체하는 시간만 늘어날 것 같아서 미리 찍는 게 낫겠더라고.

"아저씨, 미국여권사진 찍으려고 하는데요."

아저씨가 약간 긴장하신 것 같았어. 명함에 사진전문가 김○○이라고 되어 있는데 전문가가 모르는 일이 생겼으니까.

"난 한국여권 사진만 찍어봤는데. 사이즈가 어떻게 되는지 알아요?"

동생이 얼른 핸드폰을 열어 확인을 했어.

"5cm×5cm라고 나와 있어요."

'5×5면 정사각형인데.'

순간 화면에 꽉 찬 내 얼굴이 떠올라서 싫었어. 미국 차량국에서 찍는 운전면허증 사진은 얼마나 대충 찍어대는지 각도는 전혀 신경도 안 써주더라고. 셋까지 세고 찍어달라고 그렇게 얘길 해도 돌아서면서 잊지 뭐야. 처음부터 기억할 마음도 없었겠지만. 다시 찍어 달라고 할 수도 없어. 면허증 사진 대기자가 항상 넘쳐나거든. 1인당 3초 정도 안에 얼굴사진이 찍히는 것 같아. Ready? Done! (준비? 끝!) 사람이 무슨 장난감 인형도 아닌데 앞으로 10년 동안 이 증명사진을 어떻게 갖고 다니겠냐며 항의를 할 수도 없어. 캘리포니아 주가 재정문제로 자꾸 직원을 감원시키니까 그만큼 서비스도 나빠질 수밖에. 차량국 건물 사이즈는 그대로이고, 몰려드는 사람들은 늘어만 가는데 일하는 사람들만 줄어든다니까. 한마디로 건물 내부는 시장바닥 같아. 백여 명이 열 가지 이상의 언어로 각자 떠든다고 생각해봐. 캘리포니아 공공장소에서는 MP3와 이어폰은 필수야.

"아저씨, 혹시 포샵을 이용해서 제 얼굴 좀 약간 갸름하게 만들어 주실 수 있으세요? 임시여권용이니까 예쁘게 만들어 주세요."

아저씨는 알겠다면서 웃었어. 동생도 웃더라고. 말리지 않는 걸 봐선 약간의 사진성형도 나쁘진 않겠다고 생각했나봐. 현상된 사진을 손바닥에 받아들고는 백 프로 만족한 미소를 지었어. 내가 사진발이 좀 좋거든. 아니, 잘 안 나온 사진은 가차 없이 폐기처분 시키니까. 증거인멸! 나만 그런 건 아니겠지?

"근데 언니, 좀 너무 티 나지 않아?"

동생의 목소리에 걱정이 배어 있더라고. 마치 사기 좀 작작 치라는 듯했어.

"아냐, 괜찮아. 딱 좋다고."

주인이 괜찮다는데 누가 뭐란 들 들리겠냐고.

⟨ 5 ⟩

다음날 아침 일찍부터 서둘렀어. 모르는 길을 가려면 잃고 헤맬 시간까지 염두에 둬야 하거든. 서류봉투에 필요한 준비물을 챙겨 넣고 지하철을 타고 서울 종로구에 위치한 미 대사관을 물어물어 찾아갔어. 제일 헷갈리는 데가 지하철 출구야. 미리미리 외워두거나 적어두지 않으면 엄청 헤매거든. 지하철역에서 천천히 걷는 사람은 없었어. 다들 지상으로 탈출하느라 바빠 보이거든. 마치 꿀벌들이 꿀통에 몰려들었다가 꿀 따러 우르르 밖으로 날아가는 것처럼 말이지. 사람들은 이미 뇌 속에 저장된 길로 다니니까 눈 감고도 씩씩하게 잘 다닐 것 같아. 서두르니까 시간을 절약하는 것처럼 보이기도 하겠지만 출퇴근길에서 낭비되는 시간이 엄청 많을 것 같다는 생각이 들었어. 책을 읽거나 핸드폰을 들여다보다가도 사람들이 발 디딜 틈 없이 꽉 차기 시작하면 서로 경계의 눈초리로 변하더라고. 뭔가를 지켜내야 하니까. 나도 가방을 꽉 끌어안게 되더라고.

미국에서도 느끼는 거지만 공공기관에서 근무하는 한국직원들의 자격 없는 갑질 성향은 늘 따라다니는 것 같아. 대사관에 가면 대사가, 영사관에 가면 영사가 된 것처럼 착각을 하거든. 공무원이 무슨 벼슬이라도 돼? 혈세라는 말도 있잖아. 어려운 단어라 못 알아듣고 그게 무슨 뜻이냐고 물으면 절대 안 돼. 얼굴까지 일그러지거든. 외국인들한테는 친절하던데. 그럴 줄 알았으면 나도 처음부터 영어로 말할걸 그랬어.

핸드폰은 반입할 수 없기에 입구에서 신분확인 후 모두 맡기고 번호표만 받아서 안으로 들어갔어. 기다리는 20여 분 동안 같은 대기실 안에서 만난 외국인들과 대화도 했고. 비교적 한국에서 지내는 게 편하고, 한국인들이 친절하다고 칭찬하는 사람들이 많아서 정말 다행이지. 잠깐 방문한 나한테 오만가지 불평들을 늘어놨다면 정말 뻘쭘했을 거야. 대기시간보다 접수 및 인터뷰 시간이 짧게 걸려서 의아했는데 소지품을 되찾으면서 이유를 들을 수 있었지. 오후 1시부터 미 대사관 근처에서 시위가 시작될 예정이라 지금 문을 닫아야 한다고 빨리 여기서 빠져나가라는 거야. 갑자기 등골이 오싹했어.

무슨 다큐멘터리에선가, 시위를 하다가 눈에 최루탄이 박힌 채 죽은 사람의 사진을 본 적이 있거든. 눈에 그렇게 커다란 물건이 박힐 수 있다는 게 믿기지가 않아서 내 눈 주위를 한참동안 손가락으로 더듬은 적이 있었지. 사람들이 참 잔인하다는 생각이 들었어. 동생하고 미 대사관을 나서다보니 근처에 커다란 컨테이너가 길 한복판에 설치되고 있었어. 시위대와 충돌 시 방패막이로 사용되는 거래. 전쟁이 날것만 같은 분위기였지만 그 지역에서 조금 벗어나니까 너무 평화로워 보였어. 미국이 아프간과 전쟁을 치르고 있어도 미국 국민들은 할 거 다하고 놀 거 다 놀며 평화롭게 살았듯이 말이야. 전쟁터에서 싸우고 희생되는 사람들만 불쌍해.

〈 6 〉

여권은 5일 만에 도착했어. 만약 안 그랬으면 며칠을 또 휴가연장 신청을 했어야 했겠지. 그동안 이메일을 이용해서 급한 업무를 처리하고는 있었지만 미국으로 되돌아가면 밀린 일이 산더미처럼 쌓여 있는 걸 아니까 마음이 편치 않았던 게 사실이야. 이번엔 두 번 다시 실수하지 않으려고 엄마랑 동생이 보는 앞에서 여권을 여행가방 앞주머니에 넣었어. 한국에서의 마지막 날 저녁식사는 집에서 하기로 했어. 여권을 집에 두고 나가는 것조차 조심스러워서 말이지. 아빠 엄마가 좋아하시는 활어를 잡숫게 해야겠다는 생각에 동생하고 동네 수산물가게에 갔어. 물론, 나랑 동생도 스시를 엄청 좋아해.

"아저씨, 큰 걸로 한 마리만 회 떠 주시고요, 전복 4개, 산새우, 해삼이랑 골고루 포장해 주세요."

솔직히 아저씨라고 부르기가 좀 미안했어. 우리보다 어려 보였거든. 그런데, 그의 왼팔을 보니까 아저씨라고 부르길 잘했다는 생각이 드는 거야. 횟감용 칼을 잡고 있는 그의 왼팔이 문신으로 가득했거든. 미국에서는 문신하는 사람들이 많긴 하지만 난 무서워서 제대로 쳐다보지도 못해. 문신은 남에게 보여주려고 하는 거라지만 예쁜 백설공주나 귀여운 미키마우스를 새겨 넣진 않거든. 남자가 회를 뜨는 내내 말이 없어서 더 무서웠어. 갑자기 말을 하면 깜짝 놀랄까봐 배에 힘을 주고 서있었지 뭐야. 긴장한 내 표정을 읽었나봐. 남자가 말을 걸었어. 눈은 여전히 생선과 칼을 바라보면서 말이지.

"이 동네 분들 아니죠? 동네 사람들은 이렇게 비싼 거 한꺼번에 많이 안 사가거든요."

"네, 우리 언니는 부모님 뵈러 미국에서 잠깐 놀러왔는데 내일 가요."

대충 얼버무려 대답하면 혼날 거 같았나봐. 동생이 모범생처럼 대답을 하더라고.

"그렇군요. 어쩐지…"

우린 분위기가 싸늘해지는 게 싫어서 동시다발적으로 그를 칭찬했어.

"와우~ 아저씨 회 정말 잘 뜨시네요. 생활의 달인에 나오셔도 되겠어요.”

남자가 우릴 슬쩍 쳐다보더니 씨익 웃는 것 같았어.

“미국에서 사신다면서 생활의 달인을 어떻게 알죠?”

“거기도 한국방송 다 나와요~.”

거짓말 하면 혼날 것 같은 이 어색한 분위기. 우린 입을 꾹 다물고 말았어. 무서웠거든.

“아, 네~.”

그의 대답은 그게 끝이야. 안에서 일하는 사람한테 활어를 포장시키더니 나머지 주문한 것을 마저 손질해서 챙겨줬어. 언제 또 오게 될 진 모르겠지만 다음엔 좀 살갑게 대해줬으면 좋겠다는 생각이 들어. 속이 편해야 먹은 음식도 소화가 잘 될 테니까. 남자가 나쁜 남자 컨셉으로 여자 손님들을 대해 왔을지는 모르겠지만 우리 자매에겐 실패야. 우린 친절하고 예의바른 사람을 좋아하거든.

〈 7 〉

드디어 떠나는 날이야. 늦은 아침을 먹고 부모님 집을 나섰어. 아빠가 공항까지 배웅하시겠다고 했지만 내가 말렸어. 아빠도 웬만해선 고집을 꺾지 않으시지만 동생이 내 편을 드니까 결국 집에서 작별인사를 할 수 있었어. 적어도 눈물 콧물 흘리며 게이트 안으로 걸어 들어가지 않으려면 이별은 짧은 게 좋아. 계획보다 1주일을 더 있었으니 부모님도 정신적으로 많이 지치셨을 거야. 아빠가 불러주신 택시가 도착하니까 떠나는 게 실감나더라고. 아빠랑 엄마랑 포옹을 하면서 작별인사를 하는데 코끝이 찡했지만 절대 울지 않았어. 택시가 골목길에서 우회전을 할 때 까지 부모님은 그 자리에 계속 서서 우릴 보고 계셨어. 점점 작아지는 부모님모습에 내 마음도 졸아들더라고.

동생이 아빠한테 들킬까 봐 정말 조마조마 했었다며 웃었어. 왜 아니겠어? 아빠가 집에 계실 때 여권이 배달될까 봐 외출도 제대로 못하고 집에 있었거든. 나는 떠나면 그만이지만 엄마는 생각날 때마다 아빠의 잔소리를 듣느라 힘드실 테니까.

"외국에서 오셨나 봐요?"

택시기사 아저씨가 대화에 끼어들었어.

"네 지금 미국으로 돌아가는 길이에요."

"아~그러세요? 이 한국을 떠나신 건 잘한 겁니다. 부정부패로 가득한 이런 나라에선 나도 살고 싶지 않거든요. 웬만하면 한국을 잊고 사세요. 할 수만 있다면 나도 여길 뜨고 싶다니까요."

동생하고 나는 서로 마주보면서 입을 꾹 다물어버렸어.

'간첩인가??'

부모님이 계시는데 안 올 수가 있냐고? 어떤 이들은 목숨 걸고 북한에 있는 가족까지 만나려고 하는데 말야. 이산가족 상봉 후에는 북한정부가 돈을 뜯어내라고 시킨다는데 그걸 알면서도 만나려는 이유가 뭐겠어? 가족이니까! 앞으로는 조국을 방문하는 동포들한테 저런 식으로 얘기를 안 했으면 좋겠다는 생각이 들었어. 누구나 조국을 떠나면 애국자가 된다는 말도 있는데 말야.

기사 아저씨의 개인적인 사정이야 어찌 됐든 간에 사랑하는 부모님이 살고 계시는 나라를 욕하니까 마음이 불편해서 아무 대꾸도 안했어. 그러다 보니 금방 인천국제공항 앞이더라고.

"동생 분은 배웅하시는 거 같은데 내가 밖에서 대기할까요? 도로 집에 모셔다 드리면 되잖아요. 또 택시 안 불러도 되고."

갑작스런 제안에 동생은 내가 말릴 새도 없이 그러라고 하면서 기사아저씨와 전화번호를 주고받았어.

공항에서 접수를 하려는데 안내직원이 여권이 새것이라 입국도장이 안 찍혔으니 증명인가를 받아오라면서 사무실에 다녀오라는 거야. 생각보다 시간이 또 지체될 것 같아서 동생이 기사 아저씨한테 먼저 전화를 걸었어. 여권문제가 생겨서 시간이 오래 걸릴 것 같으니까 그냥 가시라고. 직원이 알려준 사무실은 공항 거의 끝에 위치해 있었어. 큰 가방 두 개를 질질 끌고 가려니까 좀 짜증도 나더라고. 사무실 직원한테 여권을 분실해서 지난 주에 미 대사관에 가서 임시로 발부받은 것이라 입국도장이 없는 거라고 설명했지. 캘리포니아 운전면허증이랑 내가 근무하는 직장 명함도 보여주면서. 내 여권을 뚫어지게 보는 직원한테 동생이 그랬어.

"우리 언니 미국에서 왔고, 여권 잃어버려서 새로 만든 것도 맞아요!"

그런데 그 직원이 뭐라고 한 줄 알아?

"아 네, 그런데 여권사진이 실물하고 좀 다르네요?"

급하게 만들다보니까 사진관에서 사이즈를 잘 몰라서 그랬다고 둘러댔지. 어차피 임시용이니까 미국에 돌아가서 한 달 이내로 다시 만들어야 한다고 부연설명도 하면서. 그 직원은 여권에 도장을 쾅! 찍어주면서 안전한 여행되시라고 인사를 하더군. 동생이 사무실을 나서면서 키득대더라고. 나도 그냥 같이 웃었어. 양심의 털이 간질거려서 말이야.

〈 8 〉

미국에 도착한 후 한동안은 밀린 업무 처리에 시간가는 줄 모르고 지냈어. 이미 일주일을 추가로 사용했기 때문에 시차적응을 위한 보너스휴가는 꿈도 못 꿨거든. 보름 정도 지나서 여권사진도 제대로 다시 찍고 임시

여권을 반납하면서 새 여권을 신청했지. 다행히 추가 수수료는 지불할 필요가 없었지만 여권사진은 정말 맘에 안 들어. 아무래도 외국여행은 몇 년 뒤로 미뤄야 할 것 같아.

한 달 정도 후에 회사로 새 여권이 도착했어. 엄마생각이 나서 퇴근하자마자 한국에 전화를 했지.

"엄마, 나야~ 아빠는 목재상에 계시겠네? 어디 아픈 데는 없고요?"

"아니, 우린 괜찮아. 엄마도 무릎 아픈 거는 통원치료 받고 있으니까 괜찮을 거고. 너 왔을 때보다는 많이 좋아졌어. 애들도 전화 왔었다. 엄마가 보내준 거 다들 잘 먹고 있다고. 무거운 것 들고 가느라 고생 많았지? 엄마가 보내놓고 미안해서 마음이 안 좋더라."

"엄마도 참. 나도 덕분에 잘 먹고 있는데 뭐. 확실히 여기서 파는 거랑 맛 차이가 많이 나더라고."

"그래, 그렇게 생각해주면 고맙고. 회사 끝나고 지금 집이겠네? 얼른 저녁 먹어야지~."

한국에서 돌아온 후로 너무 바빠서 언니와 동생들에게 음식물 전해주고 나서는 통 연락을 못하고 지냈거든. 그 말은, 엄마한테 전할 뉴스거리가 없었다는 거지. 전화용건을 말할 시간이 됐어.

"나 오늘 새 여권 도착했어. 전에 여권 잃어버려서 걱정 많이 했었지? 미안~ 앞으로는 정신 똑바로 차릴 게. 엄마."

이쯤 되면 엄마는 "아니다, 괜찮다, 밥 먹어라, 건강해라, 사랑해 우리 딸~"을 끝으로 전화를 끊어야 정상이지. 그런데 엄마의 호흡이 갑자기 가빠지는 느낌이 들었어.

"참! 에고, 우리 딸. 난 얼마 전에 네 여권 때문에 간 떨어지는 줄 알았다. 심장이 얼마나 두근거렸는지 몰라."

순간 내 심장이 다 덜컹하고 내려앉는 것 같더라고.

"왜? 무슨 일 있었어? 아빠한테 들켰어? 누가 말했는데?"

이 내부 고발자를 내가 기어코 응징하고 말리라!

"그게 아니고, 네 여권 찾았다고~."

"정말?? 어디서??"

난 당연히 인천공항 분실물센터나 경찰서에서 연락을 한 줄 알았는데 그게 아니었어.

"너 한국에 온 첫날 엄마랑 여행가방 정리하면서 꺼냈던 작은 손가방 있었지? 그거 아빠 목욕탕 가실 때 들고 다니면 딱 좋겠다고 했더니 네가 드리라고 줬잖아. 그걸 엄마 옷장에 넣어 두었다가 얼마 전에 아빠 목욕탕 가신다고 해서 물건 챙겨 넣으려고 지퍼를 열었더니 거기에 네 여권이 들어 있잖아. 내가 그것만 달라고 안 했어도 그 사단이 안 났을 텐데 이걸 어쩌냐."

"아~ 맞다! 엄마. 바로 거기에다 넣었었지!"

다 뒤졌어도 그 가방은 목욕탕용으로 생각했으니까 열어볼 생각도 못 한 거였지. 참나. 난 그런 줄도 모르고 공항에서 환전을 하다가 누가 훔쳐 갔다고 파출소까지 가서 신고를 했으니 어이가 없지 뭐야.

"그리고 또 있다~ 엄마가 달라 아줌마한테 환전해준 돈뭉치도 네가 반밖에 안 가져가고 반은 이 가방에 있지 뭐니. 이 돈 다 어떡할까?"

엄마말로는 약 육백만 원이 있다는 거야. 돈을 다 엄마한테 맡겨 놓고 타서 썼거든. 비싼 보약까지 지어 와서 나는 다 쓴 줄 알았지 뭐. 5만 원짜리 지폐가 어디 갈 때 마다 내 지갑을 술술 빠져나가더라고. 엄마한테 남은돈은 다 용돈으로 쓰시라고 했어. 난 착한 딸이니까.

여권을 그 작은 가방에 넣고도 기억을 못했다는 게 아직도 믿어지지가 않아. 평생 가난하게 박스를 주우며 생계를 이어가던 할머니의 집을 철거하다보니 여기저기서 돈뭉치가 발견됐다는 뉴스 있었지? 나도 나중에 그러면 어쩌지? 엄마한테 그 여권은 버리지 말고 나중에 내가 갈 때까지 잘 숨겨두고 있으라고 했는데 몇 년이 지난 지금까지도 찾으러 못 가고 있어. 나중엔 뭐가 분실됐었는지 기억이나 날까 몰라.

007가방

〈1〉

　어느 유명 옷 회사 S사장의 갑질이 엘에이 다운타운 의류시장을 떠들썩하게 하고 있다. S사장이 다니는 교회를 다니지 않으면 거래를 하지 않겠다는 이유였다. 한 사람의 갑질로 수많은 사람들이 울며 겨자 먹기로 개종을 하거나, 없는 신앙을 억지로 만들거나, 정든 교회를 떠나야 하는 일이 일어나고 있는 것이다. S사장은 자신이 다니는 교회도 쥐고 흔들고 있다한다. 장로의 신분으로 목사님을 십일조로 협박하고, 예수님을 가르치려들고, 사단의 대를 물려받은 사이비 교주처럼 행동한다. 돈이 죄다. 돈이 신이다. 인간은 돈을 숭배하면서도 돈 때문에 죄를 짓는 아이러니한 세상을 살고 있다.

　나, 박수빈(28세)이 회계부장으로 근무하는 A회사도 갑질녀 때문에 고용인들이 회사직원인지 로마시대의 노예인지 구분이 안 갈 때가 많다. Mikki라는 중국인 매니저에게 어떻게 보이냐에 따라 직장생활이 행복과 불행으로 나뉘기 때문이다. 이미 Mikki의 이간질로 회사를 그만 두거나 해고된 직원들이 수두룩하다. 5년 전 내가 입사한 이후로 6개월을 버티는 직원들이 많지 않았다. 그나마 현재 남아있는 직원들은 Mikki보다 훨씬 전부터 근무를 해온 베테랑들뿐이다.

사건에는 항상 원고인과 피고인이 존재한다. 판사는 진실의 편에 서지 않는다. 두 사람 중에 Mikki가 있다면 무조건 그녀의 편을 들도록 이미 판결문이 정해놓고 있기 때문이다. 그 판결문이 지시하는 대로만 따르면 된다. 그 판사가 Mr. 빰(박 사장)이다. 아마도 OJ 심슨의 변호를 맡아 살인자를 무혐의로 풀려나게 했던 변호사가 오더라도 바뀔 건 없을 것이다. Mikki가 사장실로 먼저 쪼르르 달려가 자신의 과오를 변호하는 사이에 Mr. 빰의 이성을 마비시켜 꼭두각시를 만들어버리기 때문이다. 그녀의 진주알과 같이 반짝이는 눈물 한 방울 한 방울에 Mr. 빰의 애간장이 녹아드는 것이다. 한 발 늦게 도착한 무고한 희생자는 소귀에 경을 읽기도 전에 철퇴를 맞거나 제 발로 도살장으로 걸어 들어가야 한다. 억울하다고 노동청에 이의를 제기하거나 노동법변호사를 통해 회사를 고소하는 일은 생기지 않는다. 박 사장이 석달치 월급을 퇴직금으로 주는 대신 회사를 상대로 그 어떤 법적 대응이나 소문을 내지 않겠다는 각서에 서명을 하게 만들기 때문이다. 석 달이면 다른 직장을 찾는데 충분한 시간이 주어진다.

Mikki Bui. 24세. 기혼. 자동차 세일즈맨인 남편과 2년 전에 결혼했지만 아직 2세는 없다. A회사에서 근무한 지 6년차. 고등학교 졸업과 동시에 A회사에 입사했다고 한다. 곱상한 이목구비와 아담한 체구가 매력적이다. 한국 사람처럼 생겼다는 말을 들으면 무척 표정이 밝아진다. Bui라는 성씨를 보아 베트남 사람이 분명하다. 그런데 Mikki는 곧 죽어도 자기가 중국인이라고 우긴다. 베트남 사람인 남편의 성이 Nguyen인데 Mikki

는 그와 결혼 후 성을 바꾸지 않았다. Mikki는 베트남 사람으로 인식되는 것을 싫어했다. 열등의식이 미녀괴물을 만들어 낸다고. 고졸 학력으로 Mikki는 어떻게 매니저가 되었을까?

일반적으로 회사에는 여러 매니저가 있다. Accounting Manager, Purchasing Manager, Sales Manager, Human Resource Manager, Marketing Manager, Research & Development Manager, Production Manager 등이 전문적인 직분이다. Mikki에겐 이중 그 어떤 직함도 주어질 수 없다. 감당해낼 전문성이 없기 때문이다. 내가 입사할 당시 Mikki의 직분은 Office Clerk이었다. 말 그대로 사무직이다. 박 사장 사무실을 거의 하루 종일 들락거리며 개인비서 일을 하는 것 같아 관심을 껐었다.

그런데 2년 후에 박 사장의 지시로 Mikki가 갑자기 승진을 해버렸다. 그녀의 직함은 Office Manager이다. 그녀에게 어떤 추가임무가 주어졌는지 알 길이 없다. 하루 일과에 변화가 없기 때문이다. 매일 하던 대로 Mr.빡이 시키는 일을 하거나, 아니면 Mr. 빡이 좋아하는 것을 찾아서 움직이는 것 같았다. Mikki가 하는 일의 80%는 스파이 짓이다. 회사 안을 두루두루 다니다가 솔깃한 얘기가 있으면 쪼르르 Mr. 빡한테 달려가 고자질하는 일이다. 걸음걸이가 새색시처럼 사뿐사뿐해서 그 누구도 그녀의 인기척을 느낄 수 없어 속수무책으로 당하고 있다.

스파이 짓을 하는 중에 그녀만의 특이한 행동이 있다. 왼팔을 허리 뒤에 걸치고 오른손으로 머리를 귀 뒤로 계속해서 넘기는 짓이다. 물론 흘러내리는 머리는 없다. 뭔가 그녀만의 어색함이 주는 무언의 행동인 듯싶지만 조금만 관심을 갖고 보면 금방 티가 나는 행동이었다. 왼손에 녹음기라도 쥐고 있나 해서 눈치껏 확인해 보았지만 모든 상황은 그녀의 RAM 속에 잠깐 저장되어 있다가 두 갈래로 갈라진 혀를 통해 진실과 거짓도 나뉘어졌다. 진실을 짓밟고 올라 거짓을 포장하는 임무도 Mikki는 너무 잘 감당해내고 있다.

〈2〉

사무실에는 20여 명의 직원들이 있고, 뒤쪽 커다란 공장에서는 100여 명의 노동자들이 3교대를 하며 매일 24시간 제품을 생산하고 있다. 주니어 옷을 주문 생산하는 A회사는 엘에이 다운타운 자바시장에서 20여 분 떨어진 공업지역에 위치하고 있다. Mr. 빩은 박씨 우월주의자이다. 그래서 3차 면접 시에 유일하게 박씨 성을 가진 나를 고용했는지도 모르겠다. 그것도 박씨 인구의 78%나 차지하는 밀양박씨라는 이유로. 그의 사무실 안에는 엘에이 다저스의 박찬호와 찍은 사진이 걸려있고, 유리 상자를 특수제작 주문해서 박찬호 사인이 있는 야구공도 진열장에 디스플레이 되어 있다. 아마도 박찬호 선수가 충주 박씨라는 것은 모르는 듯하다. 천장에 매달린 굴비를 너무 오래 쳐다보면 짜다고 했던가. 야구공을 오래 쳐다보면 닳는다고 시선을 돌리게 만드는 박 사장이다. 그의 심오한 표정이 농담과 진담 사이에서 헤매게 만들 때가 있다.

회사 보험중개인의 성마저도 박씨 이다. 마치 박씨 가문을 일으켜 세울 새로운 선구자가 된 듯하다. 거래처 사장들과 미팅을 하는 날이면 서로를 박 사장이라 부르며 대화를 하기 때문에 누가 누굴 부르는지 혼동될 때가 많다. 그들의 특이사항과 함께 기억을 해두지 않으면 그 짧은 지시에 의해 엉뚱한 회사로 주문서가 작성될 수 있기에 신경을 바짝 쓰지 않으면 안 된다. 누구에게도 들키지만 않는다면 스타벅스 직원들처럼 〈이마에 점 뺀 자국〉〈소갈머리에 검은 반점〉〈오른쪽 코 옆에 사마귀〉〈죽은 새끼손톱〉〈누런 뻐덩니〉〈긴 코털〉 등등 여러 방법으로 그들을 기억했을 것이다.

박 사장이 Mr. 뽝으로 불리게 된 건 Mikki때문이다. Mikki가 코를 흥흥거리며 최대한 애교 섞인 소리로 사장을 부를 때 나는 발음이다.

"Mr. 뽝, how are you Mr. 뽝? Would you like some coffee, Mr. 뽝?"

귀에 거슬리는 발음이 어느덧 사무실 직원들의 놀림감이 된 지 오래지만 Mr.뽝과 Mikki만 모르고 있다.

정확한 영어발음으로는 '뽝'이라고 해야 맞지만 동남아시아권의 Mikki는 P발음이 어려운 듯하다. 박 사장의 아내, 즉 사모가 나타나기라도 하면 Mikki는 얼른 자기 자리로 후다닥 뛰어 들어간다. 회사 주차장에 나타난 사모의 차를 제일 먼저 보는 사람은 박 사장이다. 그의 사무실에서 CCTV를 통해 회사 밖 주차장과 공장 내의 기계들을 볼 수 있기 때문이다. 하루 중 반나절 이상을 사장실에서 사는 Mikki를 위해 설치한 안전장치인지도 모른다. 희한하게도 사모가 있을 때는 Mikki의 목소리가 술집기생에서 보통사람으로 바뀐다. 나뿐만이 아니었을 테지만 내 사무실 안에 앉아서도 Mikki의 목소리만 들으면 회사 내에 사모가 있는지 없는지를 알 수 있을 정도이다. 사모가 회사 안으로 들어서는데도 Mikki는 무언가 엄청 열심히 하고 있는 듯 요지부동이다. 바로 뒷자리에 앉은 마리아에 의하면 특별히 하는 일은 없다고 한다. 회사 이메일을 열고 이미 읽은 내용에 답 글을 쓰는 척 하다가 다시 지우기를 번복하는 일종의 시간 때우기를 하고 있는 것이다. 이 과정에서도 사모의 눈에 띄지 않게 최대한 자세를 낮추고 있다가 사모가 회사를 나가면 언제 그랬냐는 듯 갑질 대상인 을을 찾아 돌아다녔다.

A회사에서 사용하는 프로그램 중 Mikki가 사용할 수 있는 것은 없다. 혼자만 왕따가 된 느낌이 들었는지 구경만 하겠다고 보챈 적이 있었다. Mr. 뽝의 지시에 의해 잠시 방문자 아이디를 만들어 주었다가 주문서를

한꺼번에 지워버리는 바람에 데이터 복구 작업을 하느라 일시적으로 업무를 마비시킨 적이 있었다. 아무리 컴맹이라 하더라도 [delete] [are you sure?] 이 두 명령어를 이해 못하진 않았을 텐데 우릴 골탕 먹이려고 일부러 지운 게 분명하다. 그날로 나의 권한으로 Mikki의 아이디를 차단시켜 버렸다. 끝까지 자기가 안 그랬다고 발뺌을 하며 Mr. 빪 앞에서 울고불고 난리를 쳤지만 audit trail을 통해서 그녀의 행적을 다 볼 수 있기 때문에 그때만큼은 Mr. 빪이 내 손을 들어줘야 했다. Mikki의 말을 믿어줄 수가 없어도 그녀를 정죄하는 일도 없다. 프로그램이 어떻게 돌아가는지도 모르는 사람한테 설명을 해줘보았자 소귀에 경 읽기다. 아름다움도 숨길 수 없겠지만 무식은 아주 조그마한 경로를 통해서도 쉽게 드러났다.

〈 3 〉

박 사모는 엘에이 다운타운 자바시장에서 옷 도매업을 하고 있다. 일반 가게의 세 배 정도의 크기다. 남편의 회사에 오는 이유는 주문서를 직접 가져오기 위해서다. 가게에서 직원을 시켜 FAX나 이메일로 보낼 수도 있겠지만 자신의 건재함을 알리기 위해서라도 불시방문은 필수였다. 백화점에 납품되는 주문이 아닌 이상은 박 사모가 주문한 옷을 먼저 만들어야 한다. 전체적인 돈 관리는 박 사모가 하고 있지만 유독 현찰이 많이 오가는 자바시장에서 박 사장이 따로 비자금을 만드는 것은 시간문제였다.

그가 출퇴근 시 들고 다니는 007가방 안에는 늘 현금이 가득했다. 박 사장의 돈 관리 방법을 나는 잘 알고 있다. 100불짜리 지폐는 빨간 고무줄로, 50불짜리는 녹색고무줄로, 20불짜리는 노란 고무줄로 묶어서 보관한다. 50장씩 세다가 중간에 자꾸 잊는 바람에 다시 세느라 골치가 아프다는 말을 한 적이 있다. 내가 은행에서 사용하는 돈세는 기계를 구입하면 되지 않겠냐는 제안을 했었다. 그 기계는 위조지폐도 걸러주기 때문이었는데 가격을 이미 알아봤었는지 몇 천불짜리를 뭣 하러 사냐고 했다. 더 정확히 말하면, 그런 기계를 옆에 두고 있다가 감사원에게 들키면 현찰은닉을 의심받을 수 있다는 말인 것 같다. 늘 빨간 고무줄이 모자라는 만큼 그의 비자금은 그렇게 쌓여갔다.

페르시안 스타일의 금색 틀로 제작된 커다란 벽거울 뒤에 그의 금고가 설치되어있다. 박 사장은 벽 거울을 자주 뗀다. 발 없는 현찰 다발이 도망갔는지 확인하려고 그 무거운 벽거울을 뗄 리가 없다. 보나마나 비자금을 추가로 넣어 두려는 것이다. 그가 사장실문을 안으로 잠그고 블라인드까지 닫으면 바로 옆 사무실의 내가 아무것도 모를 것이라고 생각할지도 모른다. 완전범죄를 노렸다면 내 눈뿐만 아니라 귀까지 막았어야 했다. 그 무거운 벽거울을 다시 들어 올려 벽에 걸기엔 노인네 힘으로는 벅차다. 그가 벽거울 뒤의 고리와 벽의 못을 한 번에 맞춰 걸지 못해서 끙끙대는 소리가 내 방에까지 들린다. 가서 도와주고 싶지만 문까지 걸어 잠그고 저러는데 굳이 아는 척하고 싶지 않다.

A회사에도 박 사모의 심복이 있다. 생산관리 책임자인 박호구 매니저. 박 사모가 퇴근 후 가끔 불러내서 함께 술자리를 갖기도 한다. 박호구는 몇 번이나 나에게 동행하자고 제안한 적이 있다. 공범이 필요한 걸 알지만 나는 박 사모가 불편하다. 같이 있어봤자 회사 재정에 대해 꼬치꼬치 물어볼 것이기 때문이다. 설명을 해줘도 회계 관련 전문용어를 모르는 박 사모에겐 머리 아픈 얘길 수밖에 없다. A회사에 빚이 얼마나 있냐고 물으면 나는 그저 "아주 많~아요."라고 답해주면 된다. 밑도 끝도 없이 던지는 질문엔 밑도 끝도 없는 대답으로 받아치면 되는 거다. 내가 영어권이라서 그런지 더 깊은 대화를 하지 않는 게 오히려 편하다. 박 사모가 따로

챙겨주는 돈이라도 있는지 박호구는 물질적으로 여유로워 보였다.

박 사모를 비밀리에 만난 다음날이면 박호구는 유난히 Mikki와 대화를 시도하곤 했다. 뭔가 알아내라는 지령을 받은 것이다. Mikki의 책상 앞에서 한 쪽 무릎을 꿇고 한 손을 책상에 올린 상태로 그녀와 대화를 나누는 모습이라니. 마치 Mikki를 존경의 눈빛으로 올려다보는 것처럼 보인다. Mikki는 싫지 않은 듯 그를 내려다보며 생글생글 웃는 얼굴로 대화를 한다.

박 사장은 박호구를 달갑게 여기지 않는다. 애지중지하는 Mikki와 가까이 하는 수컷들은 모두 그의 경계대상이기 때문이다. 박 사모의 허락 없이는 박호구를 해고 시킬 수도 없다. 아내와 가까이 지내는 것도 알고 있다. 박 사모의 전략에 쉽게 흡수되는 단순 세포 소유자인 Mr. 빤. 박 사모는 Mikki와 박 사장의 관계에 대해 상세히 알고 싶어 했다. 키워서 잡아먹으려고 계속 먹이를 주는 박 사장보다는 한수 위다. 한방에 날려버리기 위해 증거 수집을 하는 치밀함이 있다. 회사 건물 밖 CCTV는 박 사장뿐만 아니라 박 사모도 핸드폰을 통해 실시간 확인이 가능하다. 남편이 누구와 차를 타고 내리는지 쉽게 볼 수 있었지만 사무실 내부는 사생활침해 문제로 남편과 Mikki의 행적을 살필 수 없었다. 박호구는 박 사장부부가 이미 1차 대전을 치른 적이 있기 때문에 박 사모가 회사에서 난동을 피우지 않을 정도로만 적절하게 대꾸해 주곤 했다.

한 달 전 박 사장이 Mikki를 데리고 Beverly Hills 패션쇼에 참석한 적이 있다. 원칙적으로 말하자면 Mikki가 아니라 수석디자이너인 Yvonne을 데리고 갔어야 했다. Mikki가 대신 간 것을 알고 Yvonne이 직원들 앞에서 분을 참지 못하고 꽃병을 집어 던졌다. 그뿐만이 아니다. 그날 박 사장이 돌아오는 길에 백화점에 들러 신용카드로 Mikki에게 선물을 사주었다. 계획된 쇼핑이 아니었기에 현찰을 미리 준비하지 못했고 아내가 추궁하면 샘플용으로 구입했다고 둘러댈 참이었다. 단순세포 박 사장이 아내, 여자, 마누라를 과소평가한 것이다. 옷은 그렇다 쳐도 속옷은 어떻게 설명할 것인가?

며칠 후 박 사모가 신용카드 내역을 확인하자마자 회사로 쳐들어 왔다. 마침 박 사장은 아직 출근 전이었다. 박 사모는 이미 백화점에서 물건을 구입한 날 두 사람이 한 차를 타고 회사를 떠난 것을 CCTV로 확인했고, 박호구를 통해 패션쇼에 갔었다는 것을 미리 확인하고 왔다. 박 사모가 Mikki에게 물었다. 영어가 서툰 박 사모의 질문은 아주 짧았다.

"박 사장이 너한테 옷 사 준 거 맞아?"

"샘플용으로 구입한 거예요."

Mikki는 이런 상황을 이미 예견했다는 듯 태연하게 미소까지 지으며 대답을 했다.

"그런데 네가 왜 그 샘플을 입고 있지?"

"샘플로 더 이상 필요가 없다고 해서요."

처음 있는 일도 아닌데 새삼스럽게 왜 묻느냐는 태도였다. 평소와는 달라 보였다. 궁지에 몰린 쥐가 고양이를 물어버릴 기세였다. 어린것이 또 박또박 말대꾸하는 것에 더욱 열불이 나고 있다.

"속옷도 입었냐?"

순간 Mikki가 당황하며 내 쪽으로 눈을 돌렸다. 나는 어깨를 으쓱 올리며 나와는 아무 상관없는 일이라는 뜻을 전했다. 올 것이 온 것뿐 내가 막아 줄 수도, 막아서도 안 되는 일이었다.

"… Mr. 빩이 말했어요?"

영어로 대화를 했기에 "말했어요?"라고 해석이 될 수도 있지만, 그 순간만큼은 "일렀어요?"라고 해야 맞다. Mr. 빩이 말하지 않기로 약속해놓고 왜 일렀냐는 투로 들렸으니까. 순간 박 사모가 Mikki의 뺨을 후려갈겼고 Mikki의 비명소리에 사무실 직원들이 몰려들었다. 박 사모는 다들 제자리로 돌아가서 일들 하라고 소리를 쳤고 나는 계속 열려있던 내 사무실 문에 서서 그 광경을 지켜보았다.

'Go back to work!'

짧고 권위적이었다. 따르지 않으면 당장 자르겠다는 숨은 뜻이 있으니까. 전직 국가대표 배구선수 출신인 박 사모의 손바닥에 의해 Mikki의 뺨이 순식간 벌겋게 부어올랐다. Mikki는 말리지 않는 나와 박 사모 뒤에 서있는 박호구가 야속했는지 우리 두 사람을 번갈아 쩨려보았다. 도와 달라는 애절한 눈으로 사인을 보냈다면 적어도 나의 태도에 변화가 있었을지도 모르지만 마녀의 독기서린 눈을 보니 오른쪽 뺨도 마저 갈겼으면 하는 생각이 잠깐 스쳤다. 화가 머리끝까지 오른 사모는 사무실내 직원들이 듣든 말든 한국말로 Mikki에게 욕을 퍼부었다.

"나이도 새파랗게 어린×이 늙은이 꼬드겨서 속옷까지 사달라고 해? 네 남편도 네가 이러고 다니는 거 아냐?"

뜻은 알 수 없지만 화를 내는 사모 앞에서 무조건 우는 게 상책이라 생각한 Mikki는 두 손으로 얼굴을 가린 채 열심히 어깨를 들썩였다. 그러던 중에 박 사장이 출근을 해서 씩씩대는 사모를 보고 놀라는 듯 했지만 아무 말 없이 사장실로 들어갔다. 박호구가 눈 사인을 보낸 것이다. 이 상황에서 Mikki 편을 들었다가는 당장이라도 해고시키라고 난리를 칠 게 뻔하다. 사모가 사장실에 들어가 문을 닫은 뒤 한참동안 사모의 고성이 들렸다. 사모 혼자 벽에 대고 소리를 지르는 듯 했다. 박 사장의 목소리는 웬만한 여자들보다 더 가늘고 힘이 없다. 일명 모기소리다. 모기는 불독을 절대 이길 수 없다. 아마도 그래서 아내와는 말싸움 자체를 피하는 것 같았다.

박 사모도 남편을 더 세게 몰아붙이면 안 된다는 걸 알고 있다. 만약에 이혼이라도 하자고 나서면 재산 절반을 갖고 Mikki도 설득시켜 이혼하게 한 뒤 같이 살게 분명하다. 딸을 위해서라도 지금은 무조건 참아야 한다. 남자 구실도 못하는 늙은이의 주책에 치가 떨리지만 때를 기다려야 한다. 사모가 돌아간 뒤 Mikki는 사장실에서 더욱 서럽게 흐느꼈고 007가방이 열리고 닫히는 소리가 난 후에야 울음을 그쳤다. Mr. 뺡은 우는 여자를 달래는 방법을 모른다. 영어가 짧아서이기도 하고 말주변도 없다. 오직 전 세계의 공통 위로수단인 〈달러〉만이 문제를 해결해주는 만병통치약일 뿐이었다.

Mikki가 사장실에서 나간 뒤 박호구는 사장한테 불려가 호된 꾸지람을 들었다. 어설픈 변명을 늘어놓았지만 사모와 호구의 관계를 알고 있기에 듣고 싶지 않다며 말을 끊었다. 몇 분의 침묵이 흐른 뒤, 박 사장이 그에게 제안을 했다.

"이중 스파이를 하든지 아니면 회사를 당장 그만 두게!"

호구를 해고시키면 아내가 가만있지 않을 것을 알고 있지만, 사례금이 두 배로 불려 진 만큼 호구가 제안을 덥석 물 거라는 확신이 있었다. 박 사장이 이번엔 옳았다. 같은 남자끼리라서 그런지 얘기가 더 잘 통한 것 같다. 007가방이 열렸다가 닫히는 소리가 들렸다. 경찰이 불법도박장을 소탕하기 직전에 도박장에 제일먼저 정보를 흘려주는 사람 또한 경찰이듯이, 박호구 역시 박 사모에게 들키면 문제가 될 소지가 있을 때마다 Mikki에게 미리미리 귀띔을 해주게 된 것이다.

박 사모는 바지사장인 남편이 못마땅하다. 이미 환갑이 넘은 나이에 부부의 외동딸보다 한살이나 어린 여직원과 놀아나는 꼴이 역겹다. 당장이라도 내쫓고 싶지만 딸이 결혼을 할 때까지는 참을 수밖에 없다. 애비 없이 자랐다고 무시 받아온 자신을 생각하면 더욱더 그럴 수밖에 없다. 회사 직원들의 눈이 문제가 아니었다. 혹시라도 Mikki라는 여우가 남편의 돈을 보고 일이라도 벌인다면 딸의 앞날도 보장할 수 없는 일이다. 무슨 수를 써서라도 그 일 만큼은 막아야 했다.

〈 4 〉

디자이너인 Yvonne은 한국에서 태어나자마자 프랑스로 입양되었다고 한다. 프랑스대학에서 의상디자인을 전공했고 패션모델로 활동하고 있는 친구들과 미국에 온 지 4년째이다. 박 사장이 Yvonne의 화려한 경력과 실력을 인정하여 그녀에게 영주권 스폰을 서주었다. 그녀는 눈치가 빨라서인지 박 사장의 떠듬거리는 영어 단어를 한 문장으로 붙여 이해하는 능력이 있어서 중간에서 내가 굳이 통역을 해 줄 필요가 없다. 왠지 그녀가 한국어 이해력도 수준급일 수 있다는 느낌이 들었다.

박 사장에게 Yvonne의 의견을 한국말로 통역을 해줄 때가 있었는데 가끔씩 Yvonne이 훅 치고 들어와 보충설명을 했었기 때문이다. 박 사장과 나의 대화를 이해하지 못하면 할 수 없는 행동이었다. 혹시나 해서 한국어 할 줄 아는 거 아니냐고 물었다. 그녀는 불어와 영어에 능통하지만 한국어는 잘 모른다고 잡아뗐었다. 나는 원래 잡아떼는 사람들의 말을 믿지 않는다. 그렇다고 굳이 감추고 싶어 하는 것을 드러내려고 하지도 않는다. 의미 있는 일이 아니니까.

독립기념일 연휴를 하루 앞두고 Yvonne이 회사 여직원들에게 Girls' Day를 갖자며 그녀의 프랑스인 친구가 운영하는 Art Gallery로 초대를 했다. 그 프랑스인 친구는 그녀의 남친 Leon이었다. Gallery는 이층에 있고 아래층은 빈티지제품을 파는 가게였다. 이층 빌딩은 페인트칠을 한 지 십년은 넘어 보일 정도로 허름했다. 파리여행을 한 적이 있다는 미사키는 동네 분위기가 파리와 비슷하다고 했다. Leon은 우리에게 와인을 따라주며 그의 작품을 하나씩 설명했다. 여직원들은 작품 감상보다는 조지 쿨루니처럼 멋있는 구레나룻이 있는 Leon이 너무 멋있다며 Yvonne을 부러워했다. 뭘 그 정도 갖고, 라는 표정은 지었지만 Yvonne이 즐기고 있는 게 분명해 보였다. Yvonne이 내 뒤에서 팔을 슬쩍 잡아당기는 바람에 발걸음을 멈추고 뒤돌아보자 잠깐 할 얘기가 있다며 나를 발코니로 안내했다.

"사실은 나 한국말 할 줄 알아."

대화는 여전히 영어로만 이어졌다. 그럴 거라고 생각하고 있었기에 놀랄 일도 아니었다.

"그래? 아기 때 입양 갔다면서 언제 한국어 배울 기회가 있었지?"

그녀는 나름대로 속마음을 내비치는 것이기에 관심을 보여줄 필요가 있었다. 어쩌면 나하고 친해지고 싶다는 뜻이기도 하니까. 내가 놀라는 표정을 짓지 않아서인지 Yvonne의 표정이 밝아졌다.

"우리 양부모님은 프랑스인이셔. 내가 친부모한테 버림을 받았다는 생각을 할까봐 신경이 많이 쓰였었나봐. 내 친부모 때문에 한국을 미워하는 일이 생기면 안 된다는 생각에 어려서부터 한국교회에서 운영하는 토요 한국어 학교에 나를 보낸 거야. 나는 아무것도 모르고 배우게 된 거고. 양엄마는 내가 4시간동안 수업을 받는 동안 밖에서 책을 읽으며 기다리셨지. 지금 생각하면 나를 진심으로 아끼고 사랑하셨어. 내 미래까지 걱정하셨잖아."

"참 좋은 분들이시구나. Yvonne을 보면 사랑을 많이 받고 자란 것 같아.”

진심이다. 그녀의 양부모님은 Yvonne과 한국을 동시에 사랑하신 것 같다.

“내 한국이름은 이 민정이야. 양부모님이 나를 데리러 갔을 때 입양기관에서 적어준 거래. 그때 입었던 아기 옷하고 한국이름이 쓰여진 쪽지하고 갖고 계시다가 내가 대학졸업 할 때 주셨어.”

“그런데 왜 한국어를 모른다고 했었지?”

“한국 사람들은 말이 통하면 너무 묻는 게 많아서 싫어. 만나는 사람마다 입양스토리를 일일이 말하는 것도 귀찮아졌고. 나를 불쌍하게 보는 건 더 싫거든. 특히, 친부모 안 보고 싶냐고 묻는 사람들이 제일 많았어. 내가 얼굴도 모르는 친부모를 왜 보고 싶어 해야 하지?”

그녀는 이미 과한 타인의 관심으로 인해 마음의 상처를 많이 받아온 듯했다. 한국 사람들이 공통적으로 갖고 있는 입양아에 대한 편견 때문에 앞으로도 그녀가 겪게 될 정신적인 고통을 생각하니 안쓰럽다. 어쩌면 Yvonne이 외국인 남자와 사귀는 것이 더 편할 수도 있겠다는 생각이 들었다. Mr. 빢이나 박호구 같은 한국남자들은 나도 싫으니까.

‘Yvonne Dubois (이본 뒤 봐). 아무 죄 없이 태어나서 힘든 어린 시절을 겪었구나. 나와 다르게 생긴 사람들과 한집에서 산다는 것도 쉬운 일이 아니지. 이질감이 안 생길수가 없으니까.’

Yvonne은 한국인 직원들과 어울리기 쉽지 않다고 했다. 나는 이해한다고 했다. 나 역시도 쟁쟁한 패션계의 친구들과 어울리는, 팔다리에 문신이 가득한 유럽피안은 문화차이 때문에 어울리기 힘들다고 했다. 그 팔다리에 문신이 가득한 유럽피안이 Yvonne 자신을 가리킨다는 걸 금방 이해했다.

"난 등에도 문신이 있는데?"

Yvonne이 치마 어깨끈을 살짝 내려 보이며 활짝 핀 장미꽃송이 문신 윗부분을 보여주더니 깔깔대며 웃었다. 나도 같이 따라 웃었다. 대한민국 아줌마들 대부분이 눈썹문신을 한다는 걸 알면 놀랄까?

⟨ 5 ⟩

Yvonne이 이끄는 디자인 팀에는 아주 소극적인 성격의 미사키라는 일본인 재단사가 있다. 일반적으로 일본 여자들이 그러하듯이 말을 아주 나긋나긋하게 한다. 듣기도 좋다. 일본에서 계약직으로 왔고 영어는 완벽하진 않지만 간단한 대화는 가능했다. 컴퓨터로 재단한 밑그림을 커다란 종이에 프린트해내는 중에도 조그만 실수라도 있을까 봐 눈을 떼지 못했다. 충성스럽게 열심히 일을 하는 모습이 존경스러울 정도이다. 미사키는 Yvonne이 수정지시를 내리면 단 한 번도 인상을 찌푸리거나 따지는 일없이 'Yes'라고 대답을 했다. Yvonne의 실수로 수정작업을 해야 할 때도 언제나 'Yes'라고 대답을 했다. 나 혼자 그런 것인지는 모르지만 A회사에서 미사키보다 헌신적이고 여성스러운 직원은 없다고 생각했었다. 그런데 우연히 알게 된 사실이 있다. 미사키가 미국인 애인과 동거중이라는 것이다. 그동안 한쪽으로만 상상해왔던 그녀에 대한 이미지가 흔들렸다. 미사키는 내가 상상하던 헌신적인 일본여성이기보다는, 비틀즈 존 레논의 아내였던 오노 요코와 같은 이미지로 변환되었다. 강인함이 미사키의 내면에 잠재하고 있을 수도 있다고 생각하니 오히려 안심이 되었다. 미사키가 무조건 'Yes'라고만 대답하지 않을 수도 있으니까.

〈 6 〉

중국계 Designer Assistant인 David Wang. Yvonne의 보조이며 키 크고 훤칠하게 잘 생겼다. 수염은커녕 점 하나 없이 뽀얗고 흰 피부가 눈부실 정도이다. 그는 항상 단정한 옷차림에 말도 차분하게 한다. 일반 패션계 디자이너들이 그렇듯이 Yvonne도 한번 화가 나면 쉽게 누그러뜨리질 못했다. 씩씩대며 소리를 지르기도 하고 물건 집어던지기는 덤이다. David은 그 옆에서 별 말 없이 Yvonne의 화가 풀릴 때까지 기다려준다. 서로 반대의 성격이 만나 한 팀으로 일을 하는 게 다행스럽다. Yvonne이 화가 난 원인제공을 David이 하지 않은 경우가 대부분이기에 사과할 필요는 전혀 없다. Yvonne은 그의 앞에서 화를 내면서 속으로 무슨 생각을 했을까 궁금하다. 스스로 부끄럽지는 않았을까?

Yvonne이 할로윈 데이에 할로윈 복장을 입고 출근하자고 제안을 했다. 한국직원이 많은 회사에서는 변장하는 걸 귀찮아해서 하기 힘든 행사이다. 설날에 한복을 입는 사람들도 거의 못 봤는데 할로윈 복장은 오죽하랴. 외국인 직원들이 많은 A회사는 직원들의 만장일치로 한동안 축제 분위기였다.

나는 해적으로, David은 멋진 록 스타로 변신을 했다. 검정 가죽바지와 흰 블라우스 그리고 머리스타일까지 모델 뺨칠 정도로 멋졌다. 그의 다리 위에 내 다리 하나를 걸치고 포즈를 취한 뒤 사진도 함께 찍었다. 해적과 록 스타는 그나마 양반이다. 하루 종일 회사 내에서 괴물들과 마주치며 비명을 질러야 했고, 몸에 닿을까 봐 피해 다녀야 할 외계인에다가, 눈을 어디에 둬야 할지 모를 정도로 야한 분장을 한 직원도 있다. Yvonne은 삐에로, Mikki는 마귀할멈인데 빗자루를 어디에 두었는지 허둥대며 찾아다녔다.

David가 게이라는 것을 점심시간을 이용한 할로윈 파티에서 알게 되었다. Yvonne은 이미 알고 있었나보다. Yvonne이 David와 사진을 찍으면서 볼에다 뽀뽀를 하고 그의 가슴을 만지면서 장난을 쳤다. David가 당황했는지 얼굴이 빨개지자 다들 재밌다고 깔깔거렸다.

"너무 그러지마. David가 불편해 하는 거 같은데!"

Yvonne의 장난기가 더 심해질까 봐 보다 못한 내가 그만하라고 하자 모두의 시선이 Yvonne에게로 쏠렸다. Yvonne의 반응이 궁금했던 것이다. Yvonne이 나를 보며 잠깐 어색한 표정을 짓다가 내뱉은 한마디에 그녀를 제외한 다른 모든 직원들의 표정이 굳어져버렸다.

"It's okay, he's gay~."

마치 누군가가 시계바늘을 꽉 잡고 있는 것처럼, 사진 속에 갇힌 사람들처럼 움직임이 없다. 박 사장도 Mikki의 옆에서 빗자루를 만지작거리다가 흠칫 놀란 듯 했다. 나는 David쪽으로 시선을 돌렸다. David은 Yvonne의 폭로를 개의치 않는다는 듯 미소를 지었지만 그게 더 어색해 보였다. Yvonne이 어색해진 상황을 감지했는지 David을 툭 치며 말을 걸었다.

"David, 중국말로 Mikki한테 말 좀 걸어봐. 진짜 중국 사람인지 보게."

그 말이 끝나자마자 Mikki가 놀란 표정으로 언성을 높인다.

"중국말 안한 지 오래 돼서 잘 몰라!!!"

Mikki가 마귀할멈 모자를 벗어들더니 빗자루를 질질 끌며 자기 자리로 가버렸다. David에게는 민감한 부분일 수도 있는데 굳이 Yvonne이 그럴 필요가 있었을까? 누군가가 입양아에게는 장난으로 성추행을 해도 된다고 그랬다면 아마도 Yvonne은 죽자고 덤벼들었을 것이다. Yvonne이 경솔하다는 생각이 들었다. 자신도 입양아라고 말하는 게 힘들다고 하지 않았었나? 한국어를 모른다고 잡아떼지 않았냐고! 아무리 나쁜 의도는 없었다 할지라도, 그건 그런 사람을 이해할 줄 아는 사람이 해야 맞는 거다. Yvonne은 아니다. 입양아는 게이의 심정을 이해하지 못했으니까.

그날 이후로 직원들 그 누구도 David가 점심으로 가져오는 음식에 손을 대지 않았다. 마치 그의 음식을 먹으면 AIDS에 걸리는 것처럼 꺼렸다. 나는 David가 직접 만들어온 음식을 맛있게 먹었다. 중국인이라 그런지 음식솜씨가 좋다. 얕은 지식이 만들어내는 엄청난 편견을 David가 감수해야 한다니 안쓰럽다. 나는 David가 좋은 사람인 것을 안다. 어떤 남자와 사랑을 하고 있는지는 모르겠지만 그는 진실되고 헌신적인 사람이라는 것을 인정해주고 싶다. 적어도 뜨거운 철판 위에서 지글지글 타고 있는 Yvonne의 개떡 같은 성격을 다 받아주고 있지 않은가.

중국인 행세를 하는 베트남인 Mikki, 프랑스인 행세를 하는 한국인 Yvonne, 남자행세를 하는 게이 David, 속을 알 수 없는 일본인 미사키, 젊은이 행세를 하는 늙은이 박 사장, 인간세탁기처럼 회사를 쥐어짜는 박 사모, 돈만 밝히는 이중 스파이 박호구, 그리고 회사의 모든 비리를 다 알고 있는 나. 아이러니 덩어리들이 모여 함께 굴러가는 박 사모 명의의 A회사는 마치 다이너마이트를 연상시킨다. 낱개의 폭탄이 억지로 한 묶음으로 묶여져 터질 때만 기다리는 Made in USA 다이너마이트!

〈7〉

A회사엔 David말고도 게이가 또 있다. 뉴욕지사에서 근무하는 또 한 명의 디자이너인 Nathan이다. 미국사람이고 결혼을 해서 예쁜 딸도 있다. 그런데 결국은 와이프한테 게이임을 고백하고 이혼을 했다. 그의 와이프는 남편을 진심으로 사랑했었나보다. 딸 때문에 그럴 수도 있겠지만

이혼 후에도 연락을 끊지 않고 친구로 지내고 있다. Yvonne은 컴퓨터 tablet을 이용해 옷 그림을 그리는 반면, Nathan은 고객을 찾아가 직접 상담을 하면서 그 앞에서 스케치북에 고객이 묘사한 옷을 원하는 대로 그려낸다고 한다. 옛 방법이지만 아직도 그의 스타일을 선호하는 사람들이 많다고 들었다.

박 사장은 Nathan이 필요하다는 것은 다 제공해주었다. 남자가 봐도 멋지게 생긴 이 남자를 보면 가슴이 콩닥거린다는 농담을 한 적이 있다. 박 사장은 양성인가? 아니면, 변태? 안 그래도 거래처 누런 뼈등니 박 사장이 "박 사장 변태 아냐?"라고 했더니 까르르거리며 한참을 웃더라는 것이다. 누런 뼈등니가 섹시해 보인다나 어쩐다나. 내가 보기엔 Mr. 밝은 양성도, 변태도 아니다. 할 말과 안 할 말을 구분 못하는 것을 보면 치매가 의심된다.

〈8〉

눈이 동글동글하고 귀여운 친구가 있다. Ky는 Order Processing(주문처리)을 담당한다. 하루 종일 주문이 들어오는 것이 아니기 때문에 개인 시간이 많은 편이다. 내 사무실에 들어와서 도와줄 일이 없냐고 늘 묻는다. 내 보조인 마리아가 있긴 하지만 신중을 요하는 일은 Ky에게 부탁하는 편이다. 필리핀 사람들이 계산에 밝다. 계산기에 익숙한 나보다는 암산도 잘한다. Ky는 내가 기대한 그 이상의 성과를 보여주어 나를 깜짝깜짝 놀라게 할 때가 많다. 시간이 나는 대로 Day Trading을 하면서 매일 얼마를 벌었고, 얼마를 잃었고 하면서 툴툴대기도 한다. Ky도 Mikki의 안테나 망에 걸려든 적이 있다. Ky가 박 사장한테 불려가기 직전에 내가 먼저 가서 "Day Trading은 쉬는 시간과 점심시간을 이용해서 하는 것이니 신경 쓰지 않아도 된다."며 편들어 주었다. 마음 같아선 Ky와 Mikki의 봉급을 바꿔치기하고 싶었으니까. 그 날로 Mikki는 또 한 명의 직장동료를 잃었다.

Ky가 정말 맛있는 태국음식을 소개해 준다고 해서 퇴근 후 5명의 동료 직원들과 한 차를 타고 갔다. 오랜 동안 외식을 밥 먹듯이 해왔던 내게는 신기루를 발견한 것 같았다. 일반 맛집 정도가 아니었다. 3대 요소 충족이면 더 이상 거론할 일이 없는 것이다. 맛, 양, 가격. 이 세 가지가 찰떡궁합으로 손님들을 레스토랑 밖까지 긴 줄을 서게 만드는 이유였다.

내가 좋아하는 해물요리가 정말 많다. Shrimp Fried Rice, Spicy Seafood Spaghetti, Seafood Crispy Noodle, Fried Egg Roll, Vietnamese Hand Roll, Seafood Pad Thai… 먹을 게 너무 많다.

열심히 기다렸다가 열심히 먹고 떠드는 것까지는 좋았는데 지불영수증을 받아들고 다섯 명을 진땀나게 한 사건이 생겼다. Cash Only였다. 현찰만 받는다는 건 법적으로 인정되지 않지만 그 식당의 policy였기 때문에 반대운동을 펼칠 수도 없는 노릇이다. 밥값을 내가 낸다고 했었고 현찰을 소지한 사람은 아무도 없었다. 레스토랑 직원에게 상황설명을 한 뒤, 남자직원 셋을 남겨놓고 Ky와 나는 은행을 찾아 나섰다. 어쩔 수 없이 인질이 된 남자들 생각에 웃음이 터져 나왔다. 우리끼리 깔깔대다가 겨우 눈에 띈 은행 앞에 차를 세우고 ATM에서 현찰을 인출해왔다. 우리야 은행 간답시고 그 자리를 떠서 다행이었지만 나머지 세 명은 직원들의 따가운 눈총을 온몸으로 받으며 안절부절 못했다고 한다.

박 사장은 직원들 사이에 있던 일들은 무엇이든지 다 알고 싶어 했다. 따라서 내 입으로 "사장님한텐 우리끼리 여기 와서 식사했다는 말 하지 마."라고 할 수가 없다. 그렇게 시킨 얘기까지 귀에 다 들어가기 때문이다. 귀찮고 성가시고 짜증이 나지만 식당에서 To Go Menu 종이를 하나 정도는 들고 나와야 한다. 그러면 며칠 안으로 사장이 나를 불러서 확인 사살을 할 것이다. 나는 있는 대로 얘기하고 메뉴를 건네면 된다. 적어도 "사장님 생각해서 나중에 추천해 드리려고 메뉴 가져와봤어요."쯤은 되니까. 그가 원하는 게 바로 그것이다. 어딜 가든지 사장을 염두에 둔다는 것. 아, 사랑에 굶주린 Mr. 빩이여! 아마도 그는 내가 준 메뉴를 들고 Mikki와 식사를 하러 갔을 것이다. Cash Only니까 이번엔 사모한테 들킬 염려는 없겠지!

〈 9 〉

새로 고용한 receptionist가 입사 9개월 만에 퇴사를 했다. 인터뷰 시에는 패션에 관심이 많다면서 지금은 receptionist로 시작을 하지만 부지런히 돕고 배우며 디자인팀에 합류하고 싶다는 의지를 밝혔었다. 남미계 아가씨였는데 키도 크고 늘씬하고 예뻐서 fitting model로 도움을 받을 수 있겠다 싶었다. Small size는 Ky가, Medium size fitting model은 내가 해왔지만 Tall size를 할 사람이 없었던 차였다. 그랬던 그녀가, 입사한지 3개월 만에 임신소식을 알렸다. 허무하게도 그녀는 회사가 제공하는 건강보험으로 출산을 한 뒤 그만 두었다. 건강보험이 필요해서 입사를 한 건지 마음이 바뀐 건지는 아무도 추측을 할 수 없었다. 오해하기에는 그녀의 의지가 너무나 확고했었기 때문이다.

박 사장이 앞으로는 인터뷰 시에 임신이나 출산계획 여부를 묻겠다고 하는데 내가 극구 말렸다. 잘못하면 사생활 침해로 소송에 휘말릴 수 있기 때문이다. 이미 성추행으로 피소되어 $5만 불을 주고 합의를 본 적이 있다는 사실을 외부회계사에게서 들은 적이 있다. 박 사장은 그저 뒤에서 어깨에 손을 살짝 얹고 대화를 한 것뿐이라고 했지만 피해자 입장에선 치욕스러웠다고 했단다. 어깨가 드러난 옷이었으니 늙은이의 손이 살에 닿는 느낌을 젊은 아가씨 입장에선 기분 좋을 리 없었을 것이다. 아마도 그래서 Mikki에게 손도 대지 못하고 바라만 보고 있는 것인지도…

〈 10 〉

Mikki는 나에게만은 고분고분한 편이다. 내가 인사기록을 관리하고, Mikki의 봉급내역을 아는 유일한 직원이었기 때문이다. 본인의 능력에 비해 과한 대우를 받고 있다는 것은 본인이 더 잘 알 테니까. 가끔은 내가 칼자루를 쥐고 있는 것이 억울한 듯 나를 상대로 이간질을 했다. 덕분에 그녀의 Mr. 빪에게 불려가서 상황을 설명해야 하는 번거로움을 겪어야 했고, 나의 무죄를 인정받는 순간에도 Mikki가 알고 보면 불쌍한 사람이니 잘 대해 주라는 말까지 들어야 했으므로 뒷맛이 개운치 않았다.

알고 보면 불쌍하지 않은 사람이 이 세상에 존재하기나 하는 걸까? 단한 가지 확실한 건, 그녀가 사는 방식은 불쌍하기 짝이 없다는 것이다. 24시간 잔머리를 굴려야 먹고사는 여자! Mr. 빪이 없으면 끈 떨어진 연 신세로 추락해 버릴 여자! 박 사장이 걱정하는 게 바로 이것이다. 언제부터 Mikki가 유부녀라는 사실을 잊게 된 걸까? 아니면, 인정하고 싶지 않은 건 아닐까? 박 사모는 과연 누가 불쌍히 여겨줘야 할지?

디즈니랜드가 싫어졌다. Mikki인지 Mickey인지 낮에 하는 말을 쥐새끼처럼 듣고 있다가 일러바치고 나선 생쥐처럼 빠져나가는 그녀의 행동에 혀를 내두르게 된다. 그것이 그녀의 생존법이라고 하더라도 그녀의 봉, Mr. 빪이 불사신도 아니고 영원히 그녀의 옆에서 지켜줄 거라고 믿는단 말인가. 나는 누가 재미있는 이야기를 들려줘도 제 3자에게 그대로 옮기는 게 쉽지 않다. Mikki처럼 있는 사실을 몇 배씩 부풀려 옮기는 것도 재주인 것 같다. 아마도 소설가가 되었어야 마땅하지 않았을까 싶을 때도 있다.

〈 11 〉

박호구와 Mikki가 다투었다. 내가 직접 본 것은 아니지만 공장 뒷문으로 빠져나간 두 사람이 언성을 높이며 싸우는 것을 청소담당 직원이 와서 얘기해 준 것이다. 그 날 이후로 두 사람은 서로를 모르는 척 무시를 했고, 점심 시간에 회사 식당에서도 서로를 그림자 취급했다. 왕비와 신하처럼 굴다가 사랑싸움을 하는 것처럼 보이는 이 황당한 광경에 도무지 웃어줄 수가 없다.

Mikki와의 서먹해진 관계를 직원들이 다 알고 있다는 생각이 들었는지 박호구가 내 사무실로 찾아왔다. 말인즉슨, 박호구와 박 사모가 따로 만나서 밀담을 나누는 것을 Mikki에게 들켜버린 것이다. Mikki는 그동안 박 사모가 Mr. 빩을 다그쳐서 그들의 행적이 탄로 난 줄 알았는데 중간에 스파이 짓을 하는 박호구가 있었다는 것을 알고 분개한 것이다. Mr. 빩은 박호구가 이중 스파이 짓을 하고 있는 것을 알고 있었기에 Mikki의 고자질을 듣고 나서도 달리 조치를 취하지 않았다. Mikki는 고자질을 한 당일로 잘렸어야 할 사람이 눈앞에서 사라지지 않으니까 더 열을 받은 것이었다.

박호구의 말을 듣고 나는 아무런 조언도, 위로도 하지 않았다. 그는 애초부터 그의 말을 들어줄 상대를 찾아온 것뿐이니까. 줄담배를 피우는 박호구가 내 책상 앞에 서서 얘기를 하는 것만으로도 입 냄새에 구역질이 날 지경이다. 내가 약간 인상을 찌푸리자 그는 옆 사물함 위에 왼팔을 올리고 오른팔을 허리에 얹은 자세로 수다를 떨었다. 줄담배가 그의 치아에 니코틴벽화를 그려 넣은 듯 보였다.

"수영장 있는 집으로 이사하셨다면서요?"

"네, 2주 전에 집하나 마련했어요. 다운페이를 모으느라 몇 년 동안 허리띠를 졸라맸더니…"

순간 나도 모르게 힐~ 소리가 나는 짧은 웃음이 튀어 나왔다.

'허리띠라고? 지나가는 멍멍군 야옹양이 다 웃겠네! 양다리 걸치고 입만 나불대서 얻은 불로소득을 누가 모를 줄 알고?'

"수영장 청소는 어떻게 해요?"

왜 사람 말을 무시하는 투로 웃었는지 물으려는 낌새에 얼른 질문을 날렸다.

"내가 직접 해야죠. 주말엔 어차피 할 일도 없는데. 사람 쓰면 돈 들고, 낯선 사람들이 들락거리면 차고에 있는 물건도 없어지니까. 전에 살던 집에서는 자전거를 도난당했었거든요."

"그러면 수영장 청소할 때 클로린으로 입 가글 좀 하세요. 치아에 니코틴이 너무 많이 껴서 이미지가 안 좋아 보여요."

진심으로 보기 흉했다. 그의 입에서 나는 악취가 내 사무실의 산소를 다 잡아먹은 듯 역겹고 답답했다.

"오 정말요?"

그는 창피했는지 손으로 입을 틀어막으며 다음에 또 놀러오겠다는 말을 남기고 서둘러 나갔다.

〈 12 〉

월요일 아침. 박호구가 출근 시간에 맞춰 내 사무실을 찾았다.

"아침부터 무슨 일이세요?"

사무실로 후다닥 들어오는 박호구 때문에 겁을 먹고 거의 반 비명을 지르듯 물었다.

"에고, 수빈씨. 나 죽을 뻔 했어요!"

이 말을 하더니 더위를 식히려는 개처럼 혀를 쑥 내밀었다. 해괴망측한 광경에 당황스럽다.

"네? 죽을 뻔 하다뇨? 무슨 말씀이세요?"

단도직입적으로 말을 하지 않는 그로인해 갑자기 속이 답답해져왔다.

"그 클로린 말예요."

박호구가 드디어 키워드를 던졌다.

"클로린? …아~! 네에…??? 설마… 진짜 하셨어요???"

순간 충격을 받은 나의 눈, 코 입이 최대 사이즈로 확장된 채 얼어버렸다. 박호구가 웃었다.

"그럼요! 다른 사람도 아니고 수빈씨 말인데 안 했겠어요?"

'이사람. 도대체 정신이 있는 사람인가?'

니코틴이 낀 치아에서 풍겨 나오는 냄새가 너무 역겨워서 그 정도의 강한 조치는 필요하다는 의미로 한 말이었는데 정말 클로린으로 입을 헹구었다니 어이가 없다.

"아무리 그래도 그렇지, 진짜로 그걸 하면 어떡해요? 큰일 나면 어쩌시려고?"

"하하하~ 클로린 냄새 때문에 숨도 제대로 못 쉬고 정말 죽을 뻔 했어요. 근데 금방 뱉어냈는데도 이빨이 하얘졌어요. 이거 봐요~."

와우! 정말 그의 치아는 새로 끼어 넣은 틀니처럼 희고 깨끗했다. 아마도 내가 돈을 관리하는 사람이라 헛소리는 안 할 거라고 생각했었나보다. 그의 생각이 고맙긴 하지만 하마터면 나를 살인자로 만들었을 수도 있는 사건이었다. 내일모레면 쉰 살이 되는 분이 고작 스물여덟 살짜리 딸 같은 사람의 말을 듣고 클로린으로 입을 헹구었다니..

〈그대를 오늘부로 '모자라나'로 임명하노라!〉

〈 13 〉

Mr. 빩이 나와 Yvonne을 사장실로 호출했다. 또 무슨 일인가 싶어 서둘러 갔다. Mikki를 부르지 않는 것을 보아 한국말로 하소연을 할 일이 생겼거나 아니면 Mikki에게 잘해주라는 하나마나한 얘기를 하려는 건 아닌가 싶었다. 박 사장은 우리에게 Merlot 와인을 따라주었다. 이제 겨우 오후 2시. 퇴근시간까지는 멀었는데 대낮에 술이라니. 안주 없는 술을 즐겨하지 않는 터라 술에 입만 갖다 대고 마시진 않았다. 박 사장은 Merlot를 좋아한다. 와인을 좋아하는 게 아니라 '멀로우'라고 부드럽게 발음을 하는 자신이 기특한가보다. 한국 사람들끼리는 영어단어를 한국식 발음으로 하는 게 원칙이다. 안 그러면 재수 없게 생각하니까. 박 사장은 그게 싫은 게다. 영어권인 우리 두 사람 앞에서 영어발음이 좋다는 칭찬을 받고 싶기라도 한 듯 말끝마다 '멀로우' '멀로우' 하다가 결국 '몰러유'까지 가버렸다. 술에 취해 혀가 꼬여버렸다.

그는 외동딸 Jasmine이야기를 꺼냈다. 늘 수줍고 얌전한 딸이었는데 버클리 대학을 다니면서 기숙사 생활을 하더니 달라졌다는 것이다. 집에서 아빠가 있는데도 욕실 문을 열어놓고 샤워를 하는가 하면, 맨몸으로 나와 자기 방으로 거리낌 없이 걸어들어 가더라는 것이다. 아빠가 딸의 나체를 보고 얼마나 민망했겠는가. 그런 것에 대해 어떻게 생각 하냐고 우리에게 물었다. Yvonne은 요즘 애들이 다 그러니까 이해하시라고 했다. 나는, 딸에게는 엄마가 직접 말하는 것이 더 편할 것이라고만 말해주었다. 당연한 거 아닌가? 그보다도 와인을 마시며 여자들을 불러놓고 딸의 나체이야기를 하는 박 사장의 정신머리는 또 어떻게 평가를 해야 하나. 누구를 시켜 그에게 경고를 줘야 할지 모르겠다.

〈 14 〉

Mikki가 해고됐다. 내가 A회사에서 근무하는 동안은 절대 일어날 것 같지 않은 일이 생긴 것이다. 박 사모가 그렇게도 자르고 싶어 했어도 온몸으로 막아주던 박 사장이 웬일인가 싶었다. 나에게 그 이유를 제일 먼저 얘기해 준 사람은 박호구 팀장이다. 그도 박 사모에게 얘기를 들었을 테지만.

박 사장이 아내에게 CCTV를 보지 말라고 연락을 했단다. 박 사모가 녹음된 CCTV를 스크린하는 것을 알기에 했던 말이다. 하지만 여자는, 아니, 사람은, 보지 말라고 하면 더 보고 싶어진다. 박 사모에게 아무 말도 하지 않았다면 그냥 넘어갔을 수도 있는 일이었다. 박 사모가 확인을 해보니 Mikki가 웬 남자와 회사 밖 담벼락에서 서로 부둥켜안고 키스를 하는 장면이 찍혀있었다. Mikki는 그곳이 사각지대라고 생각했겠지만 겨울이 오면서 강풍으로 카메라 각도가 바뀐 것을 미처 확인하지 못했던 것이다.

돈 많은 늙은이만 좋아하기엔 Mikki는 너무 어렸다. 당연한 거 아닌가? 그동안 남편과 사이가 안 좋아서 힘들다고 Mr. 빡에게 하소연을 해옴으로써 그의 동정심을 밑바닥이 보일 정도로 다 퍼가더니 한순간에 배신감으로 보답을 한 것이다. Mikki를 불러서 찾아온 그 남자가 누구냐고 물었는데 사촌오빠라고 거짓말을 했다. 사촌오빠랑 키스를? 그때 Mikki는 왼팔을 허리 뒤에 걸치고 오른손으로 머리를 귀 뒤로 계속해서 넘겨댔을 게 뻔하다. 눈으로 확인한 이상 변명 따위는 더 듣고 싶지 않았나 보다.

Mr. 뽥은 내게 각서를 준비시켰다. 그 길로 Mikki는 각서에 사인을 하고, 돈을 받고, 짐을 싸서 회사를 나갔다. 그녀는 마지막 순간에는 울지 않았다. 자신도 할 만큼 다 했다고 생각이 든 것 같았다. 박스를 들고 나가면서 그녀가 처음이자 마지막으로 날카로운 시선으로 Mr. 뽥을 노려보았다. Mr. 뽥은 등골이 오싹했었다고 그 순간을 회상했다. 늘 남을 이간질해서 퇴사시키기를 업으로 삼던 그녀가 스스로 판 무덤 속으로 걸어 들어갔다. 그리고 모두의 기억에서 잊혀져버렸다.

〈 15 〉

박 사모가 불륜을 저지르는 것을 어떻게 알게 되었나보다. 물론 박호구 팀장의 입을 통해서였겠지만. 박 사장은 PRIVATE INVESTIGATOR인 박 동기를 고용했다. 박 동기는 얼핏 봐도 차림이 너무 허술해 보였다. CCTV 화면을 뚫어지게 보던 박 사장이 그에게 물었다.

"주차장에 서 있는 사람은 누구죠?"

"아~ 제 운전수입니다."

박 사장은 내게 운전수한테 가서 로비에서 기다려도 좋다고 전하라고 했다. 미팅이 생각보다 길어질 것을 예상한 듯하다. 주차장으로 가서 운전수를 찾았다. 흑인이다. 그런데 그가 기대고 서있는 차를 보고 섬뜩했다. 옛날모델의 색 바랜 4기통짜리 싸구려 일본차였는데 그 안엔 온갖 쓰레기와 이불, 그리고 옷가지들이 쌓여있었다. 마치 박 동기의 운전수는 차안에서 생활을 한다고 해도 믿을 상황이었다. 차 안의 물건들이 걱정되는지 로비에서 기다리라는 제안을 단칼에 거절했다. 그가 운전수가 아닐 수도 있다는 생각이 들었지만 박 사장에게 굳이 알리지 않았다.

A회사가 갑자기 망하고, 나도 회사를 옮겼다. 박 사장이 박 동기와 짜

고 바람난 아내를 빈손으로 내쫓는 프로젝트를 감행한 것이 문제였다. 오히려 박 사장이 회사와 개인재산을 빼앗겨 빈털터리가 되었다고 한다. 그 음모엔 박호구가 있었고 박 동기가 있었다. 박호구가 박 사모와 짜고 박 동기를 이용해서 박 사장의 재산을 빼돌린 것이다. 이들이 한통속이 되어 덤비는 바람에 속수무책으로 이혼까지 당하고 만 것이다. 박 동기는 결국 법적으로 재산권이 많은 박 사모 라인에 줄을 선 것이었다.

믿었던 돈에 발등이 찍혀버린 Mr. 빰. 그는 여전히 초췌한 모습으로 007가방을 들고 다닌다고 한다. 그 가방 안에서 출렁대는 건 돈다발이 아니라 형형색색의 고무줄이 아닐는지?

아름다운 죽음

〈 1 〉

첩첩산중에 위치한 라크레센타시의 소방서. LA군의 관할지역이다. 최근 들어 화씨 110도를 넘나드는 온도가 지속되면서 적색 경계령이 내려져 한순간도 긴장을 늦출 수 없다. 이미 여러 번의 대형 산불로 산에는 일반 남자의 키를 넘는 나무들이 없는 곳이 더 많아진 상태이다. 더구나 오랜 가뭄으로 메마른 잡풀에 불이라도 붙거나 엎친데 겹친 격으로 바람까지 분다면 산 위에 위치한 집들은 꼼짝없이 전소되고 만다.

"캡틴! 뒤 좀 돌아보세요! 산꼭대기에서 연기가 나고 있어요!"

소방관 저스틴이 캡틴 굿맨의 사무실을 노크 없이 뛰어 들어와 숨을 헐떡이며 창문을 손으로 가리킨다.

"아니 저건? 당장 출동준비!"

알람이 울리자 일제히 출동준비를 하는 짧은 순간동안 캡틴이 소방대장에게 상황보고를 한다. 소방대장의 명령에 의해 몇 명을 제외한 거의 모든 대원들이 화재진압에 투입되었다. 이웃 소방서들도 줄을 지어 출동

했을 정도로 엄청난 화마가 산을 벌겋게 달구면서 옆으로 옮겨 붙고 있다. 마치 태양의 절반이 이곳에 추락해버린 듯 눈앞이 온통 벌겋다. 소방헬기들이 근처 호수에서 퍼 나르는 물로도 쉽게 꺼질 줄 모르고, 우려했던 바람마저 화마와 한통속이 되어 상황을 악화시키고 있다.

3일째 되는 날 오후 2시경, 화재는 거의 진압을 했지만 혹시 모를 마지막 불씨제거작업이 한창이다. 통행을 차단시켰던 고속도로의 바리케이드를 치우고 차량들을 서행시키며 통행을 허용하고 있는 이때! 20대 중반으로 보이는 청년이 갑자기 차를 돌려 세우더니 한 소방차 안에서 배를 움켜쥐고 앉아있는 남자에게 뛰어올라 간다.

"저스틴 소방관님, 괜찮으십니까?"

"아, 스캇! 여긴 웬일인가? 차량통제로 들어올 수 없었을 텐데?

"저를 알아보신 대원이 들어오게 해주셨어요. 근데 어디 아프세요?"

"아까 내 파트너가 불을 끄다가 갑자기 실신을 해서 실려 갔는데, 나도 컨디션이 좀 안 좋다네. 구급차를 기다리고 있는 중이야."

스캇이 그의 유니폼을 벗겨내고 때마침 도착한 구급차에 저스틴 소방관을 실어 보냈다. 스캇이 무슨 생각이 들었는지 저스틴 소방관의 유니폼을 챙겨 입고 곧바로 화재현장으로 뛰어올라 간다.

화재현장에서 전두지휘를 하고 있던 캡틴 크리스 굿맨. 푹푹 찌는 더위에 기력이 소진해버린 소방관들 때문에 온 신경이 곤두서 있다. 지난 3일동안 잠은커녕 제대로 쉬지도 못하고 화재를 진압하고 있다. 갑자기 소방대원 한 명이 현장에 나타나 주위를 두리번거리더니 멀찍이서 비틀거리며 소방호수를 들고 있는 대원들을 향해 뛰어간다.

"헤이! 거기 누구야?"

캡틴 굿맨이 스캇을 향해 소리를 지르지만 거대한 바람소리와 소방헬기 소리에 묻혀 버린다. 순간, 거센 바람이 불어와 연기가 사방으로 흩어져서 바로 앞을 볼 수가 없게 되자 방향감각을 잃고 만다. 스캇이 잠시 멈칫하더니 소방대원들이 아닌 다른 방향으로 다시 달리기 시작했다.

"그쪽으로 가면 안 돼! 거긴 낭떠러지라고!"

캡틴 굿맨이 위험을 감지했는지 연기 속으로 사라지는 스캇의 뒤를 따라 쫓는다. 그리고 스캇이 캡틴의 손에 거의 잡힐만할 즈음 두 사람은 낭떠러지 아래로 추락하고 만다.

〈 2 〉

얼마가 지났을까. 아까까지만 해도 낭떠러지에서 떨어지며 비명을 질렀던 기억이 나지만 필름이 끊긴 것인지 그 이후의 상황이 전혀 생각이 나지 않는다. 지금 나는, 퇴근할 때 즐겨 입는 흰 티셔츠에 검정 청바지 차림으로 화재가 거의 다 진압된 현장에 서있다. 고통스러웠을지도 모르는 사고당시와 응급처치 받을 때를 기억하지 못하는 것이 오히려 더 낫겠다는 생각이 든다. 내 옆엔 회색 셔츠와 청바지를 입고 서있는 또 한 사람이 있다. 낯이 익은 얼굴인데? 아, 맞다! 낭떠러지에서 떨어지며 얼핏 보았던 얼굴이다. 얼마 전에 입사한 신참, 스캇 존슨이구먼!

"캡틴, 무사하셨군요!"

낭떠러지에서 같이 떨어졌었는데 그도 무사하니 다행이다.

"그래, 스캇. 자네도! 아깐 큰일 날 뻔 했잖은가. 무작정 그렇게 뛰어들어가면 어떡하나?"

"죄송합니다. 지시사항만 따르라고 교육을 받아놓고선 제가 너무 경솔했어요."

"그래야지, 앞으로는 조심하게. 생명을 걸고 하는 일이니 만큼 실수가 있어선 안 되네!"

고개를 좌우로 돌리며 주위를 살핀다. 아직도 높은 산에 막혀 연기가 다 빠져나가지 못하고 있다. 그래도 산불은 완전히 진압이 되었다. 이번 불은 예전에 비하면 약과였다. 몇 년 전에 바로 이 La Tuna Canyon에서 대형 산불이 났던 일을 떠올린다. 수백 가구에 강제대피령이 내렸을 정도로 L.A.시 역사상 가장 큰 산불로 기록되었다. 스캇도 지구멸망 영화의 한 장면 같았다며 그날을 회상했다.

"그랬겠지. 나도 20년 동안 이 지역에서 근무하면서 온 하늘이 시뻘겋게 달아오르는 건 처음 봤거든. 아무튼 이번 산불을 3일 만에 진압한 것도 천만다행이야. 바람이 너무 세게 불어서 옆으로 옮겨 붙는 속도가 빨랐어. 맞불작전도 방향을 바꾸며 불어대는 강풍 때문에 실패를 해서 아쉽긴 하지만 인명피해가 없는 것만으로도 다행이라고 봐야지."

도움은커녕 일을 방해해서 죄송하다고 거듭 사과를 하는 스캇에게 그만 됐으니 다시 마무리작업 현장으로 가보자며 주위를 살핀다. 사람, 바람, 차량, 소방헬기 소리도 더 이상 들리지 않고 너무 조용하다. 곳곳에 하얀 연기만 아니었다면 화재현장 이었다는 것도 잊을 뻔 했을 정도이다.

"자네 혹시 내 유니폼 어디다 두었는지 아는가?"

"모르겠어요, 캡틴. 제가 입던 것도 없는데요?"

스캇은 저스틴 소방관의 유니폼을 몰래 입었던 것이라고 굳이 말하지 않았다. 아까 사고를 당해서 응급조치를 하느라 벗겨둔 모양이다. 유니폼과 방독면 없이 현장에 다시 투입된다면 질식사하기 딱 좋은 상황이다. 갑자기 이상한 생각이 든다. 이산화탄소를 머금은 연기 가운데서 방독면도 착용하지 않고 서있는데도 숨을 쉬는데 아무 지장이 없다. 유니폼도 없이 평상복을 입고 둘이 화재현장에 있다는 것 자체가 의아스럽긴 하지만 신참이 당황하기 전에 먼저 안심을 시켜야겠다.

"저건 연기가 아니라 구름일 수도 있네."

실제로도 산이 높다보니 산중턱에 구름이 걸쳐있는 경우가 많기에 시야가 완전히 트일 때까지 조금 더 기다려보기로 했다.

〈 3 〉

"캡틴!!"

"캡틴 굿맨!!"

"크리스!!"

연기가 조금씩 걷히고 시야가 트이고 있다. 어디선가 내 이름을 애타게 부르는 소리가 메아리쳐 온다. 스캇이 목에 힘을 주고 힘껏 소리를 내지른다. 나도 스캇과 함께 "여기!" 라고 외친다. 방향을 잘못 잡았는지 우리 측 목소리는 메아리쳐 들리지 않고 있다. 저들의 목소리는 이쪽에선 들리는데 저쪽까지는 우리 두 사람의 소리가 전달이 안 되는가보다. 바람이 소리를 건너편까지 실어가지 못하는 것 같다. 갑자기 바람이 세차게 불어온다. 반팔셔츠 차림인데도 춥지가 않다. 스캇은 아까부터 입을 다문 채 말이 없다. 갑자기 왜 표정이 시무룩해져 있냐고 물었더니 뜬금없이 아직도 모르시겠냐며 반문을 한다.

"캡틴, 우리… 이 세상 사람이 아닌 것 같아요."

"자네 지금 제정신인가? 정신 똑바로 차리게! 불은 이미 제압했다고!"

이 상황이 긴장되기는 나도 마찬가지이지만 지금은 오로지 침착성을 유지해야 할 필요가 있다. 스캇이 낭떠러지에서 추락할 때 많이 놀란 것 같다는 생각에 그의 등을 두드려주며 위로를 해준다.

"조금만 참게! 일행들과 합류하면 곧바로 병원에 가서 친찰을 받아보자고. 내가 함께 가주겠네.”

그 순간 사람들의 다급한 소리가 들려오기 시작한다.

“찾았어요!!!”

“저 낭떠러지 아래!!”

“오 마이 갓!!! 빨리 밧줄과 사다리를 가져와. 헬리콥터 출동시키고!! 서둘러!!”

부캡틴인 싸이몬의 목소리다. 스캇에게 싸이몬은 내 친구라고 말해줬다. 이제 그들을 만나 함께 하산하는 것은 시간문제라고. 스캇은 내 말을 들었으면서도 기쁜 내색이 없다. 대체 왜 이러지?

“캡틴, 우리 죽은 거 맞아요. 저들이 말하는 낭떠러지 아래에 있는 사람들.. 바로 캡틴과 저예요.”

“뭐라고? 우린 여기 있잖은가? 아까부터 자꾸 왜 이상한 말을 하는 거지?”

스캇이 내게 발아래를 보라며 손가락으로 내 발을 가리켰다. 조금 전까지만 해도 구름에 가려 발끝도 보이지 않는 상황이었다. 나도 모르게 소스라치게 놀라 비명을 질렀다. 내가! 공중에 떠있다. 우리 두 사람이 서있는 발아래에는 아무것도 없다. 이게 어떻게 된 일이지?

“이제 제 말을 믿으시겠죠. 캡틴?”

“자네 말대로 우리가 정말 죽었단 말인가? 그런데 어떻게 우리 둘이서 대화가 가능한 거지?”

“그야 저도 알 수 없죠. 확실한 건, 육체는 죽었다는 거예요. 정말 죄송해요 캡틴. 저 때문에 낭떠러지에서 추락하신 거잖아요. 저만 성급하게 안 뛰어들었어도..”

말을 잇지 못하겠다. 그래서 필름이 끊긴 거였다. 죽었으니까. 갑자기 아내 니콜과 두 딸 Rose, Lily 생각에 마음이 울컥해진다. 내가 죽다니…. 이렇게 빨리 죽다니 믿기지가 않는다. 이렇게 허무하게 가는 건가? 아직 하고 싶고, 해야 할 일도 많이 있는데. 앞날이 창창한 스캇도 더 이상은 이 세상 사람이 아니라고 하니 뭐라고 위로를 해줘야 할지 모르겠다.

"자네 탓하지 않을 테니 너무 자책하지 말게. 내가 아니고 다른 사람이 었어도 같은 행동을 했을 거네."

우리 둘 사이에 잠시 정적이 흐르고, 할 필요도 없을 깊은 생각에 빠져 들고 있다. 우리의 임무가 무엇인가. 인명피해를 막고 생명을 구하는 게 아닌가. 나는 살아서 내가 하는 일에 최선을 다했다. 그럼 된 것이다. 나는 소방관(fire fighter)부터 시작해서 화재, 자동차 충돌, 화학물질 유출 등 다양한 긴급 상황에서 대중을 보호하는 공무원으로 보람을 느끼며 살아왔다. 소방장(Sergeant)으로 진급되고, 소방위(Lieutenant) 이후에 지금의 직위인 소방경(Captain)으로서 소방대장(Battallon Chief) 진급을 앞두고 있었지만, 미련은 없다. 미련은 어차피 살아있는 자들이 누리는 특권일 테다. 목이 메인다.

"스캇, 자넨 내 꿈이 뭐였는지 아는가?"

스캇은 단번에 소방국장님(Chief) 아니겠냐고 답한다. 아까보다는 표정도 한층 밝아진 듯하다.

"아닐세. 나는 비영리재단을 설립해서 어려움에 처한 소방관 가족들을 돕고 싶었네. 누구나 이 세상에 태어난 목적이 있다고 생각하네. 누구나 먹고 자는 하루하루를 보낼 수 있지만 그것이 삶의 목적이라고 할 수는 없지. 단지 먹고 살기위해 태어났다면 인간으로 태어난 게 부끄럽지 않겠는가?"

"역시 캡틴은 제가 생각했던 분이세요. 많은 사람들이 캡틴을 존경한다고 들었습니다."

"아냐. 아닐세. 나도 뒤를 돌아보면 후회할 일들이 많다네."

구조 헬리콥터가 도착했다. 기다란 줄에 두 사람을 차례로 실어 올리더니 이내 산을 넘어 사라졌다. 흰색의 bag이었다. 사망한 게 확실하다. 숨이 끊어지지 않았다면 노란색 bag으로 우리를 실어갔을 테니까. 부캡틴인 싸이몬이 바닥에 무릎을 꿇고 내 이름을 부르며 목 놓아 울고 있다. 고맙네, 싸이몬. 행복하시게. 그리고, 내 아내, 니콜을 잘 부탁하네.

싸이몬은 크리스의 대학교 후배이자 같은 대학야구팀에서 활동을 했었다. 크리스는 4번 타자였고, 싸이몬은 포수였다. 대학졸업 후 크리스가 소방관이 되자 싸이몬도 같은 길을 걷겠다고 했다. 두 사람은 우정도 두터웠고 가족끼리도 오랜 동안 왕래하며 친하게 지내는 사이였다.

〈 4 〉

캡틴 크리스 굿맨. 45세. 간호사인 아내 니콜과 17살인 큰딸 Rose와 14살인 둘째딸 Lily가 있다. 아내 니콜은 늘 사고위험을 달고 사는 남편 크리스에게 헌신적이다. 그녀의 아버지는 미시시피 주 작은 시골마을에서 소방국장(Chief)으로 은퇴하셨다. 아버지를 자랑스럽게 생각하는 딸이기에 니콜이 결혼 후 간호사가 된 것도 오로지 남편인 크리스 때문이다. 남편이 근무하는 소방서에서 5분 거리에 위치한 병원에서 근무 중이었다.

스캇 존슨. 24세. 고등학교 졸업파티에서 만난 제넷과 잠깐 사귀다가 대학입학을 하며 자연스럽게 연락이 끊겼다. 제넷은 곧바로 폴을 만나 연애를 하다가 딸 하이디가 태어났는데 스캇의 아기임을 알고 폴과도 헤어졌다. 가출소녀였던 제넷은 우울증, 술, 마약중독으로 자살시도까지

하자 결국 시관계자에 의해 정신병원으로 보내졌고, 하이디는 어린이보호시설에 위탁되었다. 제넷과 자신 사이에 딸이 있다는 것도 놀랄 일이지만 6살짜리 어린 아이가 심장이식 대기자라는 말에 스캇은 하늘이 무너지는 것 같은 충격을 받았다. 어린이보호시설의 연락을 받고 하이디를 만나기 위해 공항으로 가던 중 소방차 안에서 몸을 웅크리고 힘들어하는 저스틴 소방관을 보고 차를 돌렸다가 운명을 달리하게 된 것이다.

나 같은 사람도 과거에 후회할 일들이 많은지 묻는데, 인생선배로서 듣기도 부끄러운 질문이다.

"나도 사람인 걸. 단지, 터놓고 이야기를 하지 못한 점이 후회스럽다는 거지. 뭐든지 다 때가 있거든. 그 적절한 때를 놓치면 궁금증이 영원히 묻혀버릴 수가 있어. 지금의 내 경우처럼 말일세."

이 말이 끝나자마자 스캇이 내게 과거로 되돌아가보고 싶냐는 황당한 질문을 던진다.

"과거로 되돌아가다니. 그게 말이 되는가?"

사실, 할 수만 있다면 그러고 싶다. 단지, 고등학교 때 여자 친구가 일방적으로 절교를 선언한 뒤 연락을 끊은 이유나, 반 친구가 체육시간에 락커 룸에서 나의 새 신발을 바꿔치기 해놓고도 끝까지 안했다고 잡아뗀 이유, 내가 키우던 강아지를 훔쳐가려다 들키자 오히려 화를 내면서 강아지가 자신을 물려 했다고 우기던 옆집 아저씨. 이런 잘잘한 일에 대한 진실이 궁금한 게 아니다. 그러고 보면 나와 같이 궁금증을 안고 저세상으로 간 사람들이 부지기수일 거란 생각이 든다. 갑자기 한숨이 절로 나온다.

나는 아내 니콜과 친구 싸이몬의 관계를 의심한 적이 있었다. 친구와 아내를 사랑했기에 혼자 가슴앓이를 하며 지낸 것이다. 큰딸 Rose가 태어나던 날. 제왕절개수술이 잘 끝났다는 문자를 받았지만 급한 일이 생겨 싸이몬에게 먼저 병원에 가봐 달라고 부탁을 했었다. 내가 뒤늦게 병실에 도착을 했을 땐 산모인 니콜의 침대커튼이 둘러쳐져 있었다. 싸이몬이 니콜에게 무언가 다정하게 말하는 것이 들려왔고 잠시 후, 니콜이 싸이몬에게 뭐라고 속삭이자 싸이몬이 일어서더니 그녀와 오랫동안 포옹을 했다. 키스를 하고 있는지는 알 수 없었거니와 다리가 후들거려서 도저히 계속 쳐다보고 있을 수가 없었다. 내가 볼 수 있는 건 커튼 뒤로 보이는 그들의 실루엣뿐이었다. 순간 싸이몬이 Rose의 친아빠일지도 모른다는 생각이 들자 핸드폰을 꺼내들었다. 누군가와 전화를 하며 병실에 막 도착한 듯 연기를 해야 세 사람 모두가 당황하는 일이 발생하지 않는 것이다. 그 일이 있은 후부터는 두 사람과 함께 있는 자리에서는 어딘지 모르게 어색함이 느껴지기 시작해 왔었다.

"캡틴! 저게… 뭐죠?"

죽음 직전에 과거의 영상이 파노라마처럼 눈앞에서 지나간다는 말을 얼핏 들은 기억이 떠오르던 순간 두 사람은 블랙홀에 빨려 들어가듯 온몸이 원을 그리며 날아오르기 시작했다.

〈 5 〉

병실 침대에 니콜이 누워있다. 큰딸 Rose가 태어난 날이다. 아기의 머리가 거꾸로 있어서 제왕절개를 해야 했다. 니콜이 울고 있다. 비스듬히 앉은 니콜의 가슴 위에 Rose가 잠들어있다. 니콜은 아기의 얼굴을 보며 기쁨의 눈물을 흘리고 있는 것이었다. 그때다. 싸이몬이 병실로 들어선다.

"니콜, 축하해요! 수술을 했다던데 고생했어요."

"고마워요, 싸이몬. 바쁠 텐데 이렇게 와줘서."

"고맙긴요. 크리스는 날아오고 있을 거예요. 마음은 이미 나보다 더 먼저 도착했을 걸요. 하루 종일 태어날 아기생각에 정말 행복한 표정이었어요. 아빠가 된다는 건 엄청난 축복이에요!"

니콜이 두 눈에 금세 고여 버린 눈물을 훔쳐내며 행복한 미소를 지어 보인다. 사랑스런 내 아내…

"이름이 Rose라고 했죠? 참 예쁘게 생겼네요. 작년에 우리 딸 수잔이 태어났을 때 우리 부부도 하나님께 감사를 드리며 기쁨의 눈물을 흘렸어요. 그때 내가 우리 딸을 위해 지은 시가 있는데 한번 들어볼래요? 너무 기대는 하지 말고요. 아기가 깨지 않게 살살 외워 볼게요."

"네, 좋아요. 들려주세요."

싸이몬이 기억을 더듬으며 딸을 위해 지었던 시를 읊고 있을 때 내가 병실에 도착을 한 것이었다.

"저, 싸이몬. 부탁 좀 하나 해도 될까요?"

"당연하죠!"

"제가 제왕절개 수술을 해서 지금 배에 통증이 심해요. Rose를 좀 더 안고 싶지만 그럴 수가 없네요. 미안하지만 Rose를 아기침대로 옮겨 눕혀 주시겠어요?

"네, 그러죠. Rose가 깨지 않게 살살, 조심조심 안아들어야겠군요."

싸이몬이 Rose를 정말 유리다루 듯 천천히 안아들어 올리더니 산모 옆에 놓인 아기침대에 눕힌다. 내가 두 사람이 포옹이나 키스를 하고 있다고 오해를 했던 건 바로 싸이몬이 아주 조심스럽게 아기를 니콜에게서 안아드는데 지체한 시간 때문이었다. 커튼 하나 사이로 엇갈려버린 진실이라니!

"오, 이런! 내가 무슨 상상을 했던 거야!"

"왜요 캡틴? 뭐가 잘못됐나요?"

"휴우.. 아닐세. 잘못된 건 하나도 없었어. 내가 혼자 오해를 했던 거지. 싸이몬처럼 좋은 친구를 나는 오랜 세월 겉 따로 속 따로 대한 것이나 마찬가지네. 비록 티는 안 냈지만 마음으로는 죄를 지은 거나 다름이 없지. 정말 내가 두 사람한테 면목이 없어."

순간 싸이몬이 나의 이름을 부르며 울부짖던 모습이 떠오른다. 그런 그에게 마음속으로 니콜을 잘 부탁한다는 말이나 했으니.. 정말 미안하네, 싸이몬. 자네 같은 좋은 친구를 오해했다니… 회심의 눈물을 흘리고 싶지만 눈물이 나오질 않는다. 눈물은 육체를 통해서만 나온다는 것을 아직 깨닫지 못하고 있다. 사과조차 하지 못하고 저세상으로 가야 한다니 마음이 답답해진다.

"캡틴, 친구와의 오해가 풀리신 거네요!"

"그러게 말일세. 안 그랬다면 영원히 진실을 알지 못했을 테지."

내가 너무 속이 좁았어. Rose가 친딸인지 의심까지 했었으니…

〈 6 〉

내겐 또 한 명의 형제처럼 지내던 알렉스 첸(Alex Chan)이라는 중국인 동료가 있었다. 알렉스는 나와 함께 근무하는 소방서에서 방화수사관으로 근무를 했는데 수년 전에 La Tuna Canyon에서 대형 산불이 났을 때 알렉스는 가족과 함께 중국에서 휴가여행 중이었다. 온 산이 불에 활활 타오르면서 회색재가 하늘에서 눈 오듯 바람에 휘날리며 동네 전체를 덮어씌웠다. 주민들이 제대로 숨을 쉴 수도 없는 상태가 되자 추가 대피령까지 내려지기에 이르렀다. 산불이 며칠째 쉽게 꺼지지 않자 상부에서 방화수사팀을 모두 집합시켰다. 알렉스에게도 급히 돌아오라는 연락을 했으나 그의 얼굴은 그 이후로 영영 볼 수 없게 되었다.

"알렉스가 끝까지 나타나지 않아 애를 먹었지. 그럴 사람이 아닌데 연락이 끊긴 게 의아했어. 우리 소방서에서는 알렉스처럼 명석한 두뇌를 가진 사람이 없었거든. 알렉스의 분석력은 천재수준이었지. 아무도 생각해내지 못한 곳에서 단서를 찾아 범인검거에 압도적인 공을 세웠거든. 경찰은 차량사고에 이은 화재가 산불의 원인이라고 했지만 그렇게 보기엔 너무 의심 가는 부분들이 많았어. 산불은 동시간대에 반대편에서도 시작되었거든. 동네 주민들의 제보와 사진을 너무 뒤늦게 입수 했지만 말야. 그들도 대피하느라 정신이 없었던 거지. 얼마 후 중국대사관으로부터 알렉스의 사망소식을 전해 들었어. 사고로 그의 둘째딸도 죽었다고. 그게 다야. 우리는 비보를 전해 듣고 한동안 넋이 나간 사람들처럼 아무 말도 못했지. 소방대장에게 자세한 내막을 알려달라고 해봤지만 자기도 전해들은 게 그것뿐이라며 더 이상 묻지 말라고 하더군. 알렉스의 죽음에 대해선 아직도 궁금한 게 많다네."

"동료의 갑작스런 죽음으로 많이 슬펐겠어요, 캡틴."

"맞네. 형제처럼 가깝게 지내던 친군데 어떻게 죽었는지 너무 궁금했거든."

말이 끝나자마자 두 사람은 다시 블랙홀의 도움으로 이미 중국에 도착해있다.

알렉스 첸. 사고로 죽은 해 그의 나이는 40세였다. 대학기숙사에 있는 그의 큰딸은 인턴프로그램 때문에 남기로 하고, 아내와 둘째딸만 데리고 중국으로 3주 휴가를 떠났다. 췌장암에 걸리신 아버지를 큰 병원에 입원시키고, 정밀검사를 다시 받은 다음 수술까지 시켜드릴 생각이었다. 하필이면, 알렉스의 가족이 쓰촨 성에 도착한 지 3일 만에 대지진이 일어났다. 병원 2층에서 아버지의 정밀검사가 밤늦게까지 진행되고 있는 동안 나머지 가족들은 1층 로비에서 기다리고 있었다. 알렉스가 병원 화장실에 갔다가 나오려고 문손잡이를 잡는 순간 병원 전체가 몇 분 동안 계속 흔들리더니 이내 붕괴되기 시작했다. 밤 9시가 넘은 시각. 알렉스가 화장실에서 나왔을 때 건물 안은 정전상태였고 여기저기서 살려달라는 사람들의 비명소리로 가득 찼다. 부서져 내린 건물의 잔해들을 헤치며 미친 듯이 아내와 둘째딸이 있던 곳으로 향한다.

"여보!!!! Shiny!!!"

알렉스의 목소리를 듣고 여기저기서 살려달라고 비명을 지르기 시작하자 눈에 띄는 부상자들을 구해내기 시작했다. 죽어가는 사람들을 두고 내 가족만 먼저 찾아 나설 수가 없던 것이다. 혼자서 초인간적인 힘이 어디서 생겼는지 알 수 없다. 알렉스 혼자서 구출해낸 부상자들만도 32명이나 된다. 물파이프가 터졌는지 여기저기서 물 새어나오는 소리가 나고 있다. 바닥에 물이 흥건하다. 무너진 건물더미를 헤치며 비명소리가 들리는 곳으로 가던 중 그만 끊어진 전깃줄이 물속으로 떨어지면서 감전이 되어 그 자리에서 즉사하고 만다. 그의 아버지와 작은딸은 내려앉은 건물더미에 깔려 이미 사망한 뒤였다. 지진복구 작업이 진행되면서 다행히 알렉스의 아내는 생명은 건졌지만 두 다리를 잃었다. 32인의 증언을 토대로 알렉스의 목숨을 건 구출소식이 알려지기 시작했다. 미국시민권자이지만 자국민을 구해낸 용감한 시민으로 국가차원에서 그를 위해 성대한 장례식을 치러주었고 중국내의 미 대사관에 의해 알렉스의 근무지에도 비보가 전해지게 된 것이다.

"알렉스. 훌륭한 내 친구. 정말 자랑스럽네. 부디 하늘나라에서는 고통 없이 아버지와 딸과 함께 행복하게 지내길.."

"캡틴 주위에는 정말 훌륭한 분들이 많으신 것 같아요. 직업으로서가 아니라 일반사람들이 생각하지 못하는 그 뭔가가 있는 것 같고요. 저는 부끄럽네요. 오로지 돈을 많이 버는 직업이라고 해서 소방관이 되려고 했었거든요."

알렉스의 죽음에 대해서는 궁금증이 풀렸지만, 풀리지 않은 의문이 있다. 왜 소방서에서는 알렉스의 사고에 대해선 알려주지 않았을까? 그의 고국인 중국에서는 국비로 장례식까지 치러주었는데 적어도 우리는 형식적인 장례절차도 없었다. 내 직속상관인 소방대장은 알렉스가 타국에서 죽었고 장례까지 끝났으니 더 이상 개입하지 않아도 된다고만 말했었다. "상부의 명령이니 질문은 거기까지만!"이라고 했다. 내부적으로 뭔가 있었던 것 같다. 생사를 함께 했던 동료이자 부하직원의 마지막 가는 길을 그런 식으로 매듭짓는다는 건 납득이 가질 않는다.

"알렉스의 큰딸은 사고로 부모를 잃은 그의 친구 딸이거든. 내가 그에게 입양전문 변호사를 소개시켜줘서 잘 알지. 미국에 여행 왔다가 교통사고가 났어. 딸만 남겨두고….."

"저런.. 알고 보면 사연이 없는 사람이 없네요. 세상 살기 참 힘든 것 같아요, 캡틴."

"꼭 그렇진 않아, 스캇. 내가 마음먹기에 달린 거지. 내가 어떤 마음으로 대하고, 어떤 눈으로 보느냐에 따라 세상이 아름다울 수도, 어두컴컴한 시궁창일수도 있게 돼." 내 경험상으로 그렇다네, 스캇.

"눈이 아니라 마음으로 세상을 바라봤어야 했네요, 캡틴."

〈 7 〉

갑자기 옅은 갈색머리에 아담한 체구의 어머니의 온화한 미소가 떠오르면서 가슴이 먹먹해져온다.

"내 어머니한테 궁금한 게 많았었다네. 아버지는 내가 초등학교 1학년 때 원인모를 병으로 갑자기 사망하셨지. 그래서 난 어머니에게 최대한 마음 아픈 질문을 자제하며 살았네. 어머니가 슬퍼하실까봐."

스캇이 어머니가 어디에서 살고 계시냐고 묻는 바람에 갑자기 죄스런 마음이 생긴다. 양심의 가책.

"우리 집에서 10여 분 떨어진 노인아파트에서 홀로 살고 계시다네. 나와 와이프가 함께 살자고 여러 차례 권유를 했는데 우리를 불편하게 하고 싶지 않으신지 혼자가 편하다고만 하셔."

"그러셨군요. 그런데 뭐가 궁금 하신대요?

"내가 지금 입고 있는 옷."

"네, 흰 티셔츠와 검정청바지."

내 기억으로는 어린 시절 나는 늘 흰 셔츠와 검은 바지 차림이었다. 친구들이 매일 같은 옷만 입는다고 많이 놀렸었고 내방 옷장엔 검정색과 흰색 이외엔 다른 색의 옷이 없었다. 처음엔 어머니의 취향이 좀 독특하다고만 생각했을 뿐이었지만 고등학생이 되어서야 우연히 어머니가 색맹인 걸 알게 되었다.

블랙홀로 빨려 들어가는 속도가 현저히 느려졌다고 느낄 즈음, 이미 내가 태어나서 결혼할 때까지 살던 집에 도착해 있었다.

나의 5살 생일파티가 한창이다. 12명의 친구들이 생일축하 노래를 부르고 있다. 엄마가 직접 만든 케이크에는 'Happy Birthday Superman~!'

이라고 쓰여 있다. 어려서부터 나는 히어로 캐릭터를 좋아했기에 슈퍼맨 유니폼이 더러워져도 벗지 않을 정도였다. 그러던 내가 생일케이크의 초를 끄다가 망토에 불이 붙어버렸다. 모두가 놀라 비명을 지르는 가운데 엄마는 일초의 망설임 없이 나에게 달려들어 손으로 불을 껐지만 엄마의 옷으로 옮겨 붙는 데는 몇 초가 걸리지 않았다. 그 불은 엄마의 눈에 손상을 입혔고 결국 시신경의 염증으로 인해 색맹이 된 것이다.

'엄마……나 때문이었군요!'

"나 때문에 눈이 그렇게 된 줄도 모르고 늘 옷 때문에 어머니의 마음을 힘들게 했다네. 신호등 색을 구별하지 못하니까 자동차 운전도 못하신 거였지. 나는 그런 것도 모르고 왜 늘 학교까지 걸어서 데려다 주냐고 불평이나 하고. 내가 마음 아플까봐 끝까지 말씀을 안 하시고 사시는 것만 봐도 내가 얼마나 부족한 아들인지 알겠어."

"아닙니다, 캡틴! 어머니께서는 분명 자랑스러워하실 거예요. 너무 자책마세요."

잠깐 동안이지만 너무 많은 사실들을 알고 나니까 솔직히 내가 대화가 부족했었다는 걸 실감했다. 조금만 더 진솔한 대화를 나누었더라면, 조금만 더 관심 있게 물어봤다면, 조금만 더 마음을 읽어드렸다면. 정말 후회스럽다. 후회만 남기고 이대로 떠나야 한다니 마음이 더 무거워진다. 나와 스캇의 주위를 맴돌던 블랙홀이 사라지고 다시 처음의 그 자리, 산꼭대기에 되돌아와 있다.

이젠 갈 시간이 가까워진 건가? 아직은 세상과 작별하기엔 너무 젊은 스캇을 보니 더 안타깝다. 블랙홀은 스캇에게 아무런 혜택을 주지 않은 채 사라졌기에 뭐라고 위로를 해줘야 할지 입이 쉽게 떨어지지 않는다. 생전 단 한 번도 만나보지도 못한 딸과 이별을 해야 하는, 세상을 다 잃은 듯 보이는 그의 얼굴. 내가 그의 어깨에 손을 얹자 억지로 미소를 지어 보이는 모습이 안쓰럽기만 하다. 방금 전까지만 해도 고마움을 느꼈던 블랙홀이 이토록 원망스러울 수가 없다. 스캇의 마지막 기회를 가로챈 듯한 죄책감마저 들고 있다.

"캡틴은 죽은 게 아니래요. 아직 할일이 남아있어서 세상으로 다시 되돌아가실 거래요. 정말 다행입니다."

그럴 리가? 스캇에게 갑자기 초능력이라도 생겼단 말인가? 아니면. 블랙홀이 사라지기 직전에 그에게 뭐라고 귀띔이라도 해준 걸까. 스캇의 말을 믿지 않을 수가 없는 것이, 조금 전까지만 해도 공중에 떠있던 나의 두 발이 흙을 밟고 서있다. 어리둥절해하는 나의 표정을 보며 스캇이 말을 이어갔다.

"그리고.. 사실 저는 신참소방관이 아니에요, 캡틴."

"뭐라고?"

"저는 미래의 소방관을 꿈꾸던 컴퓨터엔지니어에요. 캡틴이 근무하시는 소방서에서 매년 진행하는 봉사프로그램에 지원을 해왔고요. 그래서 저를 아시는 겁니다."

"아…그랬나? 내가 정신이 없었군!"

그가 젊은 혈기의 신참이라서 화재현장에서 실수를 한 것이 아니라 소방관으로서의 완벽한 교육을 받지 못한 봉사자였기 때문이었다. 이미 예견된 사고였다.

"제 딸이 심장이식수술을 받아야 한답니다. 제 운전면허증에는 장기기증자 표시가 되어있고요."

"자네의 심장을 딸에게 이식하겠다는 말이군. 절차가 필요할 텐데 그걸 어떻게 할 수 있지?"

"제 힘으로는 할 수 없으니까 신의 도움을 받아야겠죠."

"신이라면.. 무슨 말인지 알겠네. 계속 애기해보게."

"제 심장은 딸에게 이식이 될 거고, 제 눈은 캡틴의 어머니께 기증하게
될 거에요."

"아니 뭐라고? 그게 정말인가? 어떻게 그런 생각을?"

"캡틴은 어머니를 진심으로 사랑하고 걱정하고 계시잖아요. 어머니가
남은 인생동안 세상의 모든 아름다운 것들을 보며 행복하셨으면 좋겠어
요."

"스캇. 정말 고맙고 면목이 없네. 자네를 이렇게 보내야 하다니 믿기지
가 않아!"

"그리고 한 가지 더요. 제게 생명보험이 있어요. 보험금 일부를 집구입
비와 의료비로 사용하면 세금혜택이 있다고 해서 가입했던 거예요. 그 생
명보험금은 캡틴에게 전달될 겁니다."

그런 큰돈을 내게 왜 맡기려는지 물었다. 스캇의 몸은 아까보다 조금
더 높이 떠있어서 내가 고개를 처들고 대화를 하고 있다. 블랙홀처럼 갑
자기 사라질 것만 같아 마음이 조급해진다.

"캡틴이 비영리재단을 설립하셔서 도움이 필요한 소방관 가족들을 지
원해주시면 좋겠어요. 저도 나중에 부자가 되면 꼭 하려고 했던 일이었거
든요. 저는 할 수 없게 되었으니 캡틴께 부탁을 드릴 수밖에요. 단지. 제
딸 하이디를 혼자 남겨두고 가는 게 너무 마음이….”

그가 말을 잇지 못한다.

"스캇. 자네 마음 이해하네. 나도 잠시 전까지는 자네와 똑같은 마음 아
니었겠나. 자식을 두고 떠나기는 쉽지 않지. 자네만 괜찮다면 하이디는

내가 입양해서 친딸처럼 돌보겠네. 약속하지!"

"정말이십니까? 캡틴! 정말 감사합니다!!"

"자네에게 너무 많은 것을 배웠네. 사람이 태어난 이유만 있는 줄 알았는데, 자네를 통해서 아름다운 죽음도 있다는 것을 알게 됐네. 나도 앞으로 덤으로 얻은 인생이다 생각하고 이웃과 나누고 그들의 안전을 위해 최선을 다하며 살겠네."

"저는 처음부터 캡틴이 지역사회를 위해 큰일을 하실 분이라고 믿었어요. 전 이제 가야 합니다. 캡틴, 감사합니다. 행복하시고, 먼 훗날 하늘나라에서 다시 만나요!"

"그동안 정말 수고 많았네, 스캇! 평생 자네를 잊지 않겠네!"

순간 울컥하는 마음에 내 눈에서 눈물이 흘러내리지만 눈을 껌뻑거리지 않았다. 덕분에 빛의 속도로 스캇이 구름 속으로 빨려 올라가는 모습을 볼 수 있었다.

〈8〉

'삐빅~삐빅~삐빅~삐빅~'

"박사님, 여기 보세요! 심장박동기가!!!"

심폐소생술 도중에 멈춰버렸던 심장박동기가 다시 뛰기 시작한다.

"환자의 눈에서 눈물이 흐르고 있어요! 살았습니다, 박사님!!"

응급실에서 크리스를 살리려고 고군분투하던 의료진의 입에서 탄성이 쏟아진다.

"이건 기적일세! 오, 하나님 감사합니다!!"

"아까 그 스캇이라는 젊은 환자의 장기이식 준비는 잘 되어가고 있지?"

"네, 박사님. 그분 따님에게 심장이식을 하게 될 거랍니다. 캡틴 굿맨의 어머니는 안구이식을 받게 된다고 하고요."

"잘됐군! 두 사람이 보통 인연이 아닌 것 같네. 자네가 스캇의 소지품에서 장기이식관련 서류를 일찍 찾아내지 못했다면 시간이 많이 지연됐을게야."

입원실로 옮겨진 뒤 아내와 딸들이 뛰어 들어와 나의 양손을 잡고 눈물을 흘리는 사이 담당의사가 뒤따라 들어온다.

"며칠 동안 입원하면서 정밀검사를 더 해보겠지만 현재로서는 걱정하지 않으셔도 됩니다. 일시적인 가벼운 뇌진탕으로 보고 있거든요."

아내 니콜이 감사하다며 기쁨의 눈물을 연실 닦아내고 있다. 사랑스런 나의 아내를 다시 보게 되다니…

"현장에 있던 증인들의 말에 의하면 죽은 젊은 친구, 스캇을 구하려다가 함께 낭떠러지 아래로 추락을 한 거였어요. 그런데 스캇이 캡틴을 꼭 안은 채로 떨어져서 캡틴이 다치지 않고 기절만 한 겁니다. 스캇은 척추가 심하게 손상되고 머리를 크게 다쳐 응급실에 도착 후 사망했습니다. 헬리콥터로 실려 올 때 두 사람이 다 흰색의 bag에 실려 와서 죽은 줄 알았는데 캡틴이 가늘게나마 호흡이 남아있어서 응급조치를 한 겁니다. 기계에선 호흡이 끊겼다는 신호가 나오는데 얼마 후 다시 기적적으로 살아난 거지요. 내 눈으로 직접 보면서도 믿기지가 않더군요. 마치 할일이 남아있으니 더 있다가 오라고 누군가 덤으로 살아나게 해준 것처럼 말입니다!"

〈맞습니다, 박사님! 정확히 보신 거예요.!〉

〈 9 〉

병원에서 퇴원 후 며칠 뒤에 출근을 하니 가장먼저 싸이몬이 뛰어나오며 반갑게 맞아준다.

"어서 오게, 친구~! 다신 못 보는 줄 알고 내가 얼마나 슬펐는지 아는가?"

"고맙네, 싸이몬! 그리고. 그동안 너무 미안했네. 용서해주게나."

"나한테 뭐 잘못한 게 있었나? 하지만 무조건 용서하지! 이렇게 살아 돌아와 줬으니까!! 하하하"

덤으로 얻은 인생덕분에 싸이몬과 변치 않는 우정을 지속하게 됐다. 내 이름을 부르며 울부짖던 싸이몬의 모습을 잊을 수가 없다. 싸이몬을 덥석 끌어안자 영문을 모르는 그가 나의 등을 두들겨주며 안도의 한숨을 내쉰다. 싸이몬과 인사를 끝내고 곧바로 소방국장실로 향했다. 국장이 나를 반갑게 맞아주며 조만간 표창장을 받게 될 거라고 하는데 나는 무슨 표창장이냐는 질문을 하지 않았다.

"국장님, 이번 사고로 잠깐 혼수상태에 있는 동안 어디를 좀 다녀왔습니다."

"자네도 천국과 지옥을 다녀온 건 아니겠지, 설마? 하하하!"

"그건 아니고요. 알렉스가 중국에서 사고로 죽은 날을 보고 왔습니다."

국장이 놀라며 정말이냐고, 그게 어떻게 가능하냐고 버벅 거리며 물었다. 그가 많이 당황한 듯 보인다.

"어떻게 설명을 드려야할지 모르겠습니다. 저도 믿기지가 않았으니까요. 문제는, 그 당시 국장님의 태도였습니다. 소방대장이셨을 때 내부 사고기록을 줄이려고, 좋은 근무평가를 유지하려고 알렉스 사건을 쉬쉬했던 것을요. 곧 인사이동이 있을 예정이었고, 국장님이 소방국장 후보로 추천된 상태였더라고요. 많은 생명을 구하다가 죽은 사람도 있는데 자신의 욕망을 위해 꼭 그러셔야만 했습니까?"

국장은 고개를 떨구며 모자를 벗더니 이마에 맺힌 땀을 손등으로 훔쳐냈다.

"입이 열 개라도 할 말이 없네. 그동안 마음 편히 잠도 제대로 못 잤어. 자네가 이렇게 와서 양심적으로 살라고 말해주니 오히려 마음이 홀가분하네. 이 사실을 상부에 보고 할 생각인건가?"

"아닙니다! 단지, 정부차원에서 남아있는 유족에게 도움을 줘야 한다는 생각입니다."

"당장 실행에 옮기겠네! 이번에 확실히 사죄하는 마음으로 그의 유족에게 도움을 주도록 함세."

"감사합니다, 국장님. 국장님은 저의 롤 모델이십니다."

"부끄럽네, 크리스….."

〈 10 〉

싸이몬과 함께 비영리단체를 설립해서 운영을 하기로 했다. 우린 여전히 소방서에서 근무 중이고, 니콜과 싸이몬의 아내가 시간을 조율해서 관리를 맡기로 했다. 스캇의 생명보험금은 고스란히 'Scott Johnson Foundation'의 은행구좌에 적립되었다. 성공적으로 안구이식 수술을 받고 퇴원한 어머니를 집으로 모셔오니 아내 니콜과 두 딸들이 더 좋아한다.

"할머니~ 함께 살게 되어서 너무 기뻐요! 우리 예쁜 옷 많이 만들어주세요~."

"그럼, 그래야지. 우리 손녀들 방도 무지개 색으로 꾸며주마!"

'딩동~~!'

기다리던 손님이 도착했다며 우르르 현관문으로 달려 나가서 문을 열었다. 어린이보호시설원장의 손을 잡고 긴장한 표정으로 서있는 여자아이. 스캇을 쏙 빼어 닮았다.

"아빠가 말했지? 이번에 수술 받은 너희 동생, 하이디야."

"와우~!!! 반가워, 하이디~!! 나는 Rose, 여긴 Lily. 앞으로 친하게 잘 지내자~."

하이디가 밝은 표정으로 언니들이 내미는 손을 잡고 이층 방으로 올라간다. 니콜이 원장을 응접실로 안내하는 동안 어머니와 나는 하이디의 옷 가방을 들고 이층으로 따라 올라갔다. 하이디가 방 한 켠에 쌓여있는 선물 꾸러미들을 보았는지 누구 것이냐고 언니들에게 묻고 있는 중이었다.

"하이디, 이건 너의 아빠가 일하던 소방서와 네가 입원했던 병원에서 보내준 선물이란다. 모두 하이디가 건강해진 것을 진심으로 축하해주는 거야. 이 방은 네가 언니들과 함께 사용하게 될 방인데 할머니가 이 방을 무지개 색으로 꾸며주실 거야. 하이디가 우리 가족이 되어서 정말 기쁘단다."

"Thank you, Captain!"

"어? 내가 캡틴인 걸 어떻게 알았지?"

"아빠가 전해 달래요."

푸른 눈의 금발소녀 하이디가 천사의 미소를 지으며 말했다.

〈고맙네, 스캇…! 〉

(*2018 해외문학 작품상-단편소설)

축하의 글

나중으로 갈수록 더 좋은 포도주

연규호

미주소설가협회 회장/ 소설가

소설가 박하영(Elena Park)의 첫 소설집 ≪위험한 사랑≫의 출간을 진심으로 축하합니다. 박하영 소설가는 수필가로 등단해 그간 여러 편의 저서를 발간함은 물론 유투브와 E-book(전자책)을 통해 활발하게 영어와 한국어로 작품을 발표하더니 소설장르에 도전, 마침내 소설가로도 등단했습니다. 소설가로 등단한 지 불과 2년, 부지런히 단편과 장편을 집필하더니, 마침내 주옥같은 단편 9편을 모아 소설집을 출간하게 된 것은 물론 머지않아 장편소설의 출간도 곧 기대하게 된 것은 박하영 소설가의 끈질긴 습작과 재능의 결과입니다.

처음 포도주보다 나중으로 갈수록 더 좋은 포도주로 하객을 대접했던 성경속의 '가나잔치'의 기적처럼 박하영 소설가의 작품은 날이 갈수록 점점 더 원숙되어 머지않아 대작을 만들어낼 것이라고 생각합니다.

소설가로서의 인품, 성격 그리고 해박한 지식, 남들보다 조금은 다른 소재를 찾아내고 훌륭한 테마와 깜짝 놀랄 구성으로 소설을 완성하는 능력은 이곳 LA에서 찾아보기 드문 소설가로 알려졌습니다.

첫 소설집 ≪위험한 사랑≫에 연이어 많은 단편 그리고 장편 소설들이 창작되어 미주문단은 물론 고국에서도 사랑받는 소설가가 될 것을 기도합니다. 그렇게 될 것입니다. 항상 미소 짓는 마음이 따뜻한 박하영 소설가님, 다시 한 번 축하합니다.

마음을 달래주는 유머와 페이소스

이윤홍
시인/ 소설가/ 번역가/ 미주한국문인협회 회장

박하영 소설가가 첫 소설집 ≪위험한 사랑≫을 상재한다.

박하영 소설가는 이미 널리 알려진 대로 오랫동안 수필을 써온 분이다. 그동안 부지런히 써온 수필을 모아 2015년 5월에 이미 수필집 ≪바나나도 씨가 있다≫를 출간하였고 많은 독자들의 사랑을 받고 있다. 2017년 미주한국문인협회에 단편〈사라진 아내〉로 등단하였고 영어로 번역하여 아마존 킨들에 올라와 있는 박하영 소설가의 단편〈The Runaway Wife〉는 영어권 독자들로부터 꾸준한 사랑을 받고 있다.

박하영 소설가는 미국연방공인세무사로 바쁜 시간을 보내면서도 틈틈이 짬을 내어 소설에 매진하는 모습을 보면 박하영 소설가는 천상 글 쓰는 사람임을 알 수 있다.

나는 그 어느 때보다도 설레는 마음으로 박하영 소설가의 단편집이 어서 나오기를 기다리고 있다. 그 기다림은 문인 동료의 한 사람인 박하영 소설가가 첫 소설집을 상재한다는 단순한 이유에서가 아니라 정말로 기다릴 만한 가치가 있는 소설집이기에 기다릴 수밖에 없는 이유이다.

박하영 소설가가 쓴 단편을 읽어보면 아주 재미있다. 그리고 그 재미와 더하여 무엇인가를 전해주는 찡-함이 있다. 박하영 소설가의 글을 읽다 보면 우리들의 일상에 지친 마음을 달래주는 유머와 페이소스가 단편소설 곳곳에 깃들여 있음을 보게 된다.

이것은 소설을 읽는 재미를 더 해주고 우리의 마음에 쌓여 있는 일상의 긴장감을 해소시켜 주는 정화(淨化) 작용을 한다.

박하영 소설가의 첫 소설집 상재를 축하 하면서 아무쪼록 박하영 소설가의 첫 단편소설집이 미주지역뿐만 아니라 한국에서도 널리 읽히어 많은 독자들이 애독하기를 기대한다.

2018년 12월 중순 맑은 해가 떠오르는 아침에

아름답게 피어나는 향기 머문 장미

제임스 조 Good Hands Foundation 비영리기관 대표,
미국 공인세무사/ Western Digital 하드디스크 개발 책임연구원

박하영 작가님의 세 번째 개인 책 출간을 진심으로 축하드립니다. 책 출간이 마치 엄마가 새 생명을 잉태하고 출산하는 고통과 같다고들 하는데, 바쁜 이민자의 삶 속에서도 나름 내 자신과 싸우며 한 글자, 한 글자 써 내려가고 지우고 또 다시 써내려가는 모습이 눈에 보입니다.

저자를 처음 만난 것은 문학동우회가 아닌 전혀 생소한 곳이었음을 기억합니다. 우리 모두가 이민자의 고달픈 삶을 살고 있는 가운데서 지금의 내 위치보다 어렵고 힘든 사람들을 돕고자 미국 국세청 무료세금보고 대행을 해주는 재능기부 자원 봉사장에서 작가님을 만났습니다. 당시 저자께서 문학에 소질이 있는 것을 전혀 상상도 못하는 상태였고, 봉사장에서 남에 대한 섬세한 배려와 완벽한 영어 통역사까지 다재다능함을 아낌없이 베풀어 주는 모습에 감사했습니다. 첫 해가 지나고 다음 해에도, 또 다음 해에도 수년 동안을 꾸준히 봉사에 참여하는 모습에 감탄했습니다.

'숫자—세금'과 '문학'은 한 공간 안에서 다른 삶을 사는 이방인의 모습 같은데, 저자는 삶 속에서 아름답게 피어나는 향기 머문 장미와 같다고 표현하고 싶습니다. 이 책을 통하여 많은 독자들이(이민자) 삶의 굴레를 벗어나는 위로가 되길 간절히 바랍니다. 이제 출산(출간)을 하셨으니, 내 품에서 그동안 사랑하고, 품었던 자식을 혼인시키듯 책을 나누는 기쁨이 함께 하시고, 다시 새 생명을 위한 꿈을 꾸시길 바랍니다.

작가메모

가끔 저 스스로에게 질문을 합니다.

'작가라는 제 2의 인생이 내게 주어지지 않았다면 나는 현재 뭘 하고 있을까?' 뭐든 하며 지냈을 수는 있겠지만, 행복이나 보람 있는 삶은 아니었을 겁니다.

기쁨도 슬픔도 온전히 표현하지 못하며 살아야 할 때도 있었습니다. 지금은 좋았던 기억, 나빴던 기억, 그 모두가 작가의 삶을 살고 있는 제게는 정말 소중한 추억이 되었습니다. 수필을 통해서는 교훈을, 소설을 통해서는 밑그림이 되어주니 그저 감사할 따름입니다.

2015년도에 첫 에세이집을 출간했을 때의 감동이 새록새록 떠오릅니다. 하찮은 인생이 없듯이, 하찮은 과거는 없는가봅니다. 욕심 같아서는 제 기억력이 아주 오래오래 총명했으면 좋겠다는 바램입니다.

급변하는 세상 속에서 겪는 많은 일들을 수필로 그려내고, 상상력이 제 감성을 두드릴 때마다 소설을 쓰렵니다.

그렇게 의미 있는 인생을 살아가겠습니다.

저의 작가인생에 멘토로, 밑거름이 되어주신 수필가 박봉진 선생님, 제게 작품집으로, 조언으로 도움을 주시는 대선배님들, 저에게 글 쓰는 재주를 물려주신 사랑하는 아빠와 엄마, 늘 옆에서 묵묵히 제 곁을 지켜주는 든든한 남편과 세 아이들, 책이 출판될 때마다 꼼꼼히 챙겨주시는 선우미디어 이선우 선생님, 그리고 제 글을 좋아해주시는 모든 분들께 감사함을 전합니다.

위험한 사랑